रांगेय राघव : सम्पूर्ण कहानियाँ—3

# मरघट के देवता

रांगेय राघव : सम्पूर्ण कहानियाँ—3

# मरघट के देवता

रांगेय राघव

अनन्य प्रकाशन

प्रकाशक : **अनन्य प्रकाशन**
ई–17, पंचशील गार्डन, नवीन शाहदरा
दिल्ली–110032
फोन नं. 011–22825606, 22824606
E-mail : prakashananya@gmail.com



प्रथम संस्करण : 2023

आईएसबीएन : 978-81-962022-0-0

मूल्य : ₹ 175

शब्द–संयोजन : कम्प्यूटेक सिस्टम, दिल्ली–110032

मुद्रक : हर्ष प्रिंटर्स, दिल्ली–110094

---

Rangeya Raghava : SAMPURAN KAHANIYA—3
MARGHAT KE DEVTA

# अनुक्रम

# कुछ नहीं

27 मौनी गली
कूचा लाला माधोलाल

प्रिय प्रकाश,

तुम्हारा पत्र आया। और यह भी समझ लिया कि भाभी से तुम्हारी बिल्कुल नहीं पटती। लेकिन यह भी समझ में नहीं आता कि विवाह का आखिर मतलब क्या है? कहने को तो तुम बहुत कुछ कह जाओगे और मैं बिना दिलचस्पी लिये भी सुनूँगा ही, लेकिन बात इतने ही से सुलझने से रही। विवाह की कहानियाँ यदि कोई सुनाने बैठ जाय तो भूतों की कहानियाँ भी इतनी अच्छी नहीं लगेंगी। कुँवारी लड़कियों का लड़कों में प्रेम, प्रेम को ही सब कुछ समझने का पागलपन या पति-पत्नी का सम्बन्ध, न जाने कितनी उल्टी-सीधी बातें हैं; और जो कहीं छिपा-चोरी किसी की पत्नी या किसी के पति का सम्बन्ध हो तो भला क्या कहने? एक पूरा चिट्ठा ही समझो।

लेकिन हाल में एक घटना हो गयी है। हिन्दू धर्म खतरे में पड़ गया है। मेरी राय में बेचारा हिन्दू धर्म तो क्या, दुनिया का कोई धर्म नहीं जो इस हरकत से लड़खड़ा न उठा हो। मेरी नजर में बात एक मामूली-सी है। फिर भी तुम्हारे जीवन में नया कोण उपस्थित हो सके इसकी सम्भावना से ही तुम्हें लिख रहा हूँ। तुम जानते हो मैं लड़कियों को कोई अजीब चीज समझने से हमेशा ही इन्कार करता रहा हूँ।

परसों मैं शाम को घूमने जा रहा था। राह में देखा, एक औरत खड़ी रो रही थी। देखने में वह किसी क्लर्क की पत्नी लगती थी। और थी भी वह सचमुच ही वही जो मैंने सोचा था। मैं रुक गया। लोगों से पूछने पर पता लगा कि उसका पति उसे रोज मारता है और घर से निकालना चाहता है। इसलिए वह उसे पागल करार देना चाहता है। स्त्री कहती थी वह बदमाश है, झूठा है। सचमुच स्त्री उन्माद में थी। शक्ल की बुरी, रंग की काली, और तुर्रा यह कि वह गर्भवती भी थी। सोच सकते हो कितनी भद्दी होगी? खैर हम कुछ लोग मिलकर उसके पति के पास गये। पति एक क्लर्क था। हमने जाकर दरवाजा खटखटाया।

स्त्री को देखकर मुझे यही विस्मय हुआ कि वह कितनी उन्मत्त थी। देखने में उसका कामातुर रूप वास्तव में असन्तुष्ट-सा हाहाकार कर रहा था। पुरुष का शरीर उसके मूल्य का मापदण्ड नहीं होता। नारी का अपना शरीर ही इस समाज में एकमात्र सहायक है। सौन्दर्य और वासना का मेल ही यह संसार सह सकता है वह स्त्री जो विवाह के बन्धन में पति को सब कुछ अर्पित कर देती है उसका आधार ठोस और भौतिक है। कल्पना की सुन्दरियों से प्रेम करने वाले अपने नैतिक व्यभिचार को छिपाने के लिए ही संसार को माया कहते हैं। स्त्री की वह अतृप्ति ही कदाचित् उसके नारीत्व का एक सत्य था जिसे वह खोलने में झेंपती हुई अपने पति के यहाँ दासीत्व का अपना अधिकार माँग रही थी। हमारा समाज उसे वह भी नहीं दे सकता क्योंकि उसके पास कुछ भी नहीं है। वह स्वयं कंगाल है किन्तु उसे अपनी दुर्गन्ध पर ही भीषण अभिमान है।

सामने खड़खड़ हुई। उसके पति ने दरवाजा खोलकर हम लोगों को बिठा लिया और अंग्रेजी में बातचीत करने लगा। औरत इस पर क्रोध से पागल होकर ऊलजलूल बकने लगी कि मैं तेरा खून पी जाऊँगी। मैं तुझे जान से मार डालूँगी। तू कमा-कमा के रंडियों का पेट भरता है तभी मुझे निकालना चाहता है। मैं तेरा भंडा फोड़ दूँगी। आदि-आदि। पति ने सुना और मुस्कराकर मुझसे अंग्रेजी में कहा—"आपने सुना? यह औरत आपको पागल नहीं लगती?"

तुम बताओ प्रकाश, मैं क्या जवाब देता? न मैं पति को जानता था न पत्नी को। पति की तरफ से बोलता तो सब कहते मर्द कुछ करे कोई कुछ नहीं कहता, और स्त्री की तरफ से उठता तो पच्चीस उँगलियाँ उठतीं कि औरत मिली और झट उसके साथ हो लिए। जैसे उसका पति कुछ है ही नहीं!

उस रात स्त्री ने अपने आपको उसकी दया पर पलने वाली भिखारिणी कहने में जो संकोच किया उसे देखकर मुझे विश्वास हो गया है कि नारी भी नर की भाँति ही अपना स्वाभिमान रख सकती है। युगान्तर से जो उसे पुरुष की छाया बना दिया गया है उससे वह अपना अस्तित्व, अपनी मर्यादा भूल गयी है। यह तो जीवन का कोई कार्यवान रूप नहीं कि दोनों का एक-दूसरे की उपेक्षा करना ही उनकी सत्ता की पूरी परख है। मैं जानता हूँ यह संघर्ष केवल इसलिए है कि विश्वासों का अहाता ऐसी गलत जगहों से बाँधा गया है जिसने तारतम्य और सामंजस्य को जगह-जगह अनुचित रूप से काट दिया है। किन्तु जिसके पास लागत नहीं है वह कभी नया घर नहीं बना सकता। परन्तु इतिहास ने कभी पाँव को रोका नहीं।

लड़-झगड़कर अन्त में स्त्री ने एक कोठरी बन्द करके भीतर से ताला लगा लिया क्योंकि उसे भय था कहीं सबके चले जाने पर वह उसे फिर मारे नहीं। भीतर से वह गालियाँ देती रही और पति ने मुस्कराकर कहा—"आपकी सेवाओं के लिए

धन्यवाद! मैं तो उसे निकालता नहीं। जब उसे छिर्द उठती है तब भाग जाती है, आपने अच्छा किया कि मेरी पत्नी फिर मुझे सौंप दी।"

मुझे उसकी आकृति पर कुटिल रेखा सरकती दिखाई दी। मैं लौट आया। उस रात-भर स्त्री-पुरुष के सम्बन्ध का घोर विवेचन जीवन में इतनी तन्मयता से मैंने पहली बार किया।

दूसरे दिन घर लौटते समय एक अजीब बात फिर देखी। तुम्हें याद होगा अमरनाथ एक अधेड़ आदमी है। सब उसका मजाक उड़ाते थे कि अभी तक उसका ब्याह ही नहीं हो सका था। योरप में कँवारा रहना एक गर्व की बात समझी जाती थी। हमारे देश में स्त्रियाँ उसे आदमी नहीं समझतीं जिसके कोई पत्नी न हो। पुरुष जब तक स्त्री को अपने अधिकार में नहीं रख सकता, स्त्रियाँ उन पर हँसती हैं। जंगली पशु को जंजीरों से बाँधकर ही पालतू बनाया जाता है। हमारे देश में एक समझदार वर्ग भी है, जिस वर्ग के सदस्य सिर झुकाकर, हार कर समझौता करने को सदैव तत्पर रहते हैं। उन्होंने देखा है कि जिन आधारों पर वे खड़े हैं वह केवल अपनी सत्ता-मात्र रखता है। यदि उसमें परिवर्तन किया जा सकता है तो वह चित्र ही मिट जाता है जिसका रूप अभी तक वे अपने मस्तिष्क में चरम सत्य के रूप में ग्रहण किए हुए हैं। जब तक मनुष्य समाज को रिश्वत नहीं देता तब तक उसे भीख का अधिकार भी नहीं मिलता। अब संसार कहता है उसके क्या नहीं हुआ। पारसाल उसकी शादी हो गई। मुहल्ले में एक लड़की थी, करीब सोलह-सत्रह वर्ष की। एक उसके छोटा भाई था। माँ-बाप मर चुके थे। चाचा ने पाला था। चाची कर्कशा थी। बचपन से ही लड़की भूखी रखी गई। किसी ने उसकी चिन्ता नहीं की। मुहल्ले के आवारे लड़कों ने उसे पहले से भाँप रखा था। इधर वह चौदह की हुई नहीं कि यारों ने उसके सामने मिठाई के दोने सजा दिए। आज तक की जितनी सतियों की कहानियाँ मिलती हैं उनमें वे स्त्रियाँ या तो राजघराने की थीं या पूज्य ब्राह्मणों की रिश्तेदार। कभी तुमने बचपन से ही गरीब और अपमानित लड़की को भी सती होते सुना है? हुआ वही जो होना था। लड़की का तो इस तरह पेट मजे से भरने लगा। बात धीरे-धीरे मुहल्ले में फैल गई। चाचा झक मारते रह गए, कल तक भतीजी को भूखा मारने में जिनकी आत्मा ने तनिक भी कसक नहीं खाई आज उनकी माँस की नाक के मौजूद रहते भी इज्जतवाली नाक कट गई। यह नाक तब नहीं कटी जब अफसरों के सामने उन्होंने उसे रगड़ दिया। इसलिए कि यदि वह यही नहीं करते तो उनका पेट कैसे भरता। पेट है तो उन्हीं का है। लड़की को उसे भरने के लिए कोई भी अधिकार वे नहीं दे सकते। देश की स्वतन्त्रता बेचकर वे अपना ईमान बनाए रखना चाहते हैं। कहाँ है ऐसी पददलित नारकीय सत्ता का न्याय? कहाँ है मनुष्यता का अपना सहेजा परम्परा का दुलार? कुछ नहीं, केवल पराजय,

झूठ, एक-दूसरे को धोखा देने की छलना। गँदले पानी में रहने वाले मेढ़क क्या जानें कि पानी का स्वच्छ प्रवाह क्या है? आँख खुले से मुँदे तक जिनका जीवन एक वास्तविकता को दूर रखने का पाखंड है वे दीवाल तोड़कर खिड़की क्या बनायेंगे? और लड़की तन भी नहीं बेच सकती? उनकी स्त्री ने और किया ही क्या है? एक दासीमात्र ही तो है वह! वही चाची भी शर्मा कर चुप हो गई। लेकिन लड़की को तो ब्याहना था। क्या जाने किस दिन चाचा नवासे का मुँह देखते और जमाई का पता नहीं चलता।

उन्हीं दिनों अमरनाथ दिल्ली से आगरे आया था। चार साल बाद जब वह लौटा तो चाचा ने उससे दोस्ती की। हमउम्र थे, कुछ देर भी नहीं लगी। घर ले गए। लड़की दिखायी। वह बेचारा पसन्द-नापसन्द क्या करता? उसे तो कँवारपन तो मिटाना था। तैयार हो गया। शादी हो गई। मुहल्ले के लोगों ने उसे खूब भड़काया भी मगर वह यही समझता रहा कि मुझे कँवारा बनाए रखने के लिए बदमाशों ने गिरोह बाँधकर षड्यन्त्र रचा है।

विवाह के समय वह पैंतालीस साल का था। बाल सफेद होने लगे थे, बल्कि महाशय आगे से गंजे भी थे। शरीर की गठन लटक गई थी। बीवी सोलह-एक की जिसका यौवन इतना लुटकर भी अगणित रत्नों से भरे कोष के समान था। समय अपने हाथों से जिसे लूट रहा हो, उसे मनुष्य, यह निर्बल जन्तु, क्या छीन सकेगा? पुरुष अपने को स्वामी बनाकर भी जब अपनी प्राकृतिक वासना से उसके सामने घिघियाता है तब उससे बढ़कर कौन-सा प्राणी है जिसे तुम घृणित समझ सकने का असंभव काम कर सकते हो?

आज वह सोलह वर्ष की लड़की अपनी जवानी से संतुलन नहीं कर सकती। दान का पशु बँधा रहने को है जैसे कोई गाय। जब मालिक की मर्जी हुई गाभिन करा ली अन्यथा कुछ नहीं का यह अभिशाप हमारे संस्कारों का सबसे बड़ा मोल है। गर्म-गर्म वासनाओं पर ठंडा पानी डालकर उससे कहा गया है कि भाप नहीं निकलनी चाहिए क्योंकि भाप में शक्ति होती है जो इस्पात को फाड़कर बाहर निकल जाती है।

और लड़की चुपचाप सब मानकर अपने कर्मों को पाप समझकर ग्लानि से दबी जाती थी। मुहल्ले का हर लड़का उसे देखकर किचकिचाता था और अब वह सबके सामने आँखें झुकाती थी। उसका छोटा भाई फिर भी सड़क पर मारा-मारा घूमता था और किसी ने दो पैसे दिए नहीं कि वह उसी का खत बहिन के हाथ पर रख देता। बहिन पीटती, वह रो देता और फिर सड़क पर भाग आता। छोटा-सा बच्चा है, सात-आठ साल का।

मुहल्ले में गज्जो नाम आज से नहीं सात साल से मशहूर गुण्डों में लिया जाता है। उसने उस लड़की को कहीं भी देखा नहीं कि बकना शुरू कर दिया। अब भूल

गई है महारानी? कल तक तो हमने नहीं देखा तो खाँस-खाँस के बुलाया करती थी!

वह सुनती और सर झुकाए चली जाती। शादी के पहले उसको दो प्रेमियों को लड़ा देने में खास मजा आता था। किसी भी धर्म के हिसाब से वह पाप था। क्योंकि धर्म का आधार नारी की शारीरिक पवित्रता है। यह पवित्रता वास्तव में पुरुष का कुटुम्ब बनाए रखने का बीजमन्त्र है। जब स्त्री उच्छृंखल हो उठती है तब शृंखलाएँ तड़तड़ाकर चटक जाती हैं। किन्तु जहाज जब समुद्र में अकेला चल निकलता है तब उसे पानी की अधिक शक्ति सहनी पड़ती है। मैं उन लोगों को भी जानता हूँ जो कहते हैं कि नारी ने आराम से रहने के लिए पुरुष को इतने अधिकार दिए हैं। हिन्दुस्तानियों ने भी आराम से रहने के लिए ब्रिटिश साम्राज्य पर इतना भार छोड़ दिया है। सभ्यता सिखाने की आड़ बनाने वाले यह अंधकार के प्रेत वास्तव में एक-दूसरे का गला घोंट सकते हैं, क्योंकि उनमें उनके स्वार्थ लिप्त रहते हैं, और कुछ नहीं। वह कुछ नहीं मुझे पागल बना रही है क्योंकि शून्य पर टकटकी लगाकर साधना करने के व्यक्तिगत मोक्ष से मैं घृणा करने लगा हूँ। धार्मिक रूप और नीति से सती बनी रहने के लिए उसे जीवित रहने का कोई साधन ही न था। मैं पूछता हूँ क्या जवानी बेचना पाप है या कुत्ते की तरह निरीह खा-पीकर मर जाना? तुम कहोगे रूखा-सूखा खाकर और पवित्र रहना ही मनुष्य का सर्वोच्च आचरण है। लेकिन जो ऐसा उपदेश देते हैं वे न भूख की व्यथा जानते हैं न यही समझते हैं कि सुख की जो अनुचित प्रेरणा होती है उसमें, उचित साधनों से प्राप्त आनन्द से, कहीं अधिक बल और उत्तेजना होती है।

और कल वही गज्जो वहीं कहीं ताक लगाए बैठा रहा होगा। लड़की घर में अकेली थी। अमरनाथ कहीं गया था। जबर्दस्ती गज्जो उसके घर में घुस गया और उसे दबाने लगा। पहले तो लड़की मना करती रही, लेकिन बाद को जब वह यह धमकी देने लगा कि तमाम पुराना किस्सा खोल देगा तो वह काँप गई। समझती थी कि अमरनाथ को कुछ भी नहीं मालूम। अब उसे शोक होता : क्यों दुख सहकर भी उसने इस चादर को, कोरा न रखा? हिन्दू समाज में बहुत-सी जवान विधवा नहीं होतीं? यदि अगर अमरनाथ जान जाएगा तब वह क्या करेगा? वह उसे घर से लात मारकर निकाल देगा। और संसार कहेगा ठीक है। ठीक तो शायद वह स्वयं कहेगी। परम्परा का मैल क्या शीघ्र ही जा सकता है?

आज यदि वह पवित्र बनने का प्रयत्न भी करे तो उसे स्वीकार करने को तैयार नहीं होगा। सारे पाप धुल सकते हैं, एक यही पाप नहीं धुल सकता। यद्यपि इसका पीछे कोई चिह्न तक नहीं रहता। क्षण-भर का वह शारीरिक आनन्द ही जिसकी चरम अभि- व्यक्ति है वह आत्मा का पाप कैसे हो सकता है?

गज्जो ने धमकी दी कि वह उसकी पहली पोलों का काला चिट्ठा सबके सामने

छपवा कर बँटवा देगा। वह झुक गई। गज्जो के दोस्तों को मालूम था ही। इस जलन में कि गज्जो फिर गोता मारकर मोती निकाल लाया, उन्होंने बाहर से कुण्डी चढ़ा दी। हाल के हाल में मुहल्ले वाले बिरादरी वालों की भीड़ इकट्ठी हो गई।

परसों वाला क्लर्क भी आ गया। आखिर दरवाजा खोला गया। गज्जो निकला। अब क्या था? घर-घर खबर बिजली की तरह फैल गई। औरतों के झुंड के झुंड आने लगे। क्लर्क साहब ने आगे बढ़कर उस लड़की का अपराध सबके सामने खोल दिया। क्लर्क साहब का चरित्र अच्छा समझा जाता था। इसी समय अमरनाथ भी लौट आया। उसने भी सुना और क्रोध से पागल हो उठा। तीर की तरह भीतर घुसा, जैसे जान से मार डालेगा। मगर भीतर घुसकर देखा तो चुप रह गया। लड़की निस्सहाय-सी बैठी थी। अमरनाथ ठिठक गया। उसने देखा जैसे वह लड़की बिजली से चोट खाकर स्तब्ध-सी सुन्न पड़ गई थी। एक बार उसने अपनी ओर देखा, एक बार उसकी ओर। मुहल्ला बाहर इकट्ठा हो गया था, जैसे इससे बढ़कर स्त्री के लिए कोई पाप नहीं हो सकता।

हमारा पाप-पुण्य परखने का नैतिक ज्ञान इतना कलुषित और संकुचित हो गया है कि एक स्त्री-पुरुष के यौन सम्बन्ध पर ही धर्म की दीवार खड़ी करते हैं। अमरनाथ को एक-एक कर याद आया। मुहल्ले की चार भाभियाँ एक बार जब वह कँवारा था तब उसकी क्या न थीं? और आज भी कोई गज्जो से कुछ नहीं कहता! फिर इस लड़की ने ही ऐसा क्या अपराध किया है? आखिर बचपन में ऐसी भूल कौन नहीं करता?

उसने देखा, वह फूट-फूटकर रो रही थी। उसने उससे कुछ भी नहीं कहा। जाने क्यों उसका मन पसीज उठा। इतने दिनों में वह उस लड़की के बारे में सब कुछ सुन चुका था। घृणा के स्थान पर उसे सदा उस पर करुणा ही आई।

बाहर लोगों ने तय किया कि अमरनाथ को अगर बिरादरी में रहना हो तो वह उस लड़की को घर से निकाल दे। अमरनाथ बाहर आया और उसको देखकर क्लर्क साहब ने घोषणा को दुहरा दिया। मुन्नू की बूढ़ी बुआ है न, उसका कथन वेद-वाक्य की तरह स्त्रियों में चलता है। उसने सीधे-सीधे शब्दों में अमरनाथ से इन्हीं शर्तों को दुहरा दिया। लेकिन अमरनाथ ने थोड़ी देर तक कुछ भी उत्तर नहीं दिया। उसने सिर उठाकर देखा। लोगों के मुख पर घृणा, तिरस्कार और विक्षोभ के चिह्न थे। वह तनिक भी विचलित नहीं हुआ। इतनी बड़ी बात उस पर ऐसे फिसल गई जैसे चिकने घड़े पर से पानी। आज उस पर अधिकारी होने का दायित्व था। उसकी बुद्धि पर एक लड़की का जीवन था। क्या उसका मान एक स्त्री के वेश्या होने पर जीवित रह सकेगा? जब वह गर्मी और सूजाक में तड़प-तड़प कर जान देगी उस समय किस मुख से वह स्वर्ग की सीढ़ी पर चढ़ सकेगा? संसार की कोई स्त्री उससे

विवाह करने को तत्पर न थी। वह एक फँस गई ही-सी, जो उस पर आश्रित है उसे वह कुचल दे क्योंकि उसे इसका अधिकार मिल गया है?

सामने क्लर्क खड़ा था। अमरनाथ जानता था कि इस लम्पट के भीतर का विष ही ऊपर पुण्य के ये झाग बरसा रहा है। इन घड़ों के मुँह इतने सँकरे हैं कि भीतर हाथ देकर अच्छी तरह इन्हें माँजा भी नहीं जा सकता। और वह खड़ा रहा जैसे कुछ नहीं हुआ। उसने कहा—"जो हो गया सो हो गया। अब अपने-अपने घर जाइये।"

"नहीं," बुआ गरजीं, "तुझे उस कुलटा को निकालना पड़ेगा। ऐसी भी लुगाई की क्या गुलामी?"

किन्तु अमरनाथ ने कड़ककर कहा—"जाओ, जाओ, घर जाओ अपने, समझीं! जब तुमने मुझ बूढ़े से इसकी शादी कराई थी तब वह जायज था? और अब इस छोटी-सी गलती पर इसे मैं निकाल दूँ तो इसका क्या होगा? दर-दर मारी-मारी न फिरेंगी? जाओ, जाओ! वह मेरी बहू है, किसी का क्या लेन-देन है?"

इस पर सबने दाँतों से जीभ काट ली। मगर क्लर्क साहब बोल उठे—"चलो ठीक है। तुम बूढ़े हो, तुम्हें तो रसोईदारिन चाहिए थी, सो मिल गई। बीवी की सब इच्छाएँ पूरी करने के लिए तुमने ब्याह ही किया था!"

पाप की यह पुकार एक षड्यन्त्र है। इसमें हमारा खोखलापन सारे आदर्शों को ठोकर मार कर नंगा नाचने लगता है। आए कोई और अपनी प्रशस्ति के रक्त लिखित गीत सुनाए। आज मानव का सम्पूर्ण पतन हो गया है। इस वेदी पर नरबलि के अतिरिक्त किसी की भी प्रशंसा नहीं की जा सकती।

अमरनाथ ने सुना और भीतर ही भीतर वह लज्जा से सिकुड़ गया। जिस पौरुष पर बच्चा पैदा-भर करने को गर्व करके भारतीय डींग मारते हैं, उसका आजकल एकमात्र उपयोग समझते हैं, वह भी उससे छीन लिया गया था। जिसके बल पर नारी मुँह खाई-सी भालू की तरह उसके पीछे दौड़ती है, उस पर ही इस क्लर्क ने घोर प्रहार किया था।

सामने यह एक विचित्र व्यक्ति था जो पाप को घर में देखकर भी उसे पालकर बढ़ा रहा था जैसे उस लड़की ने कुछ नहीं किया।

जन-समाज ठठाकर हँस पड़ा। लोग अपने-अपने घर जाने लगे। उनकी इच्छाएँ पूरी नहीं हुईं। शाम तक सबके मुँह पर यही बात रही। भगवान् राम तक यह नहीं कर सके थे। भीष्म पितामह तक के पुरुषार्थ को शिशुपाल ने नपुंसकता कहा था।

तुम क्या सोचते हो? इस दाम्पत्य जीवन का प्रेम कहाँ है? यदि प्रेम दया है अथवा बाँट-तौल है तो वह न रहस्य है न कोई अद्भुत कल्पना। क्या अमरनाथ बनना कठिन है या क्लर्क साहब? मैं तो दोनों को ही कोई बड़ी बात नहीं समझता।

हमारे पास कुछ है ही नहीं जिससे हम मन बहलायें अतः यही एक चक्कर है जिसमें निरंतर दौड़ते हैं, मगर बाहर नहीं निकल पाते और अपनी ही पगध्वनि से डर कर बार-बार मूर्च्छित हो जाते हैं।

लिखते-लिखते थक गया हूँ, फिर कभी लिखूँगा। भाभी से नमस्ते कहना। मेरी राय है तुम पहले प्रेम न करके कैदियों की तरह ही सही, साथ-साथ रहने लायक समझौता कर लो, वर्ना छोड़छाड़ दोगे तो जानते ही हो क्या होगा! प्रेम तो एक लाचारी का मसविदा है। अब नहीं है तो कल हो जाएगा और कुछ नहीं है तो वही करना होगा। थोड़े दिन बाद तुम्हारे अनुसार प्रेम की नई परिभाषाएँ बन जाएँगी।

शेष सब कुशल है। एक बात अवश्य है। कैसा भी माननीय समझौता हो वह परोक्ष रूप में होता पराजय ही है। उत्तर देना।

तुम्हारा ही<br>
सोमनाथ<br>
*('47 से पूर्व)*

# देवोत्थान

भोर हुई, जागरण हुआ। नन्दन वन में सुरभित समीर अलसाकर गूँज उठा। मादक परिमल की हिलोर से स्निग्ध प्रकाश झिलमिला रहा था। शतदल शय्या पर इंद्राणी अँगड़ाई भर उठीं। सहसा उन युगों की शान्ति को घरघराइट की भीषण ध्वनि ने तोड़ दिया। चौंककर मेनका उठ बैठी। इन्द्राणी ने उसकी ओर देखा और भयभीत-सी दोनों इन्द्र के वक्ष से चिपक गईं।

"देव, वृत्र आ रहा है।"

देवराज ठठाकर हँस पड़े। बोले, "देवी, यह वृत्र नहीं, बर्बर फासिस्टों के वायुयान द्यावा के वक्षस्थल को चीरकर गरज रहे हैं।"

"ओह," प्राणों को धैर्य ने आश्वासन दिया। सिंहद्वार पर दुन्दुभी बजने लगी। गन्धर्वों ने वीणा के तारों पर उँगलियाँ फेरीं। वही अजस्र विलास का महानद उमड़ पड़ा।

इन्द्र ने वज्र को उठाते हुए कहा—"देवी, एक दिन यह वज्र अभेद्य था, पर न जाने मानव ने इससे भी अभेद्य अस्त्रों का आविष्कार कैसे कर लिया। यह त्याग का वरदान आज न जाने मुझे जीवन से इतनी दूर कैसे खींच लाया?"

दो काली छायाएँ आकर इन्द्र के चरणों पर लोट गईं।

एक ने कहा—"देव, मैं अभी तक आपके शासन का प्रतिनिधित्व कर रहा था।"

दूसरे ने कहा—"देव, मैं आर्थिक रूप से इसकी सहायता कर रहा था।"

उर्वशी मुस्कराई। उसने पूछा—"तुम कौन हो, इतने जर्जर?"

एक ने कहा—"मैं अन्धविश्वास हूँ। अपनी-अपनी कमर में डोर बाँधकर दूसरा छोर मानव-विश्व में बाँधकर यहाँ तक उड़कर आए हैं।"

दूसरे ने कहा—"देव, मैं साम्राज्यवाद हूँ। जर्जर विक्षत हो गया हूँ। अब रहा नहीं जाता। मेरी रक्षा करिए। मेरे अन्त के साथ आपका भी तो नाश है।"

इन्द्राणी बोल उठीं—"किन्तु तुमने हमारे नाम पर शोषण और अत्याचार क्यों

किया?"

साम्राज्यवाद पुकार उठा—"देव, यह मानव तो अब पुरानी लीकों को बिल्कुल छोड़ देना चाहता है। महाराजाधिराज, इन अनीश्वरवादी राक्षसों को समाप्त क्यों नहीं कर दिया जाता?"

वरुण ने दौड़कर यम से कहा—"चलिए वहाँ कुछ लोगों को दण्ड दीजिए।"

यम ने कहा—"मगर यह तो कलियुग है! मेरी शक्ति तो क्षीण हो गई है। क्या करूँ, गुस्सा तो बहुत आता है। रुद्र से कहो न कि वे ध्वंस करें?"

देवताओं ने समवेत स्वर से आह्वान किया—"हे मृत्युंजय, नृत्य करो!"

महारुद्र ने चरण उठाया, किन्तु युद्ध की भीषणता से काँपती पृथ्वी पर उनका चरण काँप गया। पार्वती दौड़कर उनके गले से लग गईं। बोलीं—"रहने दो। तुम्हीं एक भोलेभाले मिल जाते हो सबको! यह क्या, पाँव लहूलुहान हो गया?"

रक्त से पाँव लाल था।

यम ने कहा—"यह तो मृत्युलोक में मानव का बहा हुआ रक्त है!"

सरस्वती बोलीं—"ओह, मेरी वीणा का नाद कोई नहीं सुनता!"

स्वर्ग में कोलाहल मच उठा। 'त्राहि माम्! त्राहि माम्!' के स्वर से इन्द्र भी विक्षुब्ध हो गए।

उनके मुख से सहसा निकल गया—"यह क्या?"

"देव!" चीत्कार हुआ। "स्वर्ग पृथ्वी से दूर हो चला है।"

अन्धविश्वास और साम्राज्यवाद क्रोध और भय से काँपने लगे।

वे बोले—"महाराजाधिराज, कोई इस डोरी के मानव-विश्व में बँधे छोर को काट रहा है।"

"लौट जाओ! लौट जाओ!!" इन्द्राणी चिल्लाईं।

इन्द्र ने कहा—"चलो, मैं पहुँचा आता हूँ।" वरुण और सूर्य्य भी साथ चले। इन्द्र ने एक जर्मन वायुयान में बैठने के लिए बुलाया; किन्तु उसी समय रूम के ऐन्टी-एयरक्रैफ्ट गन के वार से वह हवाई जहाज गिरकर जलने लगा। वरुण काँप उठे। बोले, "बाल-बाल बचे! अरे! इन्द्र, कहाँ आ गए? कमबख्त लड़ते हैं, लड़ने दो! कौन अपना नुकसान हो रहा है? पूजा के समय खाने आ जाएँगे! चलो!"

इन्द्र ने कहा—"नहीं सूर्य्य, तपो, तपो! कि यह अनीश्वरवादी भस्म हो जाएँ!

सूर्य्य लाचारी के स्वर में बोल उठे—"क्या बताऊँ? आप कहेंगे कि पौरुष नहीं रहा। मगर सृष्टि का नियम ही ऐसा है कि मैं दिन पर दिन ठण्डा हुआ जा रहा हूँ और उधर रूस की बर्फ पर मेरा कुछ असर भी नहीं होता।"

"यह कौन मंत्रोच्चारण कर रहे हैं?" इन्द्र ने पूछा।

साम्राज्यवाद ने कहा—"आर्य्यपुत्र हिटलर और सूर्य्यपुत्र जापान पूजा कर रहे हैं।"

"और यह क्या है?" वरुण ने पूछा।

साम्राज्यवाद ने खिसिया कर कहा—"श्रीमान्, यह स्तालिनग्राद है। नाक रगड़ कर मर गया, मगर इसे नहीं जीत पाया। यहाँ लोक-शक्ति इतनी प्रबल है! समझ के परे की-सी बात है। मुझे कभी-कभी संदेह होता है कि आप तो कहीं इन्हें सहायता नहीं दे रहे।"

"अजी राम भजो भाई साम्राज्यवाद!" इन्द्र ने कहा—"यह क्या कर रहे हो? देवताओं पर अविश्वास? तब तो तुम्हारा नाश अवश्यम्भावी है।"

"मेरे साथ आपके साम्राज्य का भी तो नाश है।"

यह सुनकर इंद्र असमंजस में पड़ गए।

वरुण ने इधर-उधर देखा। सहसा वह पुकार उठा—"इन्द्र, वह देखो, स्वर्ग कितना धुँधला, संकुचित और क्षीण होकर न जाने कहाँ दूर उड़ता चला जा रहा है?"

इन्द्र ने देखा।

वरुण ने फिर कहा—"अब अपना स्वर्ग सँभालिएगा कि यह पृथ्वी?"

इन्द्र ने कहा—"चलो।"

इन्द्र और वरुण उड़ चले। सूर्य्यं ने रथ को बढ़ाया। साम्राज्यवाद चीख उठा—"मौके पर दगा दे रहे हो?"

दूर से आवाज आई—"बाज़ आए तुम्हारी दुनिया से?"

साम्राज्यवाद पुकार उठा—"मैं लुट गया!"

देवताओं का क्षीण उत्तर सुनाई पड़ा—"मानव-जनशक्ति अपार है।"

साम्राज्यवाद ने रोर उठाई—"यह सिंहासन, यह महल, यह मदिरा, यह अप्सरा..."

शब्द हवा में तैर उठे—"किसान-मजदूरों से मुँह कौन लगे!"

साम्राज्यवाद गरज उठा—"मेरी रक्षा करो..."

प्रतिध्वनि वायु में विलीन हो गई—"हमें अपनी इज्जत प्यारी है। आज से तुम्हारी दुनिया से नाता ही टूट गया..."

अन्धविश्वास अब तक चुप था। अब सूर्य्य से बोल उठा—"कहाँ जा रहे हो? सुनो तो।"

सूर्य्य ने कहा—"प्रातः सन्ध्या मैं जिस भारत भूमि से अर्घ्य पाता हूँ उसका क्या हाल है?"

साम्राज्यवाद किटकिटाकर बोला—"वह गुलामी में जकड़ी है। भूख, हत्या, बलात्कार और नंगापन मेरा साम्राज्य चला रहे हैं।"

सूर्य्य ने विस्मित होकर पूछा—"भीम और अर्जुन के देश में?"

साम्राज्यवाद ने कहा—"वे तो मर गए। अब वहाँ आपसे भी अधिक मेरा राज्य है।"

सूर्य्य ने रथ बढ़ाते-बढ़ाते पूछा—"यह कब हुआ?"

अन्धविश्वास ने कहा—"तब देवता सो रहे थे।"

सूर्य्य ने कहा—"तो क्या चाहते हो?"

"जापान और जर्मनी का नाश। और गुप्त रूप से चाहते हैं कि रूस भी अधिक न बढ़ने पाए।"

सूर्य्य बोला—"यह क्या? कहते हो कि बराबरी के लिए, धर्म के लिए, मानवता के लिए लड़ते हैं, और हिन्दुस्तान को आजाद नहीं करते? यह कैसी स्वार्थ और अन्धकार भरी बात है?"

साम्राज्यवाद बोल उठा—"हाँ, तुम भी चले जाओ। जब तक जान रहेगी तब तक गुलामी को रखेंगे..."

एक हँसिया नीचे से आकर अन्धविश्वास के लगा। वह गिर गया। सहसा नीचे से भीषण गरज उठी। उस हुंकार से साम्राज्यवाद काँप उठा।

सूर्य्य ने दूर से पूछा—"यह क्या हुआ?"

"हिन्दुस्तान में एका हो गया। अब कहाँ बचूँ? उन्होंने गुलामी की जंजीरों को तोड़ दिया है।"

पृथ्वी से भीषण जनगान-ध्वनि उठ रही थी—

*हम मजलूमों की मेहनत से*
*था स्वर्ग बना साम्राज्य बना,*
*है आज लिया बदला हमने*
*ऐ झंडे लाल सलाम तुझे।*

साम्राज्यवाद के पैर लड़खड़ाए और वह मूर्च्छित होकर गिर गया। आकाश-झंडा फहर-फहर पूछ उठा—"सुना करते थे यहाँ कोई स्वर्ग था? कहाँ है वह स्वर्ग? पृथ्वी से भी अच्छा वह स्वर्ग कहाँ है?"

*('47 से पूर्व)*

# मुर्दे

डूबते सूर्य्य की किरणें नदी पर फिसल रही थीं। पानी के भीतर से प्रकार पीला होकर बाहर फूटने का प्रयत्न कर रहा था। चारों ओर निस्तब्धता छायी थी। केवल कुत्तों के भूँकने से कभी-कभी सन्नाटे की पर्तें हटती थीं, चटक जाती थीं और फिर काली काई की तरह आ जुड़ती थीं। मरघट की उस बीभत्स छाया में न जाने किस-किसकी चिता जल रही थी।

बाबा की चरन पादुका के चौंतरे पर अब कोई न था। थोड़ी देर पहले ही वहाँ कुछ बाबू लोग बैठे थे। उनके मुख पर उदासी थी, संसार के प्रति विरक्ति, जैसे इस संसार में कुछ न हो। और वह चिता भी अब ठंडी हो चली थी। जिसकी लपटों के कारण बीस-बीस हाथ दूर बैठना दुश्वार हो गया था।

चारपाई पर बैठा हुआ मनीराम खाँस उठा। वह बूढ़ा है, शरीर पर गेरुए वस्त्र हैं, बायें हाथ में लोहे का एक कड़ा, दायें हाथ में माला। शरीर काफी बलिष्ठ लगता है।

''बाबू,'' मनीराम की आवाज गूँज उठी—''सहर गया था?''

''गया था न?'' बाबू हाथ में गिलास लिये पानी पीते-पीते बाहर निकल आया।

''तो।'' वृद्ध का स्वर फिर गूँजा।

बाबू एक जवान आदमी है, हल्की मूँछें हैं, कोई चिंता न करता-सा वहीं बैठकर गिलास औंधा दिया और बोल उठा—''नौकरी नहीं की जाती जैसे तुम कहते हो।''

''क्यों,'' वृद्ध ने रूखे स्वर से कहा—''रोटियाँ लग गई हैं बेटा। नहीं की जाती। और यहाँ मुर्दों में आग नहीं दी जाती। तो खाओगे क्या?''

''मैं घर छोड़ दूँगा।'' बाबू ने छोटा-सा उत्तर दिया।

वृद्ध ठठाकर हँस पड़ा और फिर उदास-सा हाथ की माला फिराने लगा। बाबू उठकर चला गया। यह रोज की बात थी। किसी ने इसे महत्त्वपूर्ण नहीं समझा।

## 2

बाबू थोड़ी देर तक इधर-उधर घूमता रहा और फिर विश्रांत-सा लौट आया। कोठरी

में घुस गया और दो रोटी हाथ पर निकाल लाया। चुपचाप खाने लगा।

बूढ़े मनीराम ने सिर फेर कर कहा—"बाबू!"

"क्या है।" बाबू ने कर्कश स्वर में उत्तर दिया। जैसे वह बात नहीं करना चाहता था।

मनीराम ने कोई चिन्ता नहीं की। वह कहता गया—"क्यों रे! दो घण्टे पहले वह एक बच्चा गाड़ गये थे, उसका रेशम का जरीदार दुपट्टा निकाल लिया?"

बाबू ने कुछ नहीं कहा। रोटी वहीं धर दी। जाकर फावड़े से खोदने लगा। कीचड़ में से चीत्कार की सी ध्वनि आयी और कुछ ही देर में बाबू के हाथ में वह महीन रेशमी दुपट्टा चमक उठा। पल भर वह उस बच्चे की लाश को देखता रहा, और न जाने क्यों एक बार काँप उठा। फिर निगाह हटा ली और साहस करके गड्ढा ढँक दिया।—बेचारा मुर्दा! उसे क्या खबर। क्या उसका, क्या पराया। वह तो कुछ कह नहीं सकता।

बाबू ने विषाक्त नयनों से देखते हुए दुपट्टा मनीराम पर फेंक दिया। मनीराम हँसा और बोल उठा—"बेटा। एक दिन मैंने तुझे ऐसे ही अनाथ के रूप में पाया था, तभी से पाल लिया।" और उसने कुछ नहीं कहा। बाबू यह बात कई बार सुन चुका था। उसकी सांस चल रही थी, वह गड़ा हुआ न था, तभी तो पाल लिया वर्ना यह कभी...

और श्रद्धा घृणा से लड़ती, पिता का अस्तित्व अकर्मण्यता से संघर्ष करता...

बाबू और अधिक विक्षुब्ध हो उठता था। बूढ़ी भिखारिन कुछ गुनगुनाती हुई एक झाड़ी से निकली और आकर पहले पेड़ के नीचे बैठ गयी। उसके चारों तरफ कँटीले तार खिंचे थे, कोई उन्हें पार करके उसके पास तक जाना नहीं चाहता था। या जा नहीं पाता था।

बाबू को शहर की याद आने लगी। क्यों न लौट जाये वह शहर। जब पेट का ही सवाल है तो क्या अपना भी पेट न भर सकेगा। यहाँ जिंदगी क्या है। एक चिता की तरह सदा भभकता हुआ दिल और फिर राख, जिसे उठाकर बहती हुई नदी में छोड़ देना है, कोई चिह्न नहीं, कोई नतीजा नहीं। बुड्ढे ने जमाना देखा है, जब कुछ बल नहीं रहा, तब आकर मरघट में खाट डाली है और कैसा कठोर दिल है...अधजली लाश नीचे पड़ी है, मगर मजाल है कि दो लक्कड़ भी धर देने दे। कहता है—"बेटा उतरा मुँह देखकर खैरात करेगा तो तेरे पास क्या बचेगा। इस दुनिया में हँसने वाले तो इने-गिने मिलेंगे। वरना सारी दुनिया में रोते चेहरे ही दिखेंगे जो हँसने भी तो लगेगा, कि खिसिया रहे हों! हँसेंगे कैसे बेटा। हँसने के लिये दाम चाहिये दाम। अगर मैं ही सरकार को दाम न दूँ तो समझता है कि ठेका मिल जायेगा मुझे?"

बाबू साधुन के पास जाकर बैठ गया। उसको पास आया देखकर साधुन ने

उसे एक भद्दी गाली दी और हँस दी। बाबू मन ही मन सकपका गया, फिर भी हटा नहीं, कहा—"माई! इतने दिन हो गये लेकिन कभी हम पर तेरी दया नहीं हुई।"

साधुन ने फिर गाली दी और उसकी बाकी आवाज एक बधिर घरघराहट में डूब गयी। जैसे नदी में भँवर पड़ते हैं, उनमें से असंख्य स्वर उठते हैं किन्तु उनका मनुष्य के लिये कोई उपयोग नहीं होता। साधुन प्रायः अधेड़ थी। उसके बाद वहाँ असह्य नीरवता छा गयी। उसने कुछ नहीं कहा। बैठा-बैठा बाबू ऊब गया। आकाश के उदास नक्षत्र निरन्तर उसी की ओर देख रहे थे, किन्तु बाबू ने कभी उस ओर किसी संलाप के लिये दृष्टि नहीं उठायी। साधुन शांत थी, ऐसी जैसे पास के टाल में लक्कड़ पड़े थे।

बाबू को याद आया, वह बचपन से उसे यहीं देख रहा है। ऐसे ही, ऐसे ही, हाँ, अब वह बूढ़ी हो गयी है, तब अधेड़प्राय थी। तब वह बहुत हँसती थी, तब उसके पास ज्यादा लोगों की भीड़ आया करती थी, जिनमें अधिकांश ताँगेवाले होते थे या इधर-उधर के ऐसे ही काम करने वाले लोग। खूब दौने लाते थे, सामने रख जाते थे और कई तो रात को यहीं पड़े रहते थे। कहते हैं साधुन कोई बाल-विधवा थी। सब कुछ चला गया तो पागल-सी हो गयी थी। तभी से भगवान के चरणों में चित्त लग गया और आज तक वैसे ही चल रही है। पहले हँसती थी अब गाली अधिक देती है...

बाबू चौंक उठा। साधुन की कर्कश आवाज उसके कानों को फाड़ उठी—"हट, भंगी, डोम नहीं तो! दूर हट!"

बाबू भय से पीछे हट गया। अपमान का यह अनादृत स्वर सुनकर केले के पत्ते की भाँति उसका हृदय हिल उठा। यह एक स्थिरप्राय वस्तु उस चलती-फिरती सशक्त वस्तु का तिरस्कार कर रही थी और वह भी मरघट में जहाँ सब बराबर थे, जहाँ कल ही शहर का इतना बड़ा सेठ रमिया चमारिन की पास की चिता की बगल में पड़ा-पड़ा चुपचाप जल गया था। बाबू का ध्यान टूटा, देखा—कछार के नीचे की तरफ रोज की तरह अल-सुबह आकर वहीं कुछ नावें रुक गयी थीं और लोग सिर पर बड़ी-बड़ी डलियों में बड़े-बड़े काशीफल लेकर उतर रहे थे। वे ऐसे ही हर नयी ऋतु में नये फल या साग-भाजी लेकर पास के गाँव में उतरते हैं और सामान खरीद कर लौटते हैं। एक बार बाबू ने पूछा था—"मरघट के अलावा तुम्हें कोई रास्ता नहीं है?"

तो एक ने कहा था—"क्यों? इस रास्ते ने क्या बिगाड़ा है? एक ये ही है जहाँ गाँव के सबसे पास इस किनारे पर आबादी है।"

"आबादी!" बाबू का विकार हँस पड़ा। मरघट में भी जो आबादी है, मनुष्य उसी के लिये व्याकुल है।

और आज कोई बूढ़ा कह रहा था—"हमने तो कह दी, बेटी का ब्याह करना आसान नहीं है, जो तुम खेल समझ रहे हो। हमने न कही, बिरादरी के पचास जीभ हैं तो सौ कान हैं..."

"देख के दादा, देख के...।" दूसरा स्वर उठा—"बचा के, हाँ, देखी वहीं वह अधजली लाश पड़ी है..."

बूढ़ा रुक गया, बोल उठा—"छूट के भी नहीं छूटा, मिट्टी भी किनारे न लगी। कोई गरीब रहा होगा। मिट्टी भी नहीं सिमटी..."

जवान ने फिर कहा—"दानी सेठों ने यहाँ लकड़ी मुफ्त कर दी है सुनते हैं..."

बाबू का हृदय झनझना उठा—"अब उसकी कौन गत सुधारनी है। जीते-जी सुख नहीं मिला। मर कर जला न जला-परलोक सुधरेगा?"

एक व्याकुल भूखी हँसी उसके होंठों पर तड़प उठी। और नावें लौट गयीं। फल और सब्जी वाले चले गये थे।

## 3

पौ फटने में अभी प्रायः दो घंटे की देर थी। आसमान में तारे बिखरे हुए थे जिनकी छलना में पृथ्वी पर यह मरघट अत्यन्त शक्तिमान प्रतीत होता था। अंधकार में दो-एक चिताएँ दीपक की तरह जल रही थीं। बाबू खाट पर पड़ा ऊँघ रहा था। एकाएक दूर से आवाज आयी—"साधो आये वृन्दावन, सबको आना वृन्दावन।" मुर्दा लाये हैं कोई, और घाट पर से अब दिशा बदल ली है। बाबू उठ बैठा।

थोड़ी ही देर में कुछ मजदूरों ने आकर रेत पर एक अर्थी धर दी और टाल से सामान जुटाने लगे।

बाबू अर्थी से दूर खड़ा रहा, फिर न जाने क्यों सिहर उठा। जाकर चिता सजाने लगा।

"क्यों मुकुन्दा, ठीक रहेगा यह लक्कड़?"

"उधर रखना सिर के नीचे।"

"कलुआ काका सब ठीक कर देंगे।"

"तो जरा एक डुबकी तो दिला ला रे बुधुआ।" कलुआ ने कहा।

देखते ही देखते चिता धधक उठी और सबके चेहरों पर लपटों का उजाला तैरने लगा। बीड़ी का बण्डल हाथों पर चलने लगा।

सबके चेहरे पर उदासी के अतिरिक्त एक ग्लानि भी थी। बाबू ने स्वाभाविक स्वर में पूछा—"कौन था? कैसे मर गया?"

बुधुआ ने अनजाने ही कहा—"इसका हाथ गट्टे से कट गया।"

"हाथ कट गया?" बाबू की आवाज भर्रा गयी, "कैसे कट गया?"

"मशीन के बीच में आ गया, कट गया।" कलुआ की आवाज में उसकी उदासीनता झलक आयी, "पूरी मजूरी मिलती नहीं। जोश में आ गया था लौंडा, तभी चटक गया।"

बुधुआ को एक छींक आयी।

"क्यों बे?" कलुआ का स्वर गूँजा—"नवाबों के से नखरे।" और मुड़कर कहा—"लड़ाई का जोश चढ़ गया था। कहता था हम मजूर न हों तो लड़ाई न चले। बस, चपेट में मारा गया। कौन नहीं मरता? मगर बीवी है, एक लौंडिया भी छोड़ गया है वह।"

और कलुआ ने सिर हिलाया जैसे यह भी खूब रही। बाबू ने देखा और बोल उठा—"तो कुछ हरजाना मिला?"

"मिलेगा कहते हैं।" बुधुआ ने धीरे से कहा। और झाँककर कहा—"लग गयी? क्यों भीतर पहुँच गयी?"

मुकुन्दा ने झाँक कर आग को देखा—उसके मुख पर एक सूखी मुस्कान फैल गयी। धीरे से हँसा और कहा—"उससे कोई बचा है?"

फिर सब चुप बैठे रहे। चिता की आग धू-धू करके जल रही थी।

"हवा तो खूब चल रही है।" मुकुन्दा ने न जाने किससे कहा।

हवा लपटों में फरफरा रही थी, आस-पास उजाला फैला हुआ था। चौंतरे पर लँगोटी लगाये वही पतला-दुबला बाबा बैठा था। उसके मुँह पर सन्तोष था। त्रिशूल पास ही गड़ा था। सामने ही हड्डी का कपालकुण्डल रखा था और झाड़ी के पीछे वही साधुन बैठी थी।

बाबू सुनता रहा। हृदय में कुछ कचोट रहा था। उसने धीरे से बुधुआ से कहा—"तो सच, बेमौत मारा गया।"

"नहीं जी।" बुधुआ ने अलग से कहा—"जरा देरी होगी मगर हरजाना लेके रहेंगे। कोई दिल्लगी है। अब वे जमाने गये। हम क्या दबने वाले हैं? कौन जायदाद खड़ी है जो छिनेगी? पेट भरने की लड़ाई है। पेट भी नहीं भरेगा तो जीते ही क्यों हैं। दबता तो मुर्दा है।"

कलुआ ने भी सुना और उसके स्वर में एक तिक्त घृणा गूँज उठी—"नहीं देगा तो साले के कन्धों पर सिर तो रहेगा, मगर 'मील' नहीं चलेगी। आज इसके बखत चुप रह जायेंगे तो कल हमारी बारी न आयेगी? जीते हैं तो केवल मेहनत से, हराम का नहीं खाते कि हमारे मरने-जीने में फरक ही न हो।"

उसके शब्दों का गर्व बाबू के हृदय पर बज उठा। अपमान के प्रति उसमें विक्षोभ था, शक्ति के प्रति एक जागरण। और बाबा चिता की आग की ओर ठण्डी आँखों से देखे जा रहा था, जैसे फिर भी उसमें कोई गर्मी न थी, कोई हलचल न थी।

"वह भी कोई आदमी है," मुकुन्दा ने कहा—"जो रोते बखत दूसरे के काम न आया, अरे भीख माँग कर तो हम पेट नहीं भरते।"

बाबू के मन में एक तीखा बाण जा चुभा। क्या करता है वह यहाँ। दिनभर बाबा और उसी साधुन की खुशामद, चाकरी, कि वह कुछ बता दें, कि उसे एकदम रुपया मिल जाये, घृणा से मन सिहर उठा।

नीचे एक अधजली लाश पड़ी है, और क्षणभर को उसे लगा, जैसे बाबा भी एक मुर्दा हो, एक मुर्दा जिसमें छाल के अतिरिक्त और कुछ नहीं, जिसे खाने-पीने के सिवाय और कुछ नहीं, दुनिया की रफ्तार जिसके लिये नहीं रही, जो सुख-दुख से परे हो गया है, यानी जिसके भीतर आदमी का दिल नहीं रहा है, जिसके जीने और मरने में कोई फर्क नहीं रहा है।

एकाएक कलुआ ने चौंक कर कहा—"भोर हो चली, उठोगे नहीं। काम पर भी तो चलना है।"

सब उठ गये। रात एक पल आँख नहीं लगी थी। सब चलने लगे। एक बार बुधुआ ने रुककर पलट कर देखा। कलुआ जैसे समझ गया। बोला—"वहाँ क्या है अब, जो रुक गया बेटा?"

बुधुआ चल दिया। हृदय भारी था। कैसे मुँह दिखेगा अब उसकी बहू का। बाबू देखता रहा। उसने देखा अब वे फिर जिन्दों की दुनिया की ओर लौट रहे थे।

**4**

बूढ़े मनीराम ने जोर से आवाज दी—"बाबू!" कोई उत्तर नहीं मिला। बूढ़ा फिर चिल्लाया। जब कोई भी नहीं बोला तो झल्ला कर उठा और बाबा के पास जाकर चिल्ला उठा—"कहाँ भेज दिया है तुमने मेरे बेटे को?"

लेकिन बाबा समाधि में लगे थे। वह उस आवाज को नहीं सुन सके। उसकी दुनियादारी के दुःख का स्वर उन तक नहीं पहुँच सका और जली और अधजली लाशों की तरह ही उन्होंने भी कोई उत्तर नहीं दिया...

*('47 से पूर्व)*

# पिसनहारी

भोर के सूनेपन में बुढ़िया खाँसने लगी। उसका नाम किसी समय जमुना था, किन्तु आज समय ने उसे बिल्कुल भुला दिया था। अपनी मड़ैया की छान की ओर उसने एक बार धुँधली आँखों से देखा और फिर बल लगा कर उठ बैठी। हवा सनसना रही थी, और उस धुँधले अन्धकार में जब आकाश का एकाकी शुक्र दमक रहा था, चक्की चलने की घर-घर गूँज उठी। स्वभाव के अनुसार ही वह गाने लगी और उसका वह भग्न स्वर ऐसे फूट निकला जैसे वह शव के ऊपर रही हो, और उसका वह आर्तनाद आकाश में गूँज रहा हो।

सारा गाँव उसे जानता है। सब उसे आज 'डोकरी' के नाम से पुकारते हैं। सुहागिनें उसका मुख सुबह उठ कर देखना बुरा मानती हैं। कोई उसे नहीं छेड़ता, क्योंकि वह सबको मनमाने सुनाती है, किसी से नहीं डरती।

जब कभी मैं इस गाँव में आता हूँ तब इस बुढ़िया को देखकर मेरे हृदय में अद्भुत विचार उठने लगते हैं। नानगा ने मुझसे कहा था कि बुढ़िया कभी भीख नहीं लेती, तीन आने रोज कमा लेती है। एक बार नानगा ने कहा—"क्यों डोकरी, और बूढ़ी हो जायगी तो क्या करेगी?"

बुढ़िया ने हँसकर कहा—"मर जाऊँगी।"

उस उत्तर की कठोरता को नानगा सह सकने में असमर्थ होकर लौट आया, और बुढ़िया पीसती और बीच-बीच में गाती रही। उसके इतने बच्चे हो चुके हैं कि वह दूर से अवश्य स्त्री प्रतीत होती है, किन्तु उसमें मनुष्य देह के अतिरिक्त और कुछ भी शेष नहीं है, कभी-कभी जब उसका वह भावहीन शुष्क मुख देख लेता हूँ तब हड्डी तक काँप उठती है।

जब मुरली, मनोहर और मन्सुखा फौज में भाग गये तब जमुना ने एक कान से सुना, दूसरे कान से निकाल दिया। सचमुच उस पर कोई प्रभाव नहीं पड़ा—जैसे आये वैसे

ही चले गये। बासु ने सुख नहीं दिया, माँ होकर वह भी उन्हें सुख से नहीं पाल सकी। जेल गये, फौज में गये—कितनी अच्छी है सरकार यह, कुछ न मिले, आ जाओ; भूखे तो नहीं मरोगे।

नानगा ने सुना तो तुरन्त आकर कहा—''अरी डोकरी, कुछ सुना?''

जमुना ने स्वीकार करके सिर हिलाया और कहा—''भगवान सबकी सुनता है भइया, मरना-जीना तो परमात्मा के हाथ, पर रोटियाँ तो मिल जायेंगी।''

नानगा हत्‌बुद्धि-सा निरुत्तर होकर लौट गया। एक बार जमुना को याद आया कि आज यदि इनका बाप होता तो वह भी कितना सुखी होता। तीन लड़के तो सहारे लग गये—और उसकी आँखों में अपने आप पानी भर आया।

तीनों चले गये। फिर कभी उनकी कोई खबर तक नहीं आयी—जैसे वे कभी पैदा ही नहीं हुए।

और जमुना फिर भी व्यस्त थी। सर में अनेक जूँ निकलती हैं, वक्त मिलते ही उन्हें निकाल कर कुचल दिया जाता है। मरे की भगवान को चिन्ता है, आँख से ओझल की ओर देखने की उसे फुर्सत नहीं, क्योंकि अभी उसके सामने पन्द्रह बच्चे पड़े हैं। जमुना ने अपनी गीली आँखें पोंछ लीं और फिर अपने काम में जुट गयी—जैसे उसे कुछ नहीं मालूम। उसे कुछ मत बताओ, क्योंकि वह रोना नहीं चाहती।

**2**

उस रात भयानक गर्मी पड़ रही थी। गाँव में हैजा फैला हुआ था। घर-घर से रोने की आवाज आ रही थी। कपड़े का भी अकाल फैला हुआ था।

भोला ने एकाएक अररर करके जोर की कै की। चन्दा ठठाकर हँस पड़ा। जमुना आटा देने गयी थी। बस वही ग्यारह बैठे थे।

''अरिया खाने को जो रोज-रोज मिल जाय...'' रामसरूप की पतली आवाज किलक उठी। सहसा उसने भोला को झकझोर कर कहा—''भइया!''

लेकिन रज्जू को कोई मतलब नहीं, बोला—''पेट भर के खाया, पेट भर के. ..मजा आ गया...''

और भोला चीख कर लेट गया। रामसरूप पेट पकड़कर चिल्ला उठा—''अरे, मर गया रे...''

और इतने जोर की कै की कि चार-पाँच भाई सिहर गये। और वह वहीं लुढ़क गया।

रज्जू कहता जा रहा था—''अरिया, आयेगा जब कलुआ खेत में तब देखेगा कि सूअर भी खेत ऐसे नहीं खा सकते...''

बोलते-बोलते उसकी आवाज भर्रा गयी और उसने उठने की कोशिश की, किन्तु

उठा नहीं गया...

और इसके बाद वे देर तक के लिए बिलकुल खामोश हो गये।

सड़क पर चलता रिलीफ करने को आया एक वालंटियर रुक गया। सूँघ कर बोला—"बड़ी गंध है।"

उसके साथी ने बत्ती उसकायी और दोनों ने भीतर जाकर देखा। बदबू से चकरा गये। इसी समय जमुना ने प्रवेश किया। घर में दिया देखकर चकरायी। जाकर देखा। उस दहशत से भरे सन्नाटे में एक बड़ी भयानक आवाज उसके गले से निकल गयी।

एक वालंटियर उठाने की गाड़ी लेने चला गया। दिये की धुँधली रोशनी उन लाशों पर खेलने लगी। वालंटियर ने पूछा—"तुम कौन हो?" एकाएक वह चौंक गया।

जमुना ने उसकी ओर देखकर कहा—"इनका बाप जब मरा था तब उसके कपड़े उतारकर मैंने इनके लिए कपड़े बनाये थे, लेकिन ये निपूते तो निपट नंगे हैं, ऐसा भी नहीं कि मर के भाइयों के लिए कुछ भी छोड़ जाते, सब ले गये, कुछ भी नहीं छोड़ा गया इनसे।" वालंटियर चकराकर इधर-उधर देखने लगा। जमुना हँस दी। उतारकर अपनी ओढ़नी से दो को ढँक दिया और कहा—"धोती नहीं उतार सकती बाबू। तुम्हारे तो कपड़े भी इस जोग नहीं कि कफन का काम दे सकें।"

वालंटियर किंकर्तव्यविमूढ़-सा देखता रहा। जमुना क्षणभर को झुकी और एक बार उसने अपने सबसे छोटे बच्चे को गोद में उठा लिया। घूर कर उसे देखती रही—जैसे वह उससे जुदा हो रहा हो। और फिर हताश होकर शव को छोड़ दिया।

वालंटियर कराह उठा, किन्तु जमुना जलती आँखों को खोले बैठी रही, जैसे पुतली भी थोड़ी देर में बिल्कुल सफेद हो जायेगी।

### 3

"अम्माँ," सरजू ने कहा—"मैं, फूल और सोमा शहर चले जायँ।"

जमुना ने आँख उठाकर देखा। आज अन्तिम सेना भी बाहर जाना चाहती थी। सरजू और फूल जुड़वाँ हैं।

"क्या करोगे वहाँ?" जमुना ने पूछा।

सरजू को विस्मय हुआ। आज तक तो अम्माँ ने कभी नहीं पूछा, फिर आज क्या हो गया है उसे। और क्या वह नहीं जानती कि वहाँ पेट तो भर जायेगा।

"लड़ाई की नौकरी करेंगे और क्या।" फूल ने टोक कर कहा—"तुझे भी कुछ भेजेंगे।"

जमुना हँस पड़ी। खूब समझती है वह लड़कों के वादे, जो जायेंगे तो मुड़कर अपनी छाया तक नहीं देखेंगे। और जो इनका ब्याह कर देती तो यहीं सड़ते, यहीं मरते। भावधारा सूख गयी, क्योंकि वह किसी का भी ब्याह कर सकने में असमर्थ थी।

मन उचाट हो गया। अब के सोमा ने कहा—"और अम्माँ, बल्लू तो तेरे ही पास है।"

जमुना ने कुछ नहीं कहा। उसके पास कौन है, कौन नहीं है—इसकी उसे चिन्ता नहीं। केवल इतना ही कहा—"जाओ, मन छोटा न करो। अच्छी तरह रहो-सहो। मुझे और कितने दिन जीना है, मेरी चिन्ता न करोगे तो क्या कोई हानि होगी।"

तीनों ने एक-दूसरे की ओर देखा और चरन छूकर बाहर चले गये। जब पग-ध्वनि शान्त हो गयी, जमुना एक बार खुलकर रो पड़ी। जैसे आज रोने के अतिरिक्त उसके पास और कोई काम नहीं। आँसू बार-बार आँखों में उमड़ आते। जाने कितने दिन का उपवास टूट रहा था। एक-एक करके याद आने लगे वे दिन—वे दिन जो याद में भी विष की भाँति फैल जाते हैं।

घर का सूनापन एक बार जी को कचोट उठा। उसकी बगिया में फूलों की क्या कमी थी। किन्तु एक-एक करके सब मुरझा गये, सब कुम्हला गये। दृष्टि उठाकर देखा, वही छान थी, वही दीवारें थीं, किन्तु कुछ भी शेष नहीं था। एक पेड़ था, उसमें अनेक-अनेक कोंपलें फूट आयीं, पत्तों से सघन हरियाली नाच उठी, उसकी उसांसों से एक बार छाया-सी फैल गयी, किन्तु फिर सब पत्ते एक-एक कर गिर गये और केवल एक पत्ता काँपता हुआ लटका रह गया।

जमुना ने सोचा, 'एक बेचारा बल्लू रह गया है, अकेला। आयु भी तो अधिक नहीं, कुल तेरह बरस की है। उसे अब मैं खूब खिलाऊँगी। जो आता है उसमें से कुछ भी अपने लिए नहीं रखूँगी...'

सारी ममता कण्ठ में इकट्ठी हो गयी, गला दबा उठी...

इसी समय नानगा ने द्वार पर खड़े होकर घबराये हुए कहा—"बल्लू की माँ! शहर की सड़क पर फौजी लारी के नीचे आ गया। वह मर गया है..."

जमुना जोर से हँस दी, जैसे हवा का एक तेज झोंका आकर दीपक को फक से बुझा देता है। नानगा कहता रहा—"वे लोग बहुत तेज चला रहे थे, उन्हें क्या पड़ी कौन बचे कौन मरे..."

किन्तु जमुना हँस ही रही थी, क्योंकि वह सरकार पर दावा करना नहीं जानती थी।

## 4

आज वह अकेली थी, किन्तु फिर भी जीने की लालसा से पत्थर पर पत्थर रगड़कर सबसे भयानक, सबसे सशक्त आग निकाल रही थी। जीवन के महाभारत में अठारह अक्षौहिणी की भाँति उसके अठारहों लड़के उसे छोड़ चुके थे किन्तु वह नहीं मरी थी—नहीं मरी थी।

उसको देखकर मुझे याद आती है गान्धारी की, जो बेटों के रक्त से भीगी पृथ्वी पर भूख लगने पर खड़ी हुई थी और जिसने वहीं रोटी खायी थी। यह जीवन की वह शक्ति है जिसे मृत्यु की, ध्वंस की कोई छलना नहीं मिटा सकती।

मेरे कानों में एक ही स्वर गूँज रहा है। चक्की का पत्थर गरज रहा है, जैसे हिमालय और विन्ध्याचल टकराकर चिल्ला उठे हों...

और मेरे सामने एक विराट् महाशक्ति की भाँति बुढ़िया खड़ी है—छाये जा रही है, और एक दिन सारे संसार पर छा जायेगी।

गेहूँ के दाने पिसकर आटा हो गये थे, बरफ पिघलकर पानी हो गया था। भविष्य के बड़े-बड़े पत्थरों को चूरकर काल भी इसी तरह वर्तमान बना देता है, जिसे खाकर संसार अपने आपको जीवित कहता है, आपस में लड़ता है, फिर लड़कर समझौते की छलना में बढ़ता भी है और अपने अभिमानों की केंचुली भी उतारता जाता है, किन्तु जमुना यह सब नहीं जानती, वह गेहूँ पीसती रही है और घुन बनकर उसके साथ पिसती भी रही है, क्योंकि आज के समाज में जमीन की फसल और गरीब, अमीरों के खाने के लिए हैं, पचाकर छोड़ देने के लिए हैं...

और जमुना पीस रही थी...पीस रही थी।...

*('47 से पूर्व)*

# डंगर

बोधासिंह ने गर्व से अपने नये बैलों की ओर मुड़कर कहा—"हरिया की माँ! जिन्दगी का फल मिल गया। सच मालूम होता है, परमात्मा ने हमारी सुन ली। कितने दिनों की साध थी न?" और रुककर कहा धीरे-धीरे, "एक दिन वह जोड़ी लूँगा कि सारा गाँव अचरज करेगा, और आज वह दिन आया है जिसका इतने दिनों से इन्तजार था।"

लक्ष्मी ने अपनी धुँधली आँखों से देखा और अचानक ही उसके दोनों नयन भर आये। देखती रही, देखती रही, जैसे मन की उस अतृप्त जगह पर किसी ने जोर से डंक मार दिया हो कि वह पल भर को इतनी मुमूर्षु हो गयी कि उत्तर देना भी असंभव हो गया।

बोधा अब वृद्ध हो गया था। अब जो लड़ाई के दिनों में नाज महँगा होने से दो पैसा हाथ लगा है, उसी से घर की शोभा बढ़ी है। लक्ष्मी ने लम्बी सांस लेकर आँखों को पोंछते हुए कहा—"परमात्मा जोड़ी को सदा ऐसा ही फला-फूला रखे।" कहते-कहते स्वर काँप गया। हरिया और तेजा का चित्र आँखों के सामने बरबस घूम गया। दोनों ऐसे ही पट्ठे थे। शेर के से बच्चे। अन्तिम चित्र याद था दोनों का। खाकी वर्दी में कैसे सिर पर साफा रखकर जब कन्धों पर बन्दूकें रखी थीं, तब मन करता था कि दोनों को कलेजे में छिपा लिया जाये। गाँव की जवान औरतों की आँखों में एक हिर्स-सी खेल उठी थी। और बोधासिंह का कठोर हृदय भी पुरुष-वक्ष से एक बार विचलित हो उठा। वह भी जवानी में फौज में था, उसका बाप भी अंगरेजों की फौज में काम करता था, सिपाही का बेटा सिपाही था, कि उसका बाप, जब अंगरेजों का राज न था, सिक्खों की फौज में था, बल्कि उसका खाँडा तो सरकार बहादुर पर चला था। उसके बाद अंगरेज मालिक हो गये। तब से उन्हीं का नमक खाया है, पीढ़ी-दर-पीढ़ी खाया है, और सिपाही ने सदा नमक से वफादारी की है। वह और कुछ नहीं जानता, वह पढ़े-लिखे की तरह कायर नहीं होता कि लड़ने-मरने की जगह बहस करे।

बोधासिंह चुपचाप सोचता रहा। जब वह जवान था तब उसके बाप ने भी उसे फौज में जाने से कभी नहीं रोका। उसका यौवन भी चट्टान की तरह उठा था और आज बरगद की तरह विशालकाय उसने अपनी जटाओं से पृथ्वी पर फिर से हाथ टेक दिये थे और ऐसी छाया हो रही थी जिसमें लक्ष्मी थी, हरिया और तेजा थे और वैभव और समृद्धि की निशानी यवेरी।

## 2

पानी पड़ चुका था। आसमान में मुलायम बादल फरफरा रहे थे। मंगलसिंह ने खेत में हल चलाते-चलाते कहा—"दादा! जोड़ी तो गजब कर रही है।"

बोधासिंह ने दृष्टि उठाकर देखा। अभी तक किसी चिन्ता में उनका ध्यान केन्द्रित हो गया था। उन्होंने दृष्टि धीरे-धीरे ऐसे उठायी और अन्त में उनकी आँखें ऐसे फैल गयीं जैसे भरे तालाब में किसी ने कंकड़ डालकर उसमें हलचल मचा दी हो।

सामने बूटासिंह उनके बैलों को चला रहा था। वह बूढ़े हो गये थे। गरीब है बूटासिंह। अच्छा है, दोनों का काम चल जाता है।

बोधासिंह ने कहा—"मंगल बेटा! नजर मत लगा देना, समझे।" और वे हँस पड़े।

मंगल सिह ने कहा—"तुम्हारी तो हर जोड़ी कमाल करती है दादा। परमात्मा करे, जो हो जोड़ी ही हो। अब तो वह दिन आये कि बहुओं की भी जोड़ी लाओ। मैं तो दुआ करता हूँ।"

बाधा सिंह ने करुण आँखों से उसे देखकर कहा—"भैया! यह भी क्या अपने हाथ की बात है। वह चाहेगा तो ऐसा भी होगा।"

टोककर मंगलसिंह ने कहा, "ऐसी बात कहते हो, कुछ कह नहीं सकता। तुम तो बाप हो, तुमसे ज्यादा उनका अपना कौन है, मगर बात ऐसी न कहा करो। फले-फूलेगी सदा यह जोड़ी।" फिर दृष्टि फिराकर कहा—"कैसी सुतान है। दादा, सींग कैसे छोटे- छोटे हैं, तुम तो हाथी के बच्चे खरीद लाये। कल बीरासिंह कहता था कि अब तो बोधासिंह के घर शेर बँधता है। मगर इस कान से सुनकर उस कान से निकाल दो। यह सब जलन की बातें हैं। इन पर ध्यान देना ठीक नहीं है।"

मंगलसिंह फिर अपने काम में लग गया। बोधासिंह देखते रहे। बैल चल रहे थे। ऊँचे पुट्ठे, जैसे भारी-हल्का भार उनके लिए कुछ भी न था, वह उसे ऐसे चला रहा था जैसे बच्चे लकड़ी की छोटी गाड़ी को खींचे लिये जाते हैं। जमीन में फाल भीतर तक घुसता चला जाता था और उन्होंने सोचा, कल इसी धरती को बोकर वे कमाल की फसल हासिल करेंगे। तब जोड़ी के लिए घी का भी इन्तजाम होगा। हफ्ते में एक-आध बार। ऐसा कौन खर्चा बैठेगा? घर की ही तो गाय है। उनका

मन प्रसन्नता से पुलक उठा। इस जोड़ी को वह कभी नहीं बेचेंगे। बूढ़ी हो जायेगी तब भी चारा देंगे। ऐसा कौन बहुत खायेंगे। आधा ही तो रह जायेगा पेट। फिर वे और डंगर लेंगे। और इन्हीं डंगरों को दिखाकर बहुतेरे डंगर उन्हें मिल जायेंगे और उनकी फसल कभी बौनी नहीं रहेगी...।

एकाएक उनका ध्यान टूट गया। लक्ष्मी ने पल्ला सिर पर सरकाते हुए गद्गद स्वर से कहा—"चिट्ठी आयी है मेरे लाल की।"

बोधासिंह ने लपककर उसे थाम लिया और गाँव के मास्टर साहब के घर की ओर चल पड़े। लक्ष्मी उन्हें तब तक देखती रही, जब तक पेड़ों ने उन्हें बिल्कुल ही छिपा न लिया। उसके हृदय में लहरों का-सा उद्वेग उत्सुकता के भँवर डाल रहा था।

## 3

लक्ष्मी ने हर्ष से आँखें उठायीं और कहा—"खत आया है तो बताते क्यों नहीं, क्या लिखा है मेरे हरिया ने?"

बोधासिंह गर्व से पंजे पर बैठकर बोले—"राजी-खुशी है।"

"दोनों?" लक्ष्मी ने आतुर स्वर से पूछा।

"दो ही तो थे हरिया की माँ। तीसरा कौन है मुझे तो नहीं मालूम।" और वे ठठाकर हँस पड़े।

लक्ष्मी झेंप गयी। मान करती हुई बोली—"चलो रहने भी दो। बुढ़ापे में भी तुम्हें मसखरी करने की आदत नहीं छूटी।" फिर बात बदलकर कहा—"तो लिखा क्या है? मास्टर साहब ने क्या पढ़ के सुनाया तुम्हें?"

"अरे," बोधासिंह ने कहा—"मास्टर की न पूछो लक्ष्मी। बड़ी तारीफें करता था दोनों की। कहता था पढ़ने में तो कभी जी नहीं लगा उनका, न सही, उन्हें कौन मास्टरी करनी थी। मगर बहादुर का बेटा बहादुर ही निकला।" कहते-कहते बोधा सिंह का सीना अपने आप फूल गया। लक्ष्मी तृप्त-सी सुनती रही। बोधासिंह कहते रहे—"उन्हें नयी वर्दी मिली है। खाना भी अच्छा मिलता है। सुनते हैं वेतन भी बढ़ने की बातचीत हो रही है बड़े खुश हैं वहाँ। साहब तो इतना खुश है कि किसी और से क्या होगा।"

लक्ष्मी के मुँह से एक आह निकल गयी। आज तक उनके आस-पास जितने भी पुरुष रहे थे वे सब फौजी थे। घर में लड़के के जन्म का मतलब ही फौज का जन्म था। बाप, भाई, मामा, पति और लड़के भी फौज में नहीं जाते तो पेट नहीं भरता। मरद का काम तो लड़ना है। जो लड़ने से डरता है वह चूड़ियाँ पहनने के योग्य है। ऐसी और कौन नौकरी है जिसमें पिंसन मिले। बोधासिंह ने फिर कहा—"लिखा है, यहाँ दंगे हो रहे हैं। जाने किस जगह। तो वहाँ ही उनकी फौज भेज दी गयी

है उसे दबाने। उनका साहब उनकी बहादुरी देखकर बहुत ही खुश हुआ है। हरिया का तो, मास्टर कहते थे, ओहदा भी बढ़ जायेगा...।"

लक्ष्मी ने टोककर कहा—"किसको मारा है। उत्थे हिन्दुस्तान के लोगों को?"

"ओ हो," बोधासिंह ने समझाकर कहा—"अंगरेज की सरकार है। सरकार का नमक खाते हैं, वही मालिक हैं। जो अंगरेज का दुश्मन है वह उसकी फौज का दुश्मन है। हरिया की माँ, फौज में कुछ नहीं देखा जाता। नमक देखा जाता है। जिसने नमक से दगा की वह आदमी आदमी नहीं है। मर्द का क्या, अपने धर्म को बचाये रखे और उस पत्तल में कभी छेद न करे जिसमें वह खाना खाता हो। सिपाही क्या जाने दुनिया की चालाकियाँ। वह तो मरना जानता है, मारना जानता है। जिसका सिर हथेली पर रहता है वह कभी औरतों की तरह नहीं घबड़ाता।"

लक्ष्मी दमककर बोल उठी—"तो मैंने क्या कह दिया ऐसा? अपने बच्चे की भी याद न आयेगी, ऐसा पत्थर नहीं है मेरा दिल।"

इस व्यथा को उन्होंने भी समझा। कहा—"तुम तो हरिया की माँ, सब समझती हो। राजा रणजीतसिंह के जमाने में एक सिपाही था...।"

और देर तक वे उस सिपाही की कर्तव्यशीलता की कहानी सुनाते रहे, लक्ष्मी चुपचाप सुनती रही, सुनती रही...।

इसी तरह दिन पर दिन बीत गये। जोड़ी फल-फूल रही थी। बोधासिंह के हृदय में एक अनबूझ-सी तृप्ति छायी रही। लक्ष्मी कभी-कभी न जाने किस आवेश में सोच बैठती कि निहत्थों पर गोली चलाना क्या ठीक है? यह लोग भी मुलुक के लिए लड़ते हैं। लेकिन यह सब कुहरा दूर हो जाता जब बोधासिंह कहते हैं—"सिपाही फौज में अपना नहीं, मालिक का है समझी? तभी तो डरपोक लोग फौजी को बकरा कहते हैं बकरा!" और उनके अट्टहास की प्रतिध्वनि में लक्ष्मी अपने आप सिहर उठती, फिर ठीक हो जाती।

एकाएक कोई भयानक दर्दनाक आवाज गूँज उठी। बोधासिंह चिल्ला उठे—"कौन है बाहर?"

बूटासिंह का स्वर सुनायी दिया, "दादा, बैल को न जाने क्या हो..." वे सुन नहीं सके, उठकर बाहर चले गये।

## 4

रात आधी से ज्यादा बीत गयी थी। बोधासिंह चुपचाप खड़े थे। उनकी आँखों में एक भी आँसू नहीं था। हृदय में कसकन हो रही थी। उफ! कैसी दगाबाजी है। इसके लिए मैंने क्या नहीं किया? सर्दी से बचाने के लिए टाट सिलवाये। खली और भूसी तो गरीबों के डंगर खाते हैं, मैंने इसके लिए घी तक ला-लाकर रखा। और

इतना रुपया खर्च करवा कर क्या हुआ?

वह एकबारगी विक्षोभ से सिहर उठे। लक्ष्मी भीतर जमीन पर बैठी आकाश की ओर देख रही थी। उसका हृदय जैसे बिलकुल सूना हो गया था। न जाने कौन-सा तारा कहाँ से टिमटिमा रहा था, यह सब वह स्वयं नहीं समझ पायी।

एक बैल की अचानक मौत से उसके दिल में न जाने कैसा-कैसा होने लगा था। उसने देखा था कि दूसरा बैल चुप खड़ा था जैसे मृत्यु की वेदना ने उसे स्तब्ध कर दिया हो। और उसकी बड़ी-बड़ी काली आँखों के कोनों में गँदला पानी उछल आया था और लीक बना कर बह गया था। लक्ष्मी को कभी इतनी वेदना नहीं लगी। दुःख अवश्य हुआ कि इतना रुपया उस पर व्यर्थ बरबाद हो गया। बैलों का क्या है, बैल तो पच्चीस मिल जायेंगे और लक्ष्मी चुपचाप बैठी रही।

बोधा सिंह खड़े-खड़े सिहर उठे, ''कैसी दगा की है इसने! बिना कहे-सुने मर गया। इसके रहते हुए गाँव भर कहता था कि बोधासिंह के पास डंगर नहीं हैं, एक फौज है... ।''

रात की अलसाहट झीनी होकर छितराने लगी, क्योंकि सफेदी आसमान में चादर बिछाने लगी थी। ठंडी हवा का झोंका उनके शरीर को सिहरा गया। वे भीतर लौट आये।

''रात सारी जागते ही बीत गयी, हरिया की माँ,'' मंजे पर बैठते हुए बोधासिंह ने कहा।

लक्ष्मी उठ गयी। हुक्का पास लाकर रख दिया और वहीं बैठ गयी जमीन पर। दोनों ने एक-दूसरे की ओर देखा। लक्ष्मी ने ही कहा—''तुम तो रात-भर नहीं सोये। पलक तक नहीं लगी।''

''ओह!'' बोधासिंह ने कहा—''लक्ष्मी! सात सौ की चोट बैठी है। उधर लड़के कमा कर भेज रहे थे, इधर अगर यह बना रहता तो घर ऐसा भर जाता कि सारा गाँव चकाचौंध हो जाता। मगर किस्मत की बात है। यह तो बात ही ऐसी है जिसमें किसी का चारा ही क्या है?''

बात अधूरी रह गयी। बाहर से किसी ने पुकारा, ''हरिया की माँ!''

लक्ष्मी उठकर बाहर गयी। देखा डाकिया है।

''कल शाम को आ गयी थी चिट्ठी, हरिया की माँ, मगर क्या बताऊँ घरवाली बीमार है न, इसी से अब आया हूँ।''

लक्ष्मी ने लेकर देखा वही बड़ा लिफाफा था। मन में न जाने कैसा-कैसा होने लगा। एकाएक हवाखोरी को जाते मास्टर साहब पर नजर पड़ी। डाकिये से कहा—''जरा मास्टर साहब को तो बुला।''

डाकिया चिल्ला उठा, ''मास्टर साहब! ऐजी मास्टर साहेब, ऐ जरा इत्थे, ये

खत तो पढ़ते जाना जी। बड़ी मेहरबानी होगी।''

लक्ष्मी ने बूढ़े मास्टर के हाथ में पत्र दे दिया। बोधासिंह भी बाहर ही आ गये थे।

वृद्ध मास्टर ने लिफाफा खोला। डाकिया गद्गद-सा बोल उठा—''भइया आयेंगे। हरिया की माँ, अब के तो पगड़ी लूँगा, तुम्हारी कसम...''

लक्ष्मी ने हँसकर कहा—''अच्छा सुनने तो दे।''

मास्टर साहब ने पढ़ा—कमाण्डेण्ट...। रेजीमेण्ट। नम्बर...सूचित किया जाता है हरखसिंह सिपाही वल्द...मौजा...गाँव...की बहादुरी से कल एक पूरा गाँव हमने जीत लिया। उसकी संगीन दुश्मन के बदन में ऐसे घुसती थी जैसे जमीन में हल। उसका छोटा भाई अच्छी तरह है...हरखसिंह सरकार के बहुत काम का आदमी था। उसने कभी अपनी परवाह नहीं की, हुक्म पर कट जाने वाला वीर था वह। मुझे उसकी...

मास्टर के हाथ से पत्र छूट गया। लक्ष्मी बेहोश होकर गिर गयी।

*('47 से पूर्व)*

# जीवन की तृष्णा

रेल ज्यों-ज्यों स्टेशन के निकट पहुँचने लगी, मेरी हालत भी खराब हो चली। यहाँ तक कि आस-पास बैठे मुसाफिरों को एक हँसमुख दिल्लगीबाज आदमी का इस तरह बदल जाना, बहुत ही अद्‌भुत प्रतीत हुआ। बशीर थोड़ी देर घूर कर देखता रहा और कुछ समझ न सकने की असमर्थता से कंधे उचका कर रह गया। रेल में मेरे सभी दोस्त बन गये थे, लेकिन अब मुझे लगा, वे चेहरे आदमियों के से नहीं थे, बनाने वाले ने हड्‌डी को काट कर उनकी आकृति की छाप लगा दी थी।

भय मुझे अनेक बार हुआ है। मैं भूगर्भवेत्ता होने के नाते अजीब-अजीब वस्तुओं के आगे खड़ा हो जाता हूँ। उस समय मुझे तनिक भय नहीं होता। पर कभी-कभी जब घने अंधकार में किसी के कराहने की कर्कश आवाज गूँजती है तब मेरे प्राणों के भीतरी स्तर तक एक दहशत ऐसे डूब जाती है, जैसे सूखी पृथ्वी पर पानी डालते ही थोड़ी देर बाद अपने आप गायब हो जाता है।

एकाएक झटका लगा, रेल रुक गई। एक बार रेल के कुछ भाप छोड़ने का-सा शब्द हुआ और छोटा स्टेशन कुछ जाग उठा। मैं उतर पड़ा।

रात की अँधियारी नीरवता वनान्त के अपर घहरा रही थी। मैं इस अंधकार को नहीं सह सकता, क्योंकि मैं आलोक का पथिक हूँ। तिमिर से मेरा दम घुटने लगता है, क्योंकि मैं अन्धा हो जाता हूँ। मन में आया, उस विक्षोभ में भी एक बार जोर से चिल्ला उठूँ—मैं तुम्हें घृणा करता हूँ, मैं तुम से घृणा करता हूँ—किन्तु स्वर गले में अटके रह गये। आधी रात का नगाड़ बज रहा था, मानो यह अन्धकार, यह उन्मत्त सनसनाती वायु सब उसी की प्रतिध्वनि थी। और जब मैंने घर का द्वार खटखटाया उस समय मुझे ऐसा लगा कि आसमान बीच में से फट रहा हो।

**2**

दरवाजा चूल पर अर्रा कर झूल गया। अन्धकार में मैं भीतर का कुछ भी नहीं देख सका। चेतना ने फिर से मस्तिष्क पर घूँसा मारा और एक कर्कश स्वर मेरे कानों

में बज उठा—'कौन हो? क्या चाहते हो?'

शब्द मुँह तक आकर रुक गये। लगा जैसे किसी ने खींच कर चाँटा मार दिया हो। "मैं हूँ, बिहारी। सौनो!"

बुढ़िया हट गई, मैं भीतर चला गया। सौनो भी चुप है, सब कुछ दहशत में डूबा हुआ है। शांता मुस्करा दी। कहा—"बैठो।"

मैं बैठ गया। बैठे-बैठे काफी देर हो गई। वह मुसकराई है जैसे ज्वालामुखी में से बहुत दिन बाद लपट निकली है।

मेरे सामने वही लड़की बैठी है, जिसका रूप देखकर इन्द्र-धनुष बल खाता था, जिसके यौवन की गंध से अमराई काँप जाती थी। आज उसमें क्षय भर गया है। कोढ़ भीतर ही भीतर नहीं गलता है, पर वह गल रही है, उसकी श्वासों में विष है, शरीर में विष है, पर मुझे देख रही है। उसकी आँखों में वही चिह्न हैं जो मेरी प्रतीक्षा में घुलते-घुलते भी नहीं मिटे हैं। मेरा पाप है कि वह आज तपेदिक से घिर गई है। किन्तु आत्मा का आनन्द ताराओं में छलक आया है। जो स्नेह इतने दिन दूर रहकर भी नहीं मिला, वह इतना अमर है कि तपेदिक भी उसका क्षय नहीं कर सकता। जब प्रेमी सूली पर चढ़ गया है, तब प्रिय आया है और उसकी घबराहट ही उसका शृंगार है। कितने दिन बीत गये, एक बाग उजड़ गया, दूसरे में आग लग गई, किसी क्षीण स्मृति का तार दोनों को फिर आमने-सामने ले आया है और भविष्य...किसी पर भी बात करना अनावश्यक है। हम एक-दूसरे को देख रहे हैं। बात क्या होगी अब? वह चुप है। उसकी शांति ही उसकी अथाह तृप्ति का चिह्न है। एक बात कही—"भूखे हो, कुछ खाओगे?"

मैं चाहता हूँ, कुछ खाऊँ। मुझे भूख लगी है। पर बुढ़िया चीख पड़ी—"नहीं, वह खाना नहीं खाओगे तुम। तुम्हें तो रहना ही है।"

शान्ता चुप रह गई, जैसे अपमान ने फन बिलकुल कुचल दिया। प्यार से भी तो ऊँचा है जीवन, प्यार जिसके पथ का केवल दिल बहलाव मात्र है... मैं बिना खाये ही जाकर लेट रहा। कुछ देर बीभत्स सन्नाटा छाया रहा, जैसे घर मर गया हो। इसके बाद फिर गुरगुराने की आवाज आई। बुढ़िया ने अधिकार-भरे स्वर से कहा—

"और अपने खाने में से खिलाकर उसे भी मारना चाहती थी।"

"पर तुमसे तो इतना भी न हुआ कि अपने खाने में से उन्हें कुछ दे देतीं।"

"आहा! शान्ता बेटी! मुझे जिन्दा नहीं रहना है, क्यों? अरी अब तुझे किसकी लालसा है? तपेदिक की मारी!"

घृणा! वही घृणा जो धन में है, धर्म में है, संसार में है, जीवन के, मृत्यु के प्रति भी है। और फिर एक और आवाज सुनाई दी—"तपेदिक है मुझे। कल न मरी आज, दो दिन रह कर भी मैंने सुख नहीं पाया, तो जन्म लेकर ही क्या किया।"

बुढ़िया हँसी। बोल उठी—"ओहो! महारानी इस हालत में भी सुख भोगना चाहती हैं। अरी तुझे जब मरना ही है, तो दूसरे को सुखी देख, दूसरों का खाना क्यों छीनती है?"

और मैं जानता हूँ, मैं भी जीवित रहना चाहता हूँ। इसके बाद खाँसी—तपेदिक की खाँसी, मौत की गुर्राहट...

रात की कड़कड़ाहट बढ़ चली। उस सन्नाटे में कभी-कभी गीदड़ों की आर्त्त पुकार डरावने पंख फैला कर गूँज उठती थी। मैं चुपचाप कोठे में पड़ा रहा। गुदड़िया खींच कर सिर पर ढाँक ली थी। फिर भी कभी-कभी दाँत बज उठते थे। छत पर बिल्लियों में लड़ने की गुर्राहट, फिर एक बिल्ली का भयानक रूप से करुण स्वर में रोना—जैसे उसकी वेदना के सामने मनुष्य की वेदना भी कुछ नहीं, शायद लड़ाई में उसकी एक आँख फूट गई थी...काश अपनी बदसूरती को वह हरा चश्मा लगाकर छिपा सकती।

मन-ही-मन मैं हँसा। मुझे विश्वास हुआ, मैं अमानुषिक नहीं हुआ हूँ। अभी भी मुझे हँसी सूझ सकती है। बिल्लियों का रोना बन्द हो गया।

एकाएक रोने की दर्दनाक आवाज से आसमान गूँज उठा। वह स्वर टकराकर लौट रहा है, मेरी खाट के पास आकर किसी छाया की तरह रुक गया है और झुक कर मेरी गर्दन पकड़ लेना चाहता है।

मैं चीख उठा, "सौनो!"

बाहर निकलकर देखा। सौनो सिर पीट कर रो रही थी। मैंने पूछा—"क्या हुआ? सौनो? क्या हुआ?" फिर भी बुढ़िया ने कुछ न कहा और वैसे ही रोती रही, जैसे बन्द टूट गया हो और फलल-फलल करके पानी धीरे-धीरे खौल-खौल कर गिर रहा हो; जैसे कोई आखिरी साँसें ले रहा हो।

"मैं अकेली रह गई हूँ, भैया मैं अकेली रह गई हूँ।" सौनो का कराहट भरा स्वर सुनाई पड़ा। मेरा मन घृणा से तिक्त हो गया है। तो क्या शांता...! और इसे भी अपने अकेले होने का दुःख है? जीवन की लहर जब लौट गई, तब चट्टान को अपनी कठोरता का आभास हुआ है! जब पतंगा जल चुका है, तब दीपक को अपनी झुलस पर, बर्बरता पर पश्चाताप हुआ है!

कोठे के द्वार पर खड़े होते ही देखा—एक खाट पर पड़ी थी उसी कल वाली घिनौनी मैली साड़ी में लिपटी। पर वह मनुष्य का शरीर था। और आज उसके मुख पर एक बर्बर घृणा थी, जो चुम्बन से लज्जित नहीं होती, जो आलिंगन से चकनाचूर नहीं होती...! महारानी!!

मैंने देखा, वह जैसे हँस रही थी। आज उसके लिए अभिसार की बेला आ गई थी। और मैंने देखा वह शांत थी, जैसे आँधी घुमड़कर बीच आकाश में थम गई हो। धुँधले दीपक की डरावनी छाया में एक बार मुझे लगा, वह केवल माँ थी।

माँ थी कि वह ममता के सहारे अपनी जवानी के बुढ़ापे को ठेल रही थी। मेरे स्नायु झनझना उठे थे। क्योंकि उसकी बड़ी-बड़ी आँखें काँच की तरह चमक रही थीं, चिराग की लौ में सफेद, उस सफेदी में पारे की तरह कुछ हिलता हुआ, तो क्या मनुष्य का जीवन यही है? क्षण भर में ही मेरा स्वप्न खंड-खंड होकर गिर गया।

जीवन में आज पहली बार हम अकेले थे। जी करता था मनमाना प्यार कर लूँ!

मैं निर्भय उसके पास चला गया। तकिये पर कुहनी थी, चादर में हड्डी के पाँव थे और उसके दाँत बाहर निकल रहे थे, क्योंकि जबड़ों के ऊपर की पंखुरियाँ सूख चली थीं। उसके कपड़ों पर खून था, ताजा, बदबू की शायद मुझे भावना ही हो, गर्म...तपेदिक के कीड़ों की नहर, दाँत में लगा, मुँह में लगा...जिन्दगी का तार...वह खून जो तनिक स्वच्छ होता, तो उससे दर्शन, विज्ञान, कविता और न जाने क्या-क्या निकल पड़ते, किन्तु वह अधिकारों से वंचित था, क्योंकि वह विषैले कीटाणुओं का दास था, गुलाम था, अगर वह साफ होता, तो मृत्यु के स्थान पर मातृत्व से उसकी गोदी भर गई होती...

मैं उसका प्रेमी था। वह मेरी प्रिया नहीं, वह स्वयं मुझे प्यार करती थी। जाने दो उस प्रेम को जो यदि जीवन में अद्भुत शक्ति उत्पन्न कर सकता है, तो भीतर ही भीतर उसे खोखला भी। मेरा हृदय निर्धूम जल रहा है। मैं सोच रहा हूँ कि वह जी रही है, क्योंकि उसका जीना और मरना एक चाह भर ही था। मर गई तो बुझ गई, जी रही थी तो चाह की-सी एक सत्ता मात्र...

अन्धकार में वे आँखें झलमला रही थीं, जैसे रेगिस्तान में मृगतृष्णा जगाने वाली जलती हुई रेत...

मैं रोना चाहता हूँ, किन्तु रो नहीं सकता। मेरे जीवन का विक्षोभ मेरे पैरों के सामने लाश बनकर गिर गया है। इसे ठोकर मार देना मेरी परम्परा के बाहर है और इसे छू कर जिला देना मेरी मनुष्यता के परे है और न मेरे पास तृष्णा की आग ही है कि इसे जला कर खाक कर दूँ, नाम मिटा दूँ, निशान मिटा दूँ और फिर विजय के गर्व से उसी भस्म पर खड़ा होकर पुकार उठूँ—यह किसके यौवन का गर्व है, यह किसकी विक्षिप्तता का एकमात्र परिणाम है...

और घूरने लगती हैं मुझे दो आँखें, जिनमें लोहे के प्याले में पिघली हुई चाँदी की-सी झाँई है...

सच, रोने को तो जी कभी नहीं चाहता। बस याद आया करती है—एक, दो...तीन...

किन्तु मैं जानता हूँ, यह विक्षोभ मेरी समाप्ति नहीं है, वह जीवन का एक...पृष्ठ था, जो सदा के लिए बीत गया, पर वह आँखें मुझे घूर रही हैं—जिनका मरण ही जीवन का सबसे अमूल्य प्रश्न है—तुम आ गये?

*('47 से पूर्व)*

# सारनाथ के खंडहरों में

साँझ की पीली किरणें धीरे-धीरे धूमिल होकर क्षितिज पर खेलने लगीं। चौखण्डी पर खड़े होकर जब मोहन ने देखा तो जाने क्यों वह एकदम निस्तब्ध रह गया। नीचे खड़ी बरूचा ने उसका एकाएक परिवर्तन देखा और पुकारकर हँसते हुए कहा—''ओ गौतम बुद्ध! नीचे आ जाओ जल्दी। कहीं इस जगह गश आ गया तो मैं क्या करूँगी यहाँ?''

किन्तु मोहन गम्भीर खड़ा था। आज यशोधरा की आवाज उसके कानों तक नहीं पहुँची। बरूचा थोड़ी देर तक प्रतीक्षा करती रही किन्तु जब साँझ की वह नीरव उदासी धीरे-धीरे कोलाहल की संधियों को मूँदने लगी तब हठात् उसके हृदय में एक भय उत्पन्न हुआ।

दूर-दूर तक खेत फैले हुए थे। उनमें एक ही रंग था किंतु उस हरे के भी इतने अधिक भेद थे कि उनका प्रत्येक में एक भिन्न स्वरूप था जैसे अन्तराल के स्तरों में हिलती हुई वायु के कारण आकाश के अनेक छायाभेद दिखाई देते हैं। मोहन ने चारों ओर देखा। वे खेत के टुकड़े-टुकड़े होकर भी इस समय एक बड़े फर्श के समान फैले हुए थे।

बरूचा ने चिल्लाकर कहा—''नहीं आओगे? क्या है ऐसा वहाँ?"

मोहन ने उत्तर दिया—"एक बार ऊपर आकर देखो न? जो मन का विचार है वह यहाँ भाषा को कुण्ठित पा रहा है। न जाने क्यों कुछ बड़ा अजीब-अजीब-सा लग रहा है।''

बरूचा ने एक बार विचलित दृष्टि से इधर-उधर देखा। उसे लगा कि सौंदर्य का स्वप्न जिसके त्रिकोण में केवल उसी का एकमात्र आकार निहित है अब बीच के बिंदु में उल्कापात बनकर गिर गया है और उस त्रिकोण का चतुष्कोण, कोण कि अगनकोण कि बिंदु संघट्ट होकर एक निराकार प्रसार हो जाएगा और जो मोहन आज तक भटका नहीं है वह अब दर-दर की खाक छानेगा क्योंकि बंधनों की कड़ाई कलाई को खाने लगी है जैसे उसके लोहे के दाँत हों...

ताँगे वाला उधर मुँह किये आगे फैल गया था। घोड़ा सामने पड़ी घास में

मुँह डालकर उसे धीरे-धीरे चबा रहा था।

बरूचा टीले पर चढ़ते-चढ़ते हाँफ गयी। उसके गोरे गालों पर लाली की तमतमाहट छा गयी जैसे सुदूर क्षितिज के सामने किसी ने दर्पण उठाकर रख दिया हो। मोहन अब एकबारगी फिर तन्मय होकर कुछ सोच रहा था। बरूचा की सांस फूल रही थी। किन्तु उसने हँसकर कहा—''क्या देख रहे हो? आज लगता है तुम मुझे बिलकुल भूल गये हो।''

अवसाद की छाया में किसके पैरों की चाप है जिसे पुरुष की अहम्मन्यता सुनना नहीं चाहती क्योंकि उस चाप में उन नूपुरों का घोर हाहाकार है जिसमें स्फटिक-सा जमा हुआ अभिमान पानी-पानी होकर बहने लगता है और अभिमान चट्टान समझकर लहरों के साँप पकड़ने लगता है।

उसने मोहन के सामने खीझकर कहा—"क्यों? क्या हो गया तुम्हें? बोलते क्यों नहीं?''

किंतु वह खीझ भी व्यर्थ हो गयी। आज वह नहीं मनायेगा। क्योंकि उसके सामने शायद इसका मूल्य ही नहीं रहा है।

बरूचा उद्भ्रांत-सी पीछे हटकर पत्थर पर बैठ गयी। चौखण्डी की उन उच्च पलकों में जैसे दो सपने थे और दोनों ही इस समय घबरा गये थे।

मोहन ने मुड़कर देखा। बरूचा दोनों हाथों में मुँह लिए सिर झुकाए बैठी थी। वह थक गयी थी। उसे मोहन ने आज कोई दुलार नहीं दिया है अतः अपने अधिकारों में वह कुछ कमी पा रही है।

नीरव आकाश उस समय धीरे-धीरे धुँधला हो चला था। अँधेरे का तीर दनदाता बढ़ा आ रहा था। अब वह आकर पृथ्वी के वक्षस्थल में गड़ जायेगा और वेदना से धरती बेहोश हो जाएगी।

भूला हुआ समीरण दूर-दूर की कराहों का निस्तब्ध सन्निपात बना तड़प रहा था। मोहन को लगा जैसे युग-युग से जो समीर की चेतना घायल होकर बह रही थी वही आज फिर काँप रही है।

और मोहन ने कहा—''बेबी!''

बरूचा ने सिर नहीं उठाया। केवल आँखों ने ही प्रश्न बनकर पुतलियों को उठा दिया। उसमें कुछ गर्व है किंतु वह नाव की तरह डाँवाँडोल हो रहा है।

मोहन ने ही कहा—''कितना प्रशांत है यह स्थान। हम जिस जीवन में रहते हैं क्या उसमें कभी इसकी छाया भी पड़ती है? तुम कहोगी यह पलायनवाद है। ऊँ?''

बरूचा सुनाती रही। उसके मन में आया हँस दे। बन रहे हैं आज जनाब! गोया जैसे गौतम बुद्ध ही हों।

पर मन तो सोच रहा है, जीभ क्यों तालू से सटी जा रही है। वह नहीं बोलेगी

अब। किन्तु मन का उफान जब वास्तविक जीवन के चूल्हे में फेन बनकर गिरता है तब चमड़ा जलने की सी बदबू आती है।

बरूचा खड़ी हो गयी। मोहन ने कहा, "एक बार सोचो, ढाई हजार साल से भी पहले एक दिन गौतम ने यहाँ आकर अपना पहला उपदेश दिया था और एक दिन संसार काँप उठा था। मेरा मन काँप रहा है जैसे आज फिर...।"

देर तक दोनों खड़े रहे। उनको लगा कि अब और कोई नहीं है। तपस्तप्त गौतम ने हाथ उठाकर अभय मुद्रा में उपदेश देना प्रारम्भ किया है। उस समय भी काशी में प्रकाण्ड पांडित्य है, ब्राह्मण कर्मकाण्डों में हत्या कर रहे हैं और क्षत्रियों में मानसिक असन्तोष फैल रहा है क्योंकि अधिकारहीन को आज वह चाहिए जिसे निर्वाण के छल में वह केवल अपनी भौतिक स्वतन्त्रता नहीं कहना चाहता।

ताँगे वाला ऊब रहा था। उसने बड़बड़ाना शुरू किया—"बाबूजी!"

मोहन ने नहीं सुना। बरूचा ने ही कहा—"चलोगे कि यहीं सो रहोगे। बाज आयी मैं तो। पाँच बजते ही म्यूजियम बन्द हो जाएगा, फिर चिल्लाना यहीं खड़े होकर और दोष देना मुझे। अच्छा? मैं कहती हूँ, सुना?"

मोहन को एक कोफ्त हुई। उसने कहा—"तो चलो न? तुम आयी ही क्यों? तस्वीरें देख लेतीं सारनाथ की।" फिर समन्वय करते हुए कहा, "जब ऐसी जगह आते हैं तब कुछ वर्तमान और अतीत की सजग चोटें होती हैं और मनुष्य कुछ देर तक सोचने के लिए मजबूर हो जाता है।"

दोनों उतर आए नीचे। ताँगा चल पड़ा।

बरूचा सोच रही थी पांडिचेरी में योगी अरविन्द है। वहाँ लोग अंग्रेजी न सीख कर फ्रेंच सीखते हैं।

मोहन सोच रहा था—कैसा होगा यहाँ का वातावरण जब उन पाँच भिक्षुओं ने अविश्वास से गौतम को देखा होगा और अन्त में पराजित होकर झुका लिया होगा अपना सिर... किंतु बरूचा के साथ और गोआ की वह रात जब अलफोंसी आम खाये थे। आम हिन्दुस्तान के हैं नाम स्पेन के राजा का है। क्या जमाना है।

पोर्चुगाल में लड़ाई में सरकार की तरफ से नए हुए, लाखों कमाये गये, होता कोई ड्यूमा तो फिर लिखता, किसी यहूदी लड़की को अबके नायिका बनाता, वह अकेली...एक प्रेमी...हिटलर की बर्बरता...

राह के वे उनींदे-उनींदे वृक्ष।

एक अँगड़ाई न ले ले आकाश।

बरूचा का हाथ मोहन के कंधे पर है। हाथ के नीचे माँस की पेशी है जैसे यह माँस का टुकड़ा जीवन के विस्तार में एक छोटी परिधि का केन्द्र है। नहीं है। होगी क्यों? नहीं ही होगा...

दूर-दूर तक फैले हुए खेत। मोहन के अधखुले नेत्र। छाया हो रही है। कैसी मादक तन्द्रा भिक्षुओं ने आँख फाड़कर नहीं देखा होगा? तर्क के कुठार मारे होंगे, जीत गये गौतम।

जीत या हार? क्या महापुरुषों में भी जय का संतोष होता होगा? गांधी नहीं जानता होगा—उसके पीछे हजारों आदमी हैं जो उसे अपना नेता समझते हैं।

अतः मनुष्य की तृष्णा...प्रसिद्ध...जिसके शव के लिए जीवन का कफन...।

कितना भीषण विष है यह इतिहास, जिसमें और कुछ नहीं केवल नादानियों का भण्डार है, मनुष्य की अबूझ निबलताओं का, जिनका शृंखलाबद्ध रूप कहानी का सा एक दुखद प्रवाह है।

मोहन ने कहा—"बेबी! तुम्हें कुछ नहीं लगा?"

बेबी ने मुसकरा कर व्यंग्य से कहा—"मुझे बुद्धजी मिले थे। कहते थे—बेबी, तुम बहुत बुरी लड़की हो... फिर अंगरेजी में कहा—क्योंकि तुम मोहन से ब्याह करना चाहती हो और विवाह विराग नहीं है, मोह है, इन्द्रियों का सुख है..."

वह हँस पड़ी। ताँगेवाले ने अन्दाज से सोचा कि जरूर कोई बुरी या गन्दी बात कही है तभी अंगरेजी की टाँग तोड़ी है...।

मोहन को झटका लगा। हृदय की गति जैसे क्षण भर को स्तब्ध हो जाएगी। उसने भय से बरूचा का हाथ पकड़ लिया। जिस दिन के लिए सारे जीवन का मोह है, वही क्या इतना बड़ा कल्मष है।

कितना अच्छा है वह त्याग जो करना नहीं पड़ता। भले ही बुद्ध का यश न मिले। उसे लगा जैसे बुद्ध का सौम्य रूप ही विराट अन्धकार बनकर उस पर हुमक-हुमक कर रहा था और वह दोनों हाथों से बेबी को छाती से चिपकाये, बिखरे बालों से, प्रतीक्षा कर रहा था कि यह तूफान ऊपर ही ऊपर से निकल जाये।

कड़वाहट फैल गयी। बेबी का उपहास एक भयानक-सा तीर बन गया। पास खड़े होकर तो उसने अभी तक कुछ भी न देखा था।

हम विवाह करेंगे। अमिताभ गौतम महान था। उसने जीवन में त्याग का रूप दिखाया था।

आर्य्य सत्यों का जय-निनाद हुआ। आगे बढ़कर चीवरधारी अभिताभ के सामने मोहन ने कहा, "बुद्धं शरणं, धमं शरणं, संघं शरणं गच्छामि।"

गौतम के नयन नहीं हिले। गंभीर स्वर में उन्होंने कहा, "सद्धर्म की जय हो। बिहार में आने वाले कुमार! तेरे साथ यह कौन है?"

मोहन ने कहा, "बेबी है तथागत।"

"बेबी?" अमिताभ ने मुड़कर कहा, "आनन्द! यह ललना आर्य्यावर्त्त की नहीं प्रतीत होती।"

आनन्द ने कहा, "प्रभु! यह ललना भ्रम है, माया का दुस्तर स्वरूप है।"

बेबी ने अंगरेजी में कहा, "मोहन! भगवान ने क्या कहा?"

"ओह, वेट," कहकर मोहन ने फिर कहा, "अमिताभ! यह स्त्री आर्य्य देश की करुणा का ज्वलन्त उदाहरण है। एक दिन सैकड़ों बरस पहले इसके पूर्वज जरतुष्ट्र के उपासक होने के कारण ईरान से निकाल दिये गए थे। वे यहाँ समुद्र तीर पर आकर बस गये। यह उन्हीं की सन्तति है। आजतक हम आर्यों ने कभी परस्पर विवाह सम्बन्ध नहीं किये। आज मैं जाति-बन्धन तोड़ देना चाहता हूँ।"

आनन्द ने कहा—"कौन से भारत की प्रजा हो? सम्राट अजातशत्रु की अथवा सम्राट जार्ज षष्ठ के अंगरेजी भारत की?"

बेबी ने काटकर कहा, "हम प्रजा नहीं हैं, हम सम्राट-अम्राट नहीं मानते। हम जनता हैं।"

मोहन ने मन ही मन कहा, 'बहुत अच्छे! शाबाश।' फिर बेबी की ओर दिलासा देते हुए कहा—"ठीक है।"

बेबी ने फिर कहा, "हम भूखों के लिए लड़ते हैं, हम आजादी के लिए लड़ते हैं हम नहीं चाहते कि हम गुलाम रहें..."

"तो क्या तुम दोनों दास हो?" भगवान बुद्ध ने हठात् प्रश्न किया।

"मन से तो नहीं हैं," बेबी ने कहा, "हम इस बर्बर साम्राज्य का ध्वंस करना चाहते हैं...।"

"नहीं आनन्द," भगवान ने काटकर कहा, "दास को परिव्रज्या मत दो।"

आकाश और पृथ्वी एक हो गये। दास दास रहे गये। भगवान और आनन्द नहीं रहे। मोहन ने बरूचा का हाथ दाबकर कहा, "एक बात याद आ गयी।"

बेबी ने कहा—"सुननी पड़ेगी?"

मोहन हँसा, कहा—"शैतान?"

फिर दोनों जोर से खिलखिलाकर हँस पड़े। ताँगे वाले ने कहा, "धीरे...अबे धीरे..."

घोड़ा धीरे चलने लगा।

× × ×

बरूचा सरककर बैठ गयी। अब सड़क सपाट हो गयी। मोहन ने कहा, "वास्तविक जीवन की कठोरताओं में हमें यह सुयोग कभी नहीं मिलता।"

"खाने-पीने वाले की बात है,"—बरूचा ने धीरे से कहा, "जो किसान इस चौखंडी के चारों ओर खेतों में हल चलाता है उसे इसकी ऐतिहासिकता का कितना ज्ञान-ध्यान है? बताओ न कि वह अपने बारे में, अपनी स्त्री-बच्चों के विषय में अधिक

सोचता है या अपने देश के गौरव के?"

मोहन के दिल को चोट लगी। कितनी कठोर बात है? सच ही तो है। उस किसान की सारी बुद्धि उसी के खेत में जोत दी गयी है। जिस तरह पुराने कायदे के हल के कारण पैदावार कम होती है उसी भाँति इसकी बुद्धि के दो बालें ही निकलती हैं—

एक जिन्दा रहना, दूसरी में जिन्दगी को जिन्दगी न समझकर केवल घिसटते जाना।

उसे लगा हृदय विक्षोभ से फट जायेगा। यह क्या सोच रहा है? लेकिन बेबी के दिमाग में तो अब भी यही बात है। वह मुझे प्यार कर सकती है। एक क्षण के लिये भी उसे यह अनुभव नहीं होता कि मोहन से आलिंगन करना भी एक पाप है। उसकी दृष्टि में पाप है। पर वह पाप की परिभाषा दूसरी है। यह जो चौखंडी के पत्थर खड़े हैं उनमें अपढ़ पड़ोसी देवता का निवास समझने लगे हैं, इसे ही वह पाप कहती है।

मोहन ने उदार चित्त से कहा—"हे! हरिणराज बोधिसत्व! तुम पशु होकर भी मनुष्य से अधिक बुद्धिमान थे, फिर क्यों आज मनुष्य पशु से भी अधिक मूर्ख होने के लिये बाध्य किया गया है?"

एकाएक वह हँस दिया। वह बेबी के उस विचार की ओर मुड़ा कि यदि हिरन बेखटके छोड़ दिये जायें तो वह मनुष्य की सारी खेती खा जायें।

बेबी चौंकी। कहा, "क्यों हँस रहे हो?"

"यों ही।"

"हाय रे!" बरूचा ने दोनों हाथ जोड़कर कहा, "अब तो ये यों ही हँसने लगे। कहीं मुझे यशोधरा की तरह छोड़ न जायें।"

मोहन प्रसन्न। बेबी फिर एक बच्चे की-सी मुस्कान से काँपती हुई। सब बहुत अच्छा है। मनुष्य की ममता ही इस सब में एकत्व की भावना का प्रतीक है। यह जो पत्थरों को जाग्रत रखकर इनसे कुछ सुनने का प्रयत्न किया गया है, ममता ही तो है। क्या इस ममता में अमरत्व का लोभ नहीं है? क्या विश्व चेतना का यह द्वार किसी आलोक प्रवेश के लिये ही नहीं है?

बेबी को भय है उस भय के पीछे सुख की निहित अभिलाषा है और इसी से और भी अधिक तीव्र है कि चारों ओर दुख ही दुख है। और जैसे मैं डूब रही हूँ, सारा मानव समाज घृणा की लहरों में डूब रहा है, तू अपने प्यार की लकड़ी का तख्ता मुझे दे दे, मैं इसे पकड़कर यह भवसागर पार करने का प्रयत्न करूँगी।

मोहन मौन हो गया। आँखें फाड़कर देखा। चारों ओर उजाला है। धूप का हलका उज्ज्वल स्वरूप सामने है, पेड़ों की छाया है, हवा ठण्डी है, बेबी का गुदाज

बदन है, ताँगेवाले की हड्डियाँ उभरी हुई हैं, ताँगे का घोड़ा चल रहा है, सब हैं, पर सब ऐसे नहीं हैं जैसे होने चाहिये थे, सब भयाक्रांत से, भय ही जिनकी आस्था बन गया है...जैसे एक दिन मौर्य्य सम्राट् ने पाशविक बल को धर्म बल, भेरीघोष को धर्मघोष और विहारयात्रा को धर्मयात्रा में बदला था। राजधर्म उसकी शक्ति बन गया। धर्म की शक्ति राज बनकर फैल गयी, स्थिर बनी रही, और राज के लिये ब्राह्मणों के स्थान पर बौद्धों ने सम्राट् के सामने सिर झुकाया फिर...

अतिरंजित हो गयी कुछ यह कहानी, मोहन ने मन ही मन सोचा, जब लोग यही सब सोच सके थे तो उन्हें उन्हीं के पैमानों से जाँचना पड़ेगा। आज के परिमाण कुछ भारी हो जायेंगे।

और बेबी की खाकी आँखें; ऐसे बैठी हैं जैसे डोंगरे का बालामृत का बच्चा...

मोहन ने अपने मुँह के सामने हाथ रखकर जँभाई ली। अर्थात् कुछ टकराहट थम गई है।

उसने कहा, ''बेबी! तुमने एक बात देखी? चौखण्डी में कुछ खास बात!''

बेबी ने कहा, ''बीचोबीच के कुएँ की कहते हो?''

''नहीं जी,'' मोहन ने काटकर कहा—''दीवारों पर लोग अपने नाम क्यों लिख जाते हैं?''

''इसीलिये कि और कहीं निकलता नहीं। जिसे लोग गौरव की वस्तु समझते हैं उससे अपने आपको निकट करना चाहते हैं...''

बेबी हँसी। मोहन भी।

मोहन सोचने लगा, जीवन क्या उस समय भी इतना ही कठोर नहीं लगता होगा?

उसने देखा—दूर दो काषाय पहने नम्रमुख भिक्षु चले जा रहे थे। जाने क्यों हृदय को एक बार कुछ संतोष-सा हुआ। बहुत अच्छा लगा। एक युग—युग की अबाध धारा आँखों के सामने से गुजर गयी। एक दिन रहा होगा जब इन्हें देखकर सभ्य संसार अपना सिर झुका देता होगा। 'होगा' 'था' में बदल गया। यह कालिक परिवर्तन था तब इनकी वाणी सुनकर मनुष्य अपने आपको धन्य समझता था। आज भी वह सुनता है किन्तु यदि भय नहीं है तो ज्ञान इनकी सत्ता पर प्रश्न क्यों करता है।

मोहन ने कहा—''यह हम लोगों में विदेशी छाया है। हम अपने आपको सदा के लिये भूल जाना चाहते हैं। यदि सभी मनुष्य इतने सहनशील और सौम्य हो जायें तो संसार में यह दुःख ही क्यों रहे? किन्तु दुख की आस्तिकता में जो अनात्म पलकर बढ़ा है, वह क्या अपने ही आधारों पर प्रहार कर सकेगा? और फिर याद आया।''

यही भिक्षु एक दिन साधारण मनुष्यों की भाँति एक-दूसरे मनुष्य से लड़े थे जो अपने आपको ब्राह्मण कहते थे।

सिन्धु अरब सागर की बजाय बंगाल की खाड़ी की तरफ चली, गंगा अरब सागर की ओर। दोनों टकरा गयीं। सारे आर्य्यावर्त में भीषण जलप्लावन हुआ और उस समय के देशों की सन्तान इस समय भी है किन्तु न वे प्रभु कहते हैं, न भन्ते।

मोहन के मुख से एक शब्द निकला—"बेबी।"

बेबी कुछ ऊँघ भी रही थी। स्वर कानों के पर्दे पर अटक गया और बया के घोंसलों की तरह लटकते इयरिंग हिल गये।

सड़क पर कुछ गाँव वाले जा रहे थे। मोहन उन जैसा नहीं है, बेबी उन औरतों जैसी नहीं है, दोनों के दो-दो रूप हैं। उस युगल में उनकी पहचान उनकी अपनी मनुष्यता की माप है जिसे यह दोनों भारतीय मध्ययुग के सामंतवादी स्वरूप का दलित आकार कहेंगे और जो दोनों में एक सामंजस्य है वह आपस की गुलामी का एक तार है, जो निरन्तर बज रहा है, जैसे इतिहास की विराट वीणा पर आज फिर समुद्रगुप्त जैसे विजयी की उँगलियाँ चलकर वह स्वर गुँजा रही हैं जिसकी कोई भाषा नहीं है, जो स्वर मात्र है, जिसकी स्थिरता जिसकी गति है और फिर गति में एक लचक है...

मोहन ने व्याकुल होकर देखा। शोषण के दो रूप हैं। एक के हाथ में देवत्व है पर उसकी पहचान नहीं, दूसरे में अपना दर्द है, अपने के साथ-साथ उस गाँव वाले के दुख का भी दर्द समाया हुआ पिंजरे में से बोल रहा है, छटपटा रहा है।

मोहन ने देखा, दूर चौखण्डी खड़ी है वह ऐसे ही खड़ी रहेगी। शताब्दियाँ बीत जायेंगी किन्तु फिर भी कारवाँ की तरह चलता मनुष्य एक न एक बार उसकी ओर मुड़कर अवश्य देखेगा। प्रत्येक शताब्दी में एक अहंकार है, मनुष्य का वैमनष्य उसे आज तक एक-दूसरे के ध्वंस की शक्ति देता रहा है, क्योंकि उसे यही नहीं मालूम था कि वह जी जो रहा है, क्या यह पुण्य है अथवा पाप? क्या इस निरवधि उपहास की कोई सीमा भी है जो वह कहीं जाना चाहता है पर जा नहीं सकता क्योंकि उसके हाथ बँधे हैं, पैर बँधे हैं, और सबसे ऊपर भाषाओं की तरह विभिन्न होकर मन भी बँध गया है।

मन में आया वह चिल्ला उठे और उस विराट गौतम की पाषाण की मूर्ति की भाँति उसका स्वर उठ जाये। भय की आक्रांत वेदना में न जाने किस तिमिर का इतना-इतना उद्वेग है कि नीरवता में कोई प्रफुल्लता नहीं। क्या प्रफुल्लमना परिस्थिति केवल तृष्णा है जो मनुष्य को व्याकुल करके पराजित कर देती है?

और मोहन उत्तर नहीं पाता क्योंकि वह एक कर्मचारी मात्र ही तो है इस दलित भारत में अंगरेजों का, जिनके भिक्षुत्व पर फिर एक सम्राटत्व है। किन्तु क्या इतिहास की भूलों को ठीक करके फिर उन पर नहीं चला जा सकता? उनको फिर प्रयोग में नहीं लाया जा सकता?

बेबी बैठी है। होगी कोई चिरंतन छाया। उसे तो यह सोच है कि क्या वह दुख भी कोई दुख है कि मन नहीं भरता। यदि सब का पेट भर जाये तो क्या मन भी भर जायेगा?

उत्तर है—नहीं।

कुछ का पेट भरा है, बहुतों का नहीं।

जिसका पेट भरा है उसका मन नहीं भरा। जिसका पेट नहीं भरा उसे मन भर की फुर्सत नहीं है। न उसके पास मशीन है, न पूँजी की चिन्ता करने की ही उसे आवश्यकता रही है।

तो क्या जिसका पेट भरा है वह आगे बढ़ता जाये? बढ़ेगा कौन?

व्यक्ति या समाज? व्यक्ति या समाज?

घोर अट्टहास है यह इतिहास मनुष्य की आततायी वासना का।

मोहन बेबी की ओर देख रहा है, बेबी आकाश की ओर, आकाश वहीं नहीं, अनन्त तड़पन, सिर में दर्द, और युग एक लेप चाहता है, और सारनाथ का खंडहर पूछता है...क्या तुम रक्त की बात कहते हो?

गौतम की शपथ, मोहन निरपराध है?

मत कहो कि मनुष्य का निर्वाण उसके पास से खो गया है। पिता से पुत्र की परम्परा भी तो दीपक से दीपक का आलोक है।

वेदना से मन जर्जर हो रहा है। आज जब संसार में इतनी हलचल मच रही है। तब क्या सोच रहा है यह मोहन? क्या उसे एक क्षण भी अतीत की ओर देखने का अवकाश है?

'है,' आश्वासन का गंभीर स्वर बोल उठा है—'निस्सन्देह ही है।'

मनुष्य अपनी पीढ़ी में अपना आदि और अन्त बाँधे नहीं खड़ा था और होगा के बीच की एक कड़ी मात्र जो उसका 'है' है उसको वह काटकर नहीं रख सकता जैसे जड़ और चोटी के बीच के बोधिवृक्ष के तने को अकेला नहीं काटा जा सकता, जैसे बहते हुए महानद की प्रत्येक लहर एक-दूसरे से गुँथी हुई है और समय भी इन्हीं लहरों के समान है, जिसकी धारा में सब कुछ बहा जा रहा है किन्तु उठाकर देखने का प्रयत्न करो, केवल तरलता, जिसमें क्रान्ति की आग पड़ते ही वह भी नहीं रहती और केवल हवा...हवा... भँवर मारती हवा ही वात्याचक्र बनकर घूमने लगती है।

मोहन ने कहा—"बेबी! न जाने क्यों मैं व्याकुल हो उठा हूँ।"

बेबी को भय नहीं हुआ। उसने विश्वास से हाथ पकड़कर कहा—"खंडहर देखते समय यह न भूलो कि तुम खंडहर नहीं हो। जितनी वास्तविकता आज है उतनी ही उस दिन भी अपने अलग रूप में रही होगी। उसमें तिनके की तरह न बहो।"

किन्तु, मोहन सोचता है, यह पत्थर की मूर्तियाँ तिनकों की तरह बहकर हमारे पास आई हैं या भारी जहाजी बेड़े की तरह डूब गई थीं और हमने उन्हें निकाल लिया है।

बेबी यानी बरूचा ने तिनककर कहा, ''लगता है कुछ सोच ही रहे हो? मुझे तुम्हें गम्भीर देखकर शंका हो रही है।''

मोहन ने हँसकर कहा—''यह शंका ही तो विश्वास का अनात्म है।''

सारनाथ के खंडहर जैसे कराह उठे। मोहन हँस रहा था।

**2**

ताँगा रुक गया। दोनों उतर गये। मोहन ने आगे बढ़कर कहा—''म्यूजियम।''

बरूचा मुसकरायी।

घूम-घूमकर वे बरामदे में रखे प्रस्तर खंडों को देखते रहे। मोहन का हृदय पराजित हो रहा था। पत्थरों की उन अप्रतिम कल्पनाओं को देखकर लगा, हृदय की गति एकबारगी रुक जायेगी। किसी के हाथ का कौशल यदि शताब्दियों तक जीवित रह सकता है, एटम युग के मनुष्य के हृदय पर भी अपनी सौन्दर्य-कृति का वही रहस्यमय प्रभाव डाल सकता है तो यही जीवन की समस्त शक्ति और वासनाओं का चरम उत्कर्ष है। मनुष्य का जीवन भी इसके सामने क्षणभंगुर तो था ही, अब व्यर्थ लगने लगा है क्योंकि निर्माता का निर्मित से तादात्म्य, प्रथम की हार और द्वितीय की घोर विजय है।

हाथ फिराया। स्पर्श की लोच में एक भी सुख का कंपन नहीं। बेबी के हाथ का स्पर्श एक ओर, समस्त संसार की ऐतिहासिक कला का सौन्दर्य एक ओर। शरीर की आदिम पिपासा का केन्द्र तो इन जड़ टुकड़ों में नहीं है। दृष्टि का केन्द्र पत्थर है, पत्थर इतिहास है, तो क्या मनुष्य का इतिहास केवल पाषाण ही है?

शताब्दियों की इस जड़ता का आधार क्या है? एक दिन रहा होगा जब सही पत्थर अपने समस्त अनगढ़ रूप में पहाड़ों में पड़ा रहा होगा। हवा इस पर से बहती होगी। उससे भी सहस्रों वर्ष पूर्व इसका जन्म हुआ होगा। फिर एक दिन प्रभात की शीतल गुहार में किसी ने इसे देखा होगा, उठाया होगा और फिर शिल्पी ने आनन्द-विभोर होकर जयनिनाद करते हुए इसमें प्राणों का आह्वान किया होगा। आज वही जड़ता एक चेतना बनकर खड़ी होने का दुस्साहस कर रही है? किन्तु उस दिन तो सुन्दरी ने नयन विस्फारित कर देखा होगा कि अमिताभ! मेरी गोद में भी तेरे जैसा एक अमित आभावाला बालक खेले जो संसार में तेरी ही भाँति आलोक फैला दे। प्रत्येक माता की यह प्रार्थना, यह अधिकारवंचित हाहाकारमयी तृष्णा भी क्या उस पत्थर को सवाक् कर सकती है?

'नहीं।' दीवारों की प्रतिध्वनि मन का मौन बन गयी है। कोई नहीं मवाक् कर सकता। अमिताभ भी शायद अपनी मूर्ति देखकर लज्जा से पानी-पानी हो जाते, क्योंकि अमिताभ का रूप नष्ट हो गया, कलाकार का मन अपने सौन्दर्य की प्रतिकृति गढ़ने लगा और धर्माचार्यों ने क्या किया? गौतम के सत्य को कुचल देनेवालों ने उसकी हड्डियों को जगह-जगह बाँट दिया जैसे सम्राट जगह-जगह विजय स्तम्भ बनाते फिरते हैं। मन खट्टा हो गया। बरूचा ने मन्त्रमुग्ध होकर कहा—"कितना सुन्दर है यह सब!"

और उन्होंने देखा कि किसी गहन अन्धकार में कोई शिल्पी बैठा है। हाथ की छैनी चल रही है। उसके मन का रूप धीरे-धीरे आकार ग्रहण करता जा रहा है। पाषाण और भक्ति की वासना का सामंजस्य उसकी उपचेतना का सबसे बड़ा संवेदक है। सापेक्ष रूप का अर्द्धनग्न नृत्य जिसमें अर्द्धनग्नता केवल वासना को प्रज्वलित करने के लिए ही है और कुछ नहीं, और कुछ नहीं...

पहाड़ों के सामने खड़े हुए यात्री, यदि तू नहीं है तो पहाड़ तेरे लिए नहीं है, किन्तु पहाड़ तो फिर भी है, निरन्तर है और बदलता जा रहा है तेरी ही भाँति। किन्तु तू तो उसे देख नहीं पाता? सारा संसार जाग उठना चाहता है। अध्यात्मवाद की तपिश में हड्डियाँ आज चटक जाना चाहती हैं क्योंकि बोलते पत्थरों की भूख की मर्यादा के लिए मनुष्य एक दिन अपने मनुष्यत्व को पाँवों से कुचलने के लिए तैयार हो गया था और उसने उन्हें अपने जीवन की चरम आसक्ति समझकर जिसके एक खण्ड को गौतम समझ कर, जिसके एक खण्ड को गौतम बनाया था, उसके दूसरे खण्ड को बन्दीगृह की कठोरतम प्राचीर बनाया।

पाषाणों की इस गरिमा में युगांतर की संस्कृति अप्रतिहत गीत बनकर बही आ रही है।

मोहन सुन रहा है। वाहिनी का तुमुल निनाद, कवि का आह्वान, नारी के नूपुरों का मादक क्वणन, और धर्म का गम्भीर घोष सब आज मौन हो गए हैं। किन्तु इस पत्थर के टुकड़े पर अशोक आता है, कुशाण सम्राट सिर झुकाते हैं, संसार को हिला देनेवाले विराट आंदोलन अपने आप सामने से गुजर जाते हैं।

फिर भी एक प्रश्न है : बेबी समझ सकेगी?

"किन्तु," मोहन ने बरूचा के कन्धे पकड़कर कहा—"बेबी! संस्कृति की यह परम्परा हमारे जड़ का अविनश्वर स्वरूप है या हमारी गति का प्रेरक रूप?"

किन्तु दार्शनिक हठात् कुंठित हो गया। पुरुष का प्रश्न लय हो गया क्योंकि बेबी के कंधों पर मोहन को इस स्वच्छन्दता से हाथ रखे देखकर पास खड़ा नौकर मुसकरा रहा था। बेबी ने हाथों को हटा दिया। बेबी के मस्तिष्क में विचार आया—काश वे यूरोप में होते जहाँ स्त्री और पुरुष समुद्र तीर पर नग्नप्राय घूमते हैं क्योंकि वे

स्वतन्त्र हैं, उनके मन स्वतंत्र हैं और स्त्री की जंघाओं में उनके लिए इतना आकर्षण नहीं रह गया है। क्या यह सत्य है कि पौरुष के अप्राकृतिक मेल के कारण नारी को पुरुष की वासना जगाने के लिए वहाँ जंघा तक खोल देनी पड़ती है? कितनी उलझन है!

लेकिन आज यूरोप से उन्हें डर लग रहा है। लगता है वहाँ का मनुष्य और कुछ नहीं जानता। रोटी ही उसकी एकमात्र पुकार है। उस भौतिकवाद में वह सब भूले जा रहे हैं। उन्हें आज कोई लज्जा नहीं है। किन्तु सारनाथ के युग में तो स्त्रियाँ अपने उरोजों को खोले फिरती थीं। कितनी निर्लज्ज रही है हमारी प्राचीन संस्कृति।

तब एक ठोकर लगी। पूर्वजों के प्रति घृणा हो आई कि जब वे स्वतन्त्र थे तब वे भी उतने ही भयानक रूप से कामुक थे। गणिका को सौन्दर्य की देवी कहने वाले। ओ योगी! आत्मा का धन कहाँ है? क्या तेरे जंगलों में पक्षियों के कोमल मर्मर में मनुष्य का मोक्ष है? किन्तु आत्मा तो किसी में लय नहीं होती। उसका निर्वाण होता है। होता है लय, उधर से दूसरी पुकार आ रही है और मोहन नहीं समझ सका कि बेबी अचानक ही सिहर क्यों उठी।

क्या है हमारी संस्कृति? अस्ति या नास्ति? आत्म या अनात्म। आज जो हिन्दुत्व का गढ़ दृढ़ करने का प्रयास हो रहा है क्या स्वतन्त्र मतों का सिर काट कर सब धड़ मिलाये जा रहे हैं कि पता नहीं कौन शत्रु है कौन मित्र?

यह भेद आज एक भी भेद नहीं लगता क्योंकि जो ज्ञान भेद का कारण है वही लुप्त हो चुका है, उसके कोने मोड़कर उसे गोल कर दिया गया है और वह लुढ़कता है, लुढ़कता है जैसे ढाल पर गिर गया हो, कोई नहीं जानता कि जैसे-जैसे वह नीचे गिरता है उसका वेग बढ़ता जाता है...

और सारनाथ का समस्त वैभव चिल्लाने लगा मानो पराक्रमी सम्राटों का शीश भूमि पर कटकर गिरते समय विजेता की सेना का गर्व से भरी हुंकार फूट निकली हो।

विदेशी और स्वजातीय एक हो सके थे। आज नहीं हो सकते। एक ही हारेगा या दोनों ही कभी के, कभी के हार चुके हैं। मुझे देखकर हँसो नहीं। एक दिन मैंने भी गौरव देखा है। कौन नहीं करता है, मृगदाव? एक दिन समस्त एशिया तुम्हारा मुख देखता था किन्तु उस शक्ति का क्या उपालंभ है जिसने ध्वंस की धूलि पर खड़े होकर कहा कि किस आत्मा का वर्णन कर रहे हो? शक्ति ही उसका मूल है। उसका आधार मनुष्य का विश्वास है! मनुष्य का विश्वास, क्या उसका भी कोई विश्वास किया जा सकता है? सदा से प्रत्येक युग में वह अपने को ठीक समझता रहा है और प्रत्येक नवीन पीढ़ी ने घृणा की है, घृणा को भय ने दाबा है, वही श्रद्धा बन गई है।

बेबी ने उदास स्वर से कहा—"मोहन! तुम समझते हो यूरोप के एक आदमी का हृदय इन वस्तुओं से इतना ही प्रभावित होगा?"

"पूर्व और पश्चिम की संस्कृति का भेद क्या है?" मोहन ने कहा। बेबी ने आँख उठाकर देखा। मोहन ने फिर कहा—"मनुष्य का अज्ञान ही उसकी संस्कृति का गर्व है। वास्तव में मेरा और तेरा कुछ नहीं। जो कुछ सामूहिक मनुष्य ने आज तक उपजाया है। वह प्रत्येक मनुष्य की संपत्ति है। यदि कपड़े और भाषा का बन्धन लिया जाए तो वह क्या भारतीय संस्कृति में नहीं, सांस्कृतिक रेखा कहीं नहीं? पंजाबी पठान के अधिक निकट है द्राविड़ के नहीं?" बेबी देर तक एकटक देखती रही। फिर कहा—"देखो न यह कितना कौशल है?"

मोहन ने उपेक्षा से कहा, "किन्तु इस कौशल का भी कोई मोल नहीं। मनुष्य का हृदय घृणित है, कुरूप है। अतीत की यह तृष्णा शायद उस बर्बरता की पिपासा है जिसकी ओर वह लौट जाना चाहता है। मन्दिरों में षड्यन्त्र हो रहे हैं। पत्थरों की तरह की इन सदियों को उखाड़-उखाड़ कर बाहर फेंक दो! आओ इन गड्ढों में चलकर ढूँढ़ें। कौन है वह शिल्पी? सम्राट के सामने सिर झुकाये खड़ा है। कलाकार किसी के सामने आत्मा का सम्मान झुका दे? वह सृजन करने वाला है। वह अनन्त सुख का स्वप्न मनुष्य के लिए सजीव निर्मित करता है। मैं नहीं समझता बेबी, मनुष्य ने भारत में आगे खोज करने का प्रयत्न ही क्यों नहीं किया। जो किया तो यही कि शून्य आकाश में कुछ नहीं है, बताओ इनमें बुलबुल है या कौआ। एक अद्वैतवाद है, दूसरा विशिष्टाद्वैतवाद।" वह कठोरता से हँसा, फिर कहा—"कुछ नहीं है," फिर कहा—"है, हो गई पूर्व मीमांसा और यह उत्तर मीमांसा।" हँसी फूट निकली। उसने उसी व्यंग्य से कहा, "परिनिर्वाण की महत्ता में सिर घुटा दूँ या पुनर्निर्माण के लिए बालों में कंघी फेरना प्रारम्भ कर दूँ।"

बेबी ने उसका हाथ पकड़कर कहा—"इतने निष्ठुर न बनो मोहन! आखिर हम किसी सौन्दर्य को देखने आए हैं। लौटकर वही बात कर लेंगे।"

मोहन कुण्ठित हो गया। तो वह चाहती है कि निबाह दिया जाए यहाँ। हाँ, ताली दोनों ही हाथों से बजती है। समझौता भी एक वस्तु है। उसका अपना महत्त्व है। बेबी आखिर तो स्त्री ही है। कहीं मोहन का यह रूप ही उसकी अन्य विशेषताओं को दबा गया तो? किन्तु मोहन का हृदय नहीं मानता। उसने बेबी का हाथ पकड़ लिया। और उन्होंने एक-दूसरे की ओर देखा। भरी-भरी आँखों से, कि बस पूछो मत।

मोहन सिद्धार्थ नहीं है, बेबी यशोधरा नहीं है। देखने को वही दृश्य लगता है। बस इनके कपड़े बदलवाने की देर है। और फिर हुआ एक स्पंदन। मरते हुए आदमी की जैसे सांस फिर से चलने का यत्न कर रही हो।

"एक दिन इस द्वार-शाखा के नीचे से किसी सम्राट का आकार निकला होगा।

बेबी! यह मैं क्या देख रहा हूँ। मेरा मन आज फट जाना चाहता है।''

संसार में कितने ऐसे आदमी हैं जिनका मन फटता है। माँ के सामने बच्चे का खून होता है, विधवा को सामने करके उससे बलात्कार किया जाता है...फिर भी बने रहने की लालसा जीवित रहती है जैसे अपमानित पत्थर हों, जैसे यह करोड़-करोड़ जनता केवल किसी संस्कृति का खंडहर बनकर बची रह गई है, अपने आप में अर्द्धमूर्छित, बौराई-सी...

''देखते हो यह सुहावटी?'' बेबी ने कहा—''क्षान्तिवादी नामक तपस्वी के रूप में बुद्ध अपने उक्त पूर्वजन्म में बनारस के राजा कलाबू की स्त्रियों को सन्तोष का उपदेश सुनाकर उन्हें भिक्षुणी बना रहे हैं फिर उसी अपराध में उक्त राजा द्वारा उन्होंने अपना हाथ कटवा दिया।''

मोहन हँसा। बिल्कुल ही बर्बरता से कहा, ''कैसी प्रतारणा है। उस राजशक्ति के विरुद्ध उठने का साहस नहीं होता इन लोगों को। बस आत्मा और संतोष खोजने लगते हैं और बुद्ध ने कहा था—''ज्ञान ही तो जीवन का असन्तोष है...''

और दूर सूखे पेड़ों के पीछे सूरज काँप रहा है। कितना प्रशांत और भव्य है, जैसे संतोष का अँधियारा अब उन रंध्रों को मूँद देगा जिनमें से आलोक की ये किरणें भीतर घुसती चली आ रही थी, धँसती चली आ रही थीं। अब वह द्वार सदा के लिए बन्द हो जाना चाहता है। संध्या का यह शिथिल नूपुरशिंजन झूम रहा है। मोहन हँसा। अच्छा है संध्या ऊँची एड़ी का जूता पहनकर खटखट तो नहीं करती! वायु के झकोरों में जैसे उलझते हुए यौवन की पुकार है। कितना रहस्य है जो आज के संसार की ठोकर से डरकर एक बार उन पाषाणों के पीछे छिपकर बैठ जाना चाहता है कि कोई फिर घोड़े पर चढ़ कर रूँदने का प्रयत्न न करे।

उफ! घृणा की कचोट! ''ओ बेबी!'' मोहन पुकार उठा। बेबी ने दूसरा हाथ भी उसके उसी हाथ पर रख दिया। नौकर इस समय शायद बाहर है। तभी कोई चिन्ता नहीं। क्या कभी दुनिया में स्वर्ग का कानून भी चलेगा कि बस और कोई नहीं। हम-तुम। किन्तु जब यम ने यमी के खण्डित संयम की वासना को पाप कहा जिसे आज तक सब सुख की चरम सीमा समझते थे तो फिर यह दोनों ऐसे क्या अनोखे हैं जो?

तब बेबी ने कहा—''मोहन! एक दिन जो हो चुका है, वही क्या हमारे जीवन का सबसे सुखद चिह्न है?''

मोहन इसका उत्तर देना चाहता है पर दे नहीं सकता क्योंकि अपर्याप्ति की यह सुख-भावना मन को भयंकर कष्ट देती है, पूछो उससे जो भूखा ही रहता है जिसको कभी यह सोचने का अधिकार नहीं मिला कि वह भी मनुष्य है।

एक ने कहा—हाँ, तो बराबर है।

पर उस साम्य का क्या अर्थ कि तुम सब पत्थर की एक मूर्ति को समान भाव में देख सकते हो। आँखें पथरा जाएँगी कि पत्थर से कोई किरण न आज तक कभी फूटी है, न फूट ही सकेगी।

अज्ञान का भयानक अजदहा जिस तरह सदियों पहले मनुष्य को चबा रहा था आज भी उसी तरह चबा रहा है। किन्तु आज एक सबसे बड़ी बात है! मनुष्य का ज्ञान आज एक घोर अज्ञान के बल पर खड़ा है, अगर आज सारे बंधन तोड़कर हम उसे नहीं बचा लेते तो वह सदा के लिए नष्ट हो जाएगा और मनुष्य फिर खोहों में जा छिपेगा क्योंकि फिर प्रकृति का भयानक परशुराम कुठार लेकर उसका ध्वंस करने के लिए उसके पीछे हाथ धोकर पड़ जाएगा।

कोष्ठक में बाँधकर जो सभ्यता के सवालों का कठिन रूप दे दिया गया है उसे बालक समझे तो कैसे? और आगे चलकर तो वह क्या समझेगा जब उसके मस्तिष्क में रूढ़ि के केंचुए चलने लगते हैं, रेंगने लगते हैं।

किन्तु ज्ञान का कष्ट अपने आप में कम है, अपनी अपूर्णता मन को कचोटे क्या यह कम दुख है, और दूसरी ओर यही न मालूम हो कि अभी हम अपूर्ण हैं अतः आगे बढ़ने के स्थान पर वहीं सड़ा जाए, गला जाए। कौन-सा पथ अच्छा है। ओ मध्यमा-प्रतिपदा के अनुस्वार सम गुंजन! बता दे, मैं किसे मर्यादा कहूँ? क्या यही लन्दन का वैभव है, या गाँवों की निर्जीविता। दोनों का सत्य है—समता की अज्ञान छाया। सत्ता के भयानक भेड़िये! अपने आप को फाड़ खाना चाहता है?

वेदना की नश्वरता पुकार रही है। बेबी ने मोहन का हाथ छोड़ दिया। वह मुस्कराई। उस मुस्कान में एक वैषम्य है, एक विषाद है। शायद आलिंगन करने की एक चाह है कि शरीर की मांसल कोमलता, एक कठोर दृढ़ता से दबकर फैल जाए और ऊष्मा की तृप्ति अपना घर कर ले।

किन्तु नौकर लौट आया था। संसार का बाह्य व्यापार हो सकता है। दुनिया का काम आंतरिक व्यापार के लिए है पर संस्कृति कहती है कि वह पाप है।

"तुम तो कभी कविता लिखते थे न?" देवी ने कहा।

मोहन ने कहा—"सच मुझे याद आया। बहुत दिन पहले एक गीत लिखा था जिसका भाव कुछ-कुछ याद रह गया है। अब तो वैसी चीजें चाहूँ भी तो नहीं लिख सकता क्योंकि मन का व्यक्तित्व अब न उतना एकांगी है न उसमें इतना दर्प ही शेष है। पर एक दिन जीवन की अवस्था, किसी परिस्थिति की वह सच्ची अनुभूति थी इसी से उसे सुनाता हूँ।

*'आज कोई अगम के अनल में ढूँढ़कर प्यार का एक कण लाया है। आकाश नीली अँगड़ाई ले रहा है। पृथ्वी की पलकें अलखा गई हैं। ओ अनोखे! तू मेरी खेया वहाँ ले चल जहाँ कोई विषाद नहीं हो।*

*जहाँ अनन्त आलिंगन है, जहाँ केवल सुख का चिर स्पंदन है, ओ पागल! जहाँ पीली धूप बिछी हो, तू उस सलोनी छाया में मेरी खेया को ले चल। सागर चरण चूम रहा है, तारिल आकाश छाया करने के लिए चँदवे की तरह टँग गया है, मृदुल समीर का मंथर स्पर्श थरथरा रहा है, चारों ओर यौवन की काया ओजस्वित हो रही है।*

*अरे मेरे जीवन! सुन्दरी ने उषा में शिथिल सद्म फेंक दिए हैं, जा तू अब भीम वेग से जाकर नवल शतदल ले आ, हे मेरे नाविक! उस ओर ले चल जहाँ पिपासा का नर्तन गूँज रहा हो।' "*

बेबी हँस दी। उसने कहा—"लेकिन माँझी! आज समुद्र के सम्मोहन का प्रसार हो रहा है। इसलिए धारा में खेना होगा माँझी! जहाँ नये शतदल खुल जाने के लिए फड़क रहे हों, जहाँ तिमिर के पगचिह्नों का आलोक मिटा दिया हो, उस नई छाया में चलो माँझी! केवल फिर गंभीर धारा हो, सिंधु नीर ही ओर और छोर हो आए, किन्तु एक ही गीत की लय हिलोर में, हे मेरे माँझी! तू मेरी नाव को खे चल।"

मोहन विस्मित-सा सुनता रहा। आह! आज यह कैसा अश्रुत संगीत अपने समस्त निरावलम्ब आकर्षण से आह्वान दे रहा है। आज मानो भवबंधन तोड़कर रूप नया आलोक प्राप्त कर जाग उठा है। उसके मुख से निकला—

*'आज सत् का चितमय आनंद*
*बुद्ध जागा है शांत अशोक*
*आज जड़ जंगम में हो व्याप्त*
*गूँजता है यह तन्मय गान*
*मुक्त कर तन के सोये प्राण;*
*धार लेकर झर झर निर्झर*
*जगा दे सोये स्वप्न उदार*
*कि जिनमें वे जीवन के सत्य*
*मुँदे हैं, खोलें सीधे द्वार,*
*छोड़ कलुषों की भीषण राह*
*युगों तक सुन लूँ बस यह गान*
*आज मिल गए कर्म तन प्राण।'*

दोनों फिर चुप हो रहे।

देर तक वे कुछ नहीं बोले। नौकर ने उन्हें देखा। एक बार इधर से उधर गया फिर उधर से इधर आया। किन्तु मौन शायद टूटना नहीं चाहता। निःशब्दता की यह सरलता सबसे बड़ा रहस्य बनना चाह रही है।

वह हटकर खड़ा हो गया।

मोहन ने आँख उठाकर देखा फिर कहा, "कोई पार क्यों नहीं मिलता? क्यों नहीं मन सोचता वह कुछ पा गया है।"

किन्तु सामंजस्य कहाँ है इस छलना का? कहीं नहीं। इस छेद को जितना ही ढँको उतना ही यह बड़ा होता जाता है क्योंकि इसके नीचे समुद्र का जल है जिसके दबाव को केवल आकाश का सा प्रसार झेल सकता है, साधारण रोक उसके सामने नितान्त असफल है। और छेद छेद ही है उसमें से कुछ घुसेगा, और डुबाने का ही प्रयत्न करेगा।

एक सरकार है। वह कानून बनाती है कि एक-एक हजार रुपये के नोट जिसके पास हैं वे बेकार हैं किन्तु बैंक के मैनेजर उन्हें लाइसेन्स देते हैं, हर नोट पर सौ-सौ रुपये बनाते हैं...

कौन कहता है कि यह जर्जर कपड़ा सिलने की भी कूवत रखता है। अब नहीं क्योंकि संध्या का अन्धकार अब फिर दूर से चुनौती दे रहा है। सदियों के बाद भी यह समस्या ऐसी ही बनी रहेगी क्योंकि मनुष्य की समस्या कोई-न-कोई जीवित रही ही आएगी। उसके बिना मृत्यु है, जैसे आज इन खंडहरों के पास शिकवे हैं कोई सवाल नहीं। यह कहीं भी रखे जा सकते हैं—पटने में या बम्बई में, किन्तु इनको किसी से कुछ नहीं कहना, न ये सुनना चाहते हैं। चाहना तो किसी का भी अपना अधिकार है, पर अधिकार की निर्वीर्यता आज फिर कचोट उठी है।

बेबी ने हठात् उसका हाथ पकड़कर कहा—"ओह, लवली! शृंगार!"

स्त्री की वह अनिंद्य सुंदर खण्डित मूर्ति।

पुरुष की किस घृणित वासना ने इसे खण्डित किया होगा। क्या उसकी जहरीली आँख से पत्थर के उरोज को भी नहीं देखा गया? किस उदासीन तृष्णा का वह भयानक हलाहल होगा कि केवल उसी को तोड़कर उसे लगा होगा कि अब उस भूख की तृप्ति हो गई। तृप्ति भी उसकी जिसके प्राकृतिक रूप को पाप कहा गया और लोहे के फलक से पाप मिटाने को फिर एक पाप किया गया।

मोहन काँप उठा। कितना अपमान था। मनुष्य का कैसा घोर पतन था। उसे लगा वह मर कर भी मुक्त नहीं हो सकेगा।

स्त्री और पुरुष युग-युग से बद्ध हैं। दासत्व की भीषण पराजय ने उनके हृदय में घोर घृणा के सामंजस्य को रहस्य में परिणत कर दिया है। मोहन ने सोचा—मानो वह आज उस पुरुष का प्रतिनिधि है जो सैकड़ों वर्ष पूर्व इस मूर्ति की अधनंगी स्त्री के सामने खड़ा रहा होगा। स्वामी बनकर, स्त्री को, दासी को, अपनी स्वामिनी कहकर।

लोहा लोहे पर बजना चाहता है।

तुम नग्न हो और मैं भी नग्न हूँ। और हम सारी सृष्टि को देख रहे हैं। तुम अब भी रूठ रही हो, मैं मना रहा हूँ। फिर आज पुरातन ही फिर नवल है।

पुरुष पुकार रहा है कि मेरा यह भुजबन्धन छोड़ दो, मैं तुममें यों नहीं समा सकूँगा क्योंकि यौवन भयानक रूप से क्रीड़ातुर हो उठा है। तब आज क्या इसे गला घोंटकर मार देना ही हमारी विजय है? हे माध्यमिक पथप्रवर्त्ती बोल कि वन-वन में तन्द्रा छाई हुई है, नारी अपने विराट रूप से कोमल जाल फैला रही है, पुरुष का हृदय सागर गर्जन कर रहा है, और लहर-धार स्त्री के किनारों से टकराकर चूर-चूर हुई जा रही है।

मैं जिस रात का अन्धकार हूँ वह मेरी प्रतिच्छवि लेकर लगती है कि वह उस अवसान की शृंखलाधात्री एक नये विहान का प्रसार है, जिस प्रकार सागर की फेनिल लहरें फैल जाती हैं, लहरों की गुलेल चलानेवाला फिर रबड़ को पीछे झटका देकर खींच लेता है। नारी के अचल पगों के चारों ओर समुद्र विक्षुब्ध हो उठा है।

अन्तराल का प्रसार आलोक में घुलता जा रहा है। आकाश ने डालों पर ठोड़ी टेक दी है। ओ यौवनमयि पाषाणी! आज भी तुझमें आह्वान की मरीचिका शेष रह गई है।

कोई कुछ समझना चाहता है किन्तु समझ उस मकड़ी के जाले की तरह है जिसे दूर से देखकर लगता है कि यह विश्व है किन्तु वह मक्खी के फँसते ही उसका गंदा रस चूस लेती है। एक सिहरन।

बेबी ने कहा—"मोहन! दुनिया आज क्या है? हजारों साल बीत जाएँगे और तब भी मनुष्य इसी प्रकार अपने अतीत को देखकर भय किया करेगा। ज्ञान की कोई भी अवस्था नहीं। जब मनुष्य को अपने अतीत की ओर देखने की भी लालसा जाती रहेगी, वह निर्माण के लिए सदा ही गोते मारकर दम घोटनेवाले पानी में घुसा करेगा...।"

और मोहन ने काटकर कहा—"यही मनुष्य की प्रकृति पर विजय है अन्यथा जो हम आज सोचते हैं वह कभी भी नहीं सोच पाते।"

लगा गौतम के अभिमान का पत्थर अन्तिम बार नहीं, बार-बार इसी तरह मनुष्य के इस भय को देखकर हँसा करेगा और मनुष्य प्रतिध्वनि को सुनकर भय से ही आँखें विस्फारित कर देखेगा और जब-जब बुद्धि पराजित होगी तब-तब वह चीत्कार कर उठेगा—'देव! तुम महान हो...'

और आज वह महान है जिसने एक दिन महानता की जड़ खोदने को अपना धर्म कहा था, संघ की आड़ ली थी।

मोहन ने कहा—"बेबी! आज रूप की चेतना से प्राण हार गये हैं। तुम कहोगे मैं अपरूप चिन्तन करता हूँ, पलायनवादी हूँ। मेरे हृदय में यौवन का-सा पवित्र तूफान उठ रहा है। लाओ मुझे रूप की वाणी दो, कि रूप गा उठे आज और मेरी छवि तन्मय होकर उसमें लय हो जाये। आज मैं नग्न रूप का वह अमर रूप देखूँ कि

फूल और भ्रमर दोनों मत्त होकर गूँज उठें और कहें—कवि! आज भी मधु का साज नहीं दे सकोगे?"

बेबी ने कहा—"उड़ रहे हो अब तुम! अच्छा जरा उतर आओ तो हमारी समझ में भी आये।"

"मैं पूछता हूँ बेबी, यदि यह मनुष्य की समस्या नहीं तो वह इस सबके ऊपर इस रूप में सोच कैसे लेता है? क्या यह सोचना भी अपने आप को धोखा देना है?"

किंतु बेबी अपनी आँखों में अपने आह्वान का समस्त बल डाले खड़ी थी।

उसने कहा—"जीवन! मनुष्य का व्यक्तित्व एक चंचल लहर है, उसमें हृदय मछली की तरह बहता है और वह तरंग उसे कभी-कभी किनारे पर छटपटाने को छोड़ जाती है फिर अपने में खींच ले जाती है। तब लगता है सब इन्द्रजाल है। और यौवन का खुमार ढलने पर परम्परा के शैशव पर दुलार बढ़ता है तब व्यक्तित्व भिक्षुक के समान हाथ में छिन्न पात्र लिये अमृत-सा लौट आता है।"

मोहन ने टोककर कहा—"नहीं बेबी! अतीत भी हमारे ज्ञान का मापदण्ड है। हमारे पथ का वसन्त है। इन पाषाणों को चढ़ाने के कारण ही लगता है कि भविष्य में अभी भी कुछ बाकी है। जीवन धनुष है, स्त्री प्रत्यंचा है, पुरुष बाण है। स्त्री घर्षण करके लचककर, पीछे हटकर, टंकार करती है, और वह हत्यारे का-सा हाहाकार लिये मुक्त भ्रमण करता है।"

नौकर ने आगे बढ़कर कहा—"आइये बाबूजी! भीतर के कमरों में देख लीजिए।"

वह उनकी भावुकता को देखकर प्रभावित हो रहा था। उन खंडहरों में वही आते हैं जो पत्थरों से बातें करने का हौसला रखते हैं। उसे तो कभी कुछ नहीं सूझा। उसे रटा हुआ है सब कुछ। वह बड़े गर्व से समझाता है जैसे जो कुछ है वह सब उसी की माया है और उसके मुख पर एक गंभीरता लोटने लगती है। उसके मन में पहले कुतूहल हुआ फिर उपहास की स्पर्धा और अन्त में वह दब गया था। अनेक भिक्षुओं का सौम्य रूप उसके मन पर एक गहरी छाप डाल चुका है। जब बाहर की दुनिया में आदमी इतनी छीछालेदर करता है, यह लोग कैसे इतने गंभीर रह पाते हैं? कैसे इनकी सारी इच्छाएँ मिट चुकी हैं। वे धीरे-धीरे चलते हैं। किन्तु यह दो पथिक, जो अभी यहाँ खड़े हैं फिर अभी ही चले जायेंगे, कुछ और किस्म के हैं। क्या देखते हैं, पत्थरों को इतना आँखें फाड़-फाड़ कर। और एक वह स्वयं है जो भूखे पेट के कारण ही उन पत्थरों से बँध गया है।

मोहन ने कहा—"बेबी!"

बेबी ने बढ़कर कहा—"अरे हाँ, चलो भीतर देखेंगे।"

कैसा बचपन है, और मोहन ने मन ही मन सोचा—

इस समस्त वैभव को ले जाने दे क्योंकि संध्या में लूट मच रही है। ओ मन!

सूनेपन की इस ज्वाला पर मुसकरा कर इतराना होगा।

नीरवता का ऐश्वर्य है। प्राणों का स्वर गीत बन गया है। ओ यौवन! कल ही तो पतझर है। तुझे फिर हँस-हँसकर मुरझाना होगा।

सपने पंखुरियों की भाँति बिखर जाते हैं। वह प्यार कराह उठता है। ओ जीवन, इस भूली हुई मादकता में तुझे फिर से सब कुछ ठहराना पड़ेगा।

मोहन ने देखा। बेबी! टीसों की डगर पर जैसे यौवन चल रहा था।

रूप की ही साम्य ध्वनि से चेतना का राग तुलता है। रूप की लाज से ही हृदय आकुल होकर बिछलने लगता है, रूप प्राण बन जाता है।

## 3

दिन का पग श्रांत हो गया है। गोधूलि मलिन हो चली है। मेरे पथ के अंचल का पुलिन भी धूममय हो गया है। संध्या की मृदुल मुसकानों में पगचिह्नों से भरे पथ पर पेड़ों में से छनता प्रकाश म्लान वसन हो चुका है। इसका प्रकाश ही अंधकार का विकास हो जाएगा। इसका परिवर्तित हुलास नग्न रूप को भर देगा। अनेक टिमटिम करते व्याकुल पिपासित नक्षत्र आकाश में बिखर जायेंगे। सारे अरमान विफल होकर डूब गये हैं। खेतों के पार प्रतिध्वनि हो रही है। जीवन का श्रांत शिविर सो रहा है। मन में तिमिर व्याप्त है।

कमरे में घुसकर देखा। गाइड ने कहा—''बाबू! यह अशोक का सिंह-शिखर है। देखिए इस पर आज भी कैसी पालिश है। दो हजार से भी ज्यादा बरस बीत गए लेकिन चमक में कोई कमी नहीं। आजकल भी लोग इसे देखकर चक्कर में पड़ जाते हैं।''

कौशल! मोहन ने सोचा। सचमुच इसकी पालिश अद्भुत है जो अभी तक तनिक भी नहीं बिगड़ी। कैसे भव्य सिंह हैं। कितने पुराने जमाने में ही मनुष्य ने कितनी अच्छी चीजें बना ली थीं। और प्राचीनता की स्मृति उसे ले गई मोहन-जोदड़ो की ओर, पिरामिड की ओर। वह तो इससे भी बहुत पुरानी बात है। और एक ताज भी है। लेकिन अभी उसे बने जुमा-जुमा कुल तीन सौ बरस हुए हैं। वह कहाँ? ताज किसी के प्रेम की स्मृति है। पिरामिड किसी की मरकर भी सुख की कल्पना का फल है। और यह सिंह-शिखर? आज गाइड ने केवल अशोक कहा है। क्या वह केवल अशोक ही था? नहीं। उस समय यह कहीं बाहर भटकता और अशोक? वैभव! साम्राज्य!! भिक्षुत्व का अभिमान!! करुणा!!! आकाश के नक्षत्र उसने नहीं तोड़े केवल मनुष्यों का रक्त बहाया था। डाकू ने प्रायश्चित किया। उसे क्षमा मिल गयी।

और बेबी ने सिंह-शिखर के सिंहों पर हाथ फेरा जैसे उन दोनों में से कौन अधिक चिकना है इसकी तुलना कर रही थी। अचेतना के किसी स्तर में यह नहीं

भी हो सकता है। मोहन का विचार क्या कोई अपने आप में ऐसा पूर्ण है?

इसी समय म्यूजियम के बाहर मोटर रुकने का शब्द सुनाई दिया।

गाइड ने कान लगाकर सुना, और कहा—''वह देखिए, वह कुषाण, बोधिसत्व है। कुषाणों ने राज किया था—कनिष्क राजा था...''

बेबी ने कहा—''हाँ कनिष्क था, उसका बेटा हुविष्क था।''

गाइड ने बेटे में कोई दिलचस्पी नहीं ली। कौन जाने कौन कनिष्क था। होगा कोई और जब वे कुषाण-बोधिसत्व की विराट मूर्ति को देख ही रहे थे उसी समय एक अधेड़ अंगरेज, उसकी बीवी, तथा एक पंजाबी परिवार ने भीतर प्रवेश किया। पंजाबी परिवार उनका मित्र लगता था। पिता के बाल खिचड़ी थे, लड़की भड़कीली रेशमी सलवार पहने थी और माता की भौं का गर्व पूरी तरह से तना हुआ था।

पंजाबी वयस्क ने खड़े होकर कहा, ''देखा आपने मिस्टर विली? यह है हमारा प्राचीन गौरव। मैं जब टैक्सिला (तक्षशिला) में खुदाई करा रहा था तब पहली बार मेरी आँखें खुलीं। उफ! पुराने जमाने में आदमी कितना सभ्य था। आज उसका दो परसेंट (प्रतिशत) भी नहीं।''

''ओह नो (नहीं),'' मिसेज विली ने हँसकर कहा—''ऐसा क्यों सोचते हैं आप?''

''मैं आपको बताता हूँ,'' वयस्क ने आश्चर्य की मुद्रा में कहा—''टैक्सिला की खुदाई में हमने देखा नीचे की इमारत पर ऊपर की इमारत खड़ी है, दोनों की अलग-अलग बनावट है...''

''अक...ख...हहह," अजीब तरह से मिसेज विली हँसीं। "न्यूयार्क में आसमान चूमने वाले बड़े-बड़े घर हैं।''

उस हँसी के प्रहार से वयस्क का सिर झुक गया, लगा वह बड़े दुख में पड़ गये हैं। उनकी बहुत हानि हुई है और वे चाहते हैं कि कैसे उसे पूरा किया जाय।

मोहन को उनका वह रूप बहुत पसंद आया। बेबी उस पंजाबी लड़की की ओर देख रही थी। अब धीरे से बोली—''यह लड़की है या तितली? कितने रंगीन तो कपड़े हैं फिर गालों पर इतना भकभूसरा पाउडर, होंठों पर इस कदर ललाई और बालों को देखो जरा, क्या कहते हैं। कमबख्त! तुझ पर खुदा की मार हो।''

मोहन गले के भीतर ही हँसा। दोनों ने जब मुड़कर देखा तो गाइड उन लोगों की सेवा में चला गया था और यह दोनों यों ही रह गये थे। दोनों एक-दूसरे की ओर देखकर मुसकराये।

बेबी ने धीरे से कहा—''हम ताँगे में आये हैं। मोटर में आते, सट से उतरते, कैसा रोब रहता, मजा आ जाता...''

मोहन ने कहा—''धीरे बोलो! कोई समझेगा कबाड़िये घुस आये हैं।''

बेबी झेंप गई। किंतु आँखों में शायद वह सपना अभी भी जीवित था कि

एक मोटर सर्र से आकर रुकी। बेबी को देखकर गाइड दौड़कर आया...

पंजाबी लड़की किसी बात पर हँस दी थी। माँ सिर्फ मुसकरायी थी। मिस्टर विली कुछ कह रहे थे। मिसेज विली और वयस्क पंजाबी गंभीर विस्मय से सुन रहे थे।

मोहन और बेबी को लगा जैसे उनका अपमान हुआ है। वे लोग आगंतुकों की तुलना में कुछ हीन हैं अन्यथा वह इन लोगों को छोड़कर जाता ही क्यों?

फिर याद आया। गया है क्योंकि इसके पीछे भी एक इतिहास का कठोर स्वरूप है। वही बात जानकर मोहन कह सकता है, किंतु उसका मूल्य उतना नहीं हो सकता जितना मिस्टर विली की बात का। वह गोरा है, उसकी नस्ल लंदन से चलती है, लंदन में हिंदुस्तान के शासक रहते हैं। यह भावना फिर उसी कठोरता की ओर खींचे लिये जा रही है जिसके विरुद्ध अभी तक मन ने संघर्ष किया है, तन घायल हो-होकर उठा है। सभ्यता की चरम सीमा अधिकार है। शासन का अधिकार होने से एक के स्वर में बल मरता है, दूसरे का कंठ निर्बल हो जाता है। इस शासन का बल अधिकारहीनता की एक ऐसी भावना है जो स्वयं उसके मन को कचोट उठती है कि वह बराबर नहीं है। संसार में अनेक राष्ट्र हैं, उनके रहन-सहन, भाषा, भाव सब भिन्न-भिन्न हैं। नव सभ्यता का माप क्या है? बड़ी-बड़ी बातों पर यह मिस्टर विली भी संभाषण कर सकते हैं और व्यवहार के समय कुछ और ही आचरण इनके आचार को ढँक लेगा। कितना वैषम्य है! एक दिन क्लाइव नाम का एक अंगरेज आया था। धोखे से सब कुछ उसने इधर का उधर कर दिया। आज वही सब न्याय हो गया है। उसके विरुद्ध प्रश्न करने को गांधी हैं, अनेक हैं किंतु प्रश्न का उत्तर प्रश्नकर्त्ता का लहू है और कुछ नहीं। फिर जातियों में क्यों न रहेगी रक्त की यह घृणित परम्परा? कब होगा मनुष्य के विश्वबंधुत्व का सपना पूरा। क्या करे मनुष्य? कितनी उलझी हुई है समस्या उसकी। इतना ज्ञान क्यों सीमित कर लिया है उसने, कि आज वह स्वयं उसके हाथ में कार्य-कारण के ज्ञात विश्लेषण में केवल एक कठपुतला मात्र रह गया है?

किंतु फिर उत्तर मिला। जिस दुर्मद अहं का, युगों से विभिन्न संस्कृतियां, त्याग करने के लिए इतना घोर प्रयत्न कर रही थीं आज वह स्वयं ही विच्छिन्न हो रहा है। तभी अहं का मोह इस नवीन की व्यष्टि को बुरा कहने लगता है। इस ज्ञान में कितनी कठोरता है कि व्यक्ति परिस्थितियों का दास है। वह और कुछ नहीं। यही तो एक दिन कृष्ण ने कहा था कि तू नियन्ता नहीं है, मात्र निमित्त है। तब जो स्वीकार किया था, इसीलिए कि व्यक्तिवाद के ढाँचे को पूरा खड़ा करके फिर उसे झुठला देने की प्रार्थना की गई। आज व्यक्ति का निमित्त ही उसका नियंतास्वरूप है जो पुराने आकारों पर हाथ रखकर खड़े होते समय हमारी समझ में आने से इनकार

करने लगते हैं। दोनों का संतुलन ही मध्यस्थ बनता है किंतु अबके क्षमा नहीं है, कर्म का प्रतिशोध है। किसी पाप को मिटा डालने की प्रेरणा है। मन की शुद्धि की युगों तक चेष्टा हो चुकी है कि चोरी न करो? किंतु आज सारे रोमांस का जाल फाड़कर कहा जाता है–'ऐसा निर्माण करो जिनमें चोरी करने के लिए मनुष्य को विवश ही होना पड़े।'

यह नहीं हो सकता है। असत् से ही सत् की भीख ली जाये। वे जो कहते हैं समन्वय ही अपने भीतर से नये सौन्दर्य को जन्म देता है, वे एक ही प्रत्यय को हर जगह लगाकर अपना काम निकाल लेना चाहते हैं जो असंभव है। क्रान्ति की घोर अपेक्षा से जीवन की निर्बलता बढ़ती है, व्यक्तित्व के भीतर और भी अधिक अंधकार बढ़ता है और फिर मनुष्य पुकार उठता है कि मैं कुछ नहीं हूँ, मैं कुछ नहीं हूँ...

किन्तु 'मैं' की चट्टान दृढ़ रहती है तभी उनकी भीमकाया से त्राण पाने के लिये संसार का सारा अवसाद हाथ-पाँव पटकने लगता है।

'मैं' की दुर्मद शिला को खंड-खंड करके पीस दो। जिस दिन वायु में उड़ते कण अपना हाहाकार करना छोड़ देंगे उस दिन जनता का त्रिविक्रम का-सा स्वरूप प्रबल शक्ति में एक बनकर हुंकार उठेगा उस दिन ईश्वर और आत्म के छोटे आकारों के परे एक ध्वनि गूँजेगी कि हम ही 'मैं' है, हम ही 'मैं' है और शब्दों का खेल मिट जायेगा, क्रिया अपना आलोकित स्वरूप लेकर प्रगट होगी...

बेबी का चेहरा उतर गया था। उसे उस पंजाबी लड़की से घृणा हो रही थी जो सुनने से पहले हँसती है और गर्दन टेढ़ी करके नखरे करती है। उसे लगा सारनाथ के पवित्र खंडहरों का घोर अपमान हो रहा है। फिर विचार आया कि जब यहाँ उन दिनों सामंत लोग आते होंगे तब साधारण व्यक्तियों का यही तो एकमात्र परिणाम होता होगा। ज्यादा से ज्यादा रहमदिली करके उन्होंने मोहन के कंधे पर हाथ रखकर दो सवाल पूछ लिए, मोहन धन्य हो गया। और बेबी यदि पसंद आ गई तो लेकर अंतःपुर में डाल लिया या फिर दो दिन रखकर छोड़ दिया...

उसने मोहन की ओर देखा। देखा वह कितनी असहाय थी। सारे संसार में पुरुष का उस पर घोर अत्याचार है, किन्तु सब कुछ सहती है यह स्त्री और उसके सुख की भी चरम कल्पना है सत् पत्नी, वीर प्रसू, किन्तु माध्यम होकर सृष्टि चलाने वाली फिर भी तो उस पुरुष के चारों ओर ही अपना संसार बनाती है। क्यों नहीं करती वह अपने ऊपर अत्याचार करने वाले से घृणा क्योंकि एक दिन गौतम ने यशोधरा को घृणित समझकर छोड़ दिया था और संसार ने यशोधरा की इसलिए इतनी प्रशंसा की कि वह उस बर्बर के प्रति ही अपने आप को बलिदान दे चुकी थी? क्योंकि है ही स्त्री इतनी घृणित! और यदि घृणा ही उसके जीवन का एकमात्र

कारण है तो क्यों पुरुष उसी को रहस्य कहता है, क्यों वह पुरुष के ही चारों ओर चक्कर काटती है?

क्योंकि स्त्री निस्सहाय है। अपना मानने की परवशता इसीलिये है कि वह भी दो टुकड़ों की दासी है और यदि इस बंधन को स्वीकार नहीं करती तो उसे समाज का भेड़िया फाड़कर खा जाये और वह प्रकृति की भूख।

विद्रोह करना जो भूल जाता है उसकी सांस्कृतिक चेतना दूसरों के पैरों के नीचे छटपटाना भी पाप समझती है। प्रयत्न यही रहता है कि कुचलने वाले के पाँव में कोई चोट न आ जाये।

कारण?

कारण एक ही है। स्त्री और पुरुष का दर्जा समाज में बराबर नहीं है। अपने लाभ को पुरुष ने उसे स्वामिनी कहा है जैसे अंगरेजों ने हिन्दुस्तान में अपने अनेक पिट्ठुओं को रायसाहबी और रायबहादुरी बाँटी है।

दोनों में से कोई रहस्य नहीं है। दोनों साधारण हैं। किन्तु अपनी व्यवस्था में उन्होंने इतनी उलझन खड़ी कर ली है कि उससे निस्तार पाना उनके लिए असंभव हो गया है।

एक लड़का है, एक लड़की है।

लड़की की आँखों में तृष्णा है कि उसे चूम ले, उसे भींचकर उससे आलिंगन करे, अपने शरीर को प्राकृतिक सुख दे। किन्तु क्योंकि यह पाप समझा जाता है। वह आत्मा के बंधन का अभिनय करती है, पुरुष कहता है—तुम स्वर्ग की चेतना हो। तुम शरीर के कलुषों से परे हो। स्त्री समझती है यह उसकी विजय है। पुरुष समझता है यह उसकी हार है।

पुरुष का यौवन उससे वही चाहता है। किन्तु उसे जब समाज के बंधन जकड़ते हैं, जब वह व्यवस्थाओं के विरुद्ध छटपटाता है तब वह कहता है—स्त्री मायाविनी है। मनुष्य का मोक्ष निरासक्ति है। और स्त्री हारने लगती है। पुरुष का 'योगी अहं' चिंघाड़ उठता है जैसे हाथी को शराब पिलाकर मस्त कर दिया हो।

किन्तु असंख्य करोड़ गरीब जो कुछ सोच-समझ नहीं पाते उनके लिये स्त्री न रहस्य है, न पुरुष एक दुर्भेद्य गढ़। वहाँ स्त्री पुरुष की दासी है, स्त्री को स्वीकृत है, वहाँ यौवन का छल ही उनके जीवन की परम्परा है। वहाँ मन की प्रतारणा नहीं। वहाँ समाज के कार्यों में तन्मयता है, काम करना है क्योंकि दोनों की घोर समस्या है रोटी। खाते हैं, पीते हैं, यौन संबंध करते हैं जैसे पशु हैं और पशुत्व का जंजाल हटाने को उन्होंने उच्चवर्ग के सिद्धांत बिना समझे हुए रट लिये हैं, पुरुष है स्त्री के लिए, स्त्री है पुरुष के लिए, क्योंकि यह भी एक भूख है, और बहुत भयानक होने पर भी आवश्यक है, क्योंकि यह जीवन के रसों का एक स्थायी भाव है, सारा

वातावरण उसका संचारी मात्र है। पुरुष और स्त्री के प्रेम का साधारण कारण उनके सम्मिलित प्रयत्नों का फल–बच्चा है। यदि स्त्री आत्मा है, पुरुष परमात्मा है, एक प्रकृति है, दूसरा पुरुष है, सभी आलय विज्ञान है। प्रतीत्य समुत्पाद नहीं। जिसका हेतु यहाँ परम्परा है वहाँ क्षणिक होते हुए भी समाप्ति पर प्रारम्भ नहीं है क्योंकि प्रवाह की च्युति कहीं भी नहीं होती। जहाँ काट करने का प्रयत्न होता है, जो स्वयं जनमता है वहाँ परोक्ष का अंधकार फैलता है। क्योंकि कारण या तो कार्य का अन्त है या आरम्भ। मनुष्य का अनुभव उसका ज्ञान है, रूढ़ि बनकर वह संस्कार बनता है।

"क्या सोच रही हो?" मोहन ने पूछा।

"कुछ खास नहीं, कुछ रटी-रटाई बातें दिमाग में घूमने लगीं।"

पंजाबी वयस्क और मिस्टर विली अब भी ऊँची-ऊँची बहसें कर रहे थे। एक भारतीय संस्कृति के पीछे पड़ गया था, दूसरा पश्चिमी के। दोनों में वाक्‌युद्ध हो रहा था।

मोहन ने कहा–"चलो बेबी! भीतर का कमरा देखेंगे।"

भीतर अन्धकवध, शिव की विशाल मूर्ति को देखकर बेबी ने कहा–"यह मूर्ति देखी तुमने? तुम्हारा क्या विचार है?"

मोहन ने कहा–"मुझे अच्छी नहीं लगती, इसके मुँह पर जो दाढ़ी बनाने को यह छोटे-छोटे गोले-गोले से बनाये गये हैं न जाने क्यों इनको देखकर मैं घृणा से सिहर उठा हूँ।"

बेबी ने चेत कर कहा–"मैं समझती हूँ मनुष्य का यह विचार एक बहुत ही प्रौढ़ स्वरूप है शक्ति की कल्पना का। एक ओर यही शिव इतना भयानक है, दूसरी ओर कितना शांत..."

मोहन हँसा। उसने कहा–"भस्म में से सृष्टि का जन्म होता है, उस जन्म के पीछे फिर संहार है, वह घृणा करता है, संसार का सबसे बड़ा है प्रेमी कल्पना. ..कल्पना...कल्पना ...सदियों का चिंतन..."

"लेकिन," बेबी ने काटकर कर कहा–"यह विचारों की विभिन्नता का परिचायक है। इसके अनुयायियों ने एक समय जाति-बंधन को काफी तोड़ दिया था। मुझे यह इस गौतम के जीवन की एकरूपता से कहीं अधिक रुचता है। दोनों ही आज हमारे लिये कहानी हैं। दोनों ही दिलचस्प हैं। चलोगे नहीं।"

"अरे यह देखो," मोहन ने झुककर कहा–"देखो न शीशे के बक्स में। लगता है हाथीदाँत का है। नाखून के बराबर के पत्थर पर एक बुद्ध और फिर और भी छोटे-छोटे बुद्ध...वंडरफुल (अद्‌भुत)।"

तब बेबी ने वह काले पत्थर का स्त्री का सिर देखा, देखा...फिर देखा...

पत्थर...पत्थर...

तब इस सबका प्रयोजन? यह सब क्यों हुए... क्योंकि इनके माता-पिता हुए. ..क्योंकि...फिर...एक रहस्य...वही मनुष्य का अज्ञान...और तभी मोहन के हाथ का स्पर्श...इसीलिये तो जीवन है...रहने के लिए...जीते क्यों हैं...क्योंकि मरते नहीं...मर जाने पर...हम जियेंगे नहीं...एक अंधी दौड़...वही ज्ञान...व्यक्ति और समूह...

वह सिहर उठी। उसने कहा–"मोहन! चलो न? बाहर भी देखना है न?"

"ओह यस (अरे हाँ)," मोहन ने कहा! और दोनों बाहर की ओर चले। जब वे द्वार के पास पहुँचे विली आदि भीतर घूम रहे थे। उन्होंने इन्हें निकल जाने को रास्ता दिया। पंजाबी लड़की ने टोककर कहा–"माफ कीजिये, देख लिया आपने?"

तनिक कुंठा से बेबी ने कहा–"जी हाँ।" जैसे आपकी इस सहानुभूति से उसकी आत्मा को कुछ कष्ट हुआ है। वह इसको कभी नहीं चाहती थी।

मिस्टर विली ने हँसकर कहा–"पत्थरों की कहानियाँ पढ़कर क्या अजीब-अजीब सा लगता है? एक बार जब मैं अमेरिका में था मैंने वहाँ की 'माया सभ्यता' के वीरान खंडहर देखे थे। उसमें काफी भारतीयता की छाप थी।"

पंजाबी वयस्क की बाछें खिल गईं। हर्ष से गद्गद होकर कहा–"एक दिन था जब हमारे भारत की संस्कृति से सारा संसार ढँका हुआ था।"

फिर वह ऐसे चुप हो गया जैसे क्या बतायें। अब वह युग नहीं रहा। न जाने किस बेला में उस वैभव और ऐश्वर्य ने हमसे आँखें चुरा लीं। और आज तो इन गोरों के हाथ में सारा प्रभुत्व पहुँच गया है।

तब मोहन ने सोचा कि एक दिन जब आर्य्य अभिमान से भरकर खड़े होते थे तब क्या द्रविड़ और दास, सब कुछ समझते हुए भी, उनके सामने ऐसे ही खड़े नहीं होते होंगे, जैसे आज हम इनके सामने खड़े हैं।

बेबी ने बनावटी मुस्कान से कहा–"इतिहास से बढ़कर दुख देने वाला और कोई नहीं। कभी कोई क्या था और अब क्या है–दोनों ही तो कचोटते हैं।"

बात ने प्रभाव नहीं डाला क्योंकि बेबी के मुख पर वैसी भव्य बनावट नहीं विराज सकी जो ऐसे वर्ग के लिये बात करते समय आवश्यक है। और मोहन सोच रहा है कि क्या बेबी ने यह ठीक कहा है? क्या हम लोग वही हैं जो तब थे और क्या हम लोगों के लिए आवश्यक है कि जो वे थे वही हमारे आदर्श बने रहें और हम ऐसे जकड़े खड़े रहें कि न आगे चल सकें न पीछे?

मि. विली ने क्षण भर देखा और फिर वे हठात् मुस्कराकर कह उठे–"इतिहास! इतिहास हमारे दोषों का भंडार है जो अब हम दूर से देखते हैं तो हमें वह सब भी अच्छा और पुनीत प्रतीत होता है।"

पंजाबी लड़की तब व्याकुल-सी लग रही थी। उसकी आँखें कभी मोहन की

ओर जातीं, कभी बेबी की ओर। वह शायद यह आँक रही थी कि यह दोनों पति-पत्नी हैं, जो लगते नहीं, या भाई-बहिन हैं, वह भी नहीं लगते और भारतीय विधानवाद के अनुसार मित्रता ऐसी होती नहीं। फिर?

लोग ऐसे काम छिपकर किया करते हैं फिर यह खुलेआम कैसे?

उदास मोहन को कोई दिलचस्पी नहीं। विली की ओर मुँह करके पंजाबी वयस्क ने कहा—"लेकिन इतिहास हमें बताता है कि हम क्या हो सकते हैं...।"

"वह राजनीति होती है," हठात् मुँहफट तरीके से बेबी कूद पड़ी कि दूध इधर-उधर फैल गया और जैसे दूध गर्म था वह भी उसमें गिर कर छटपटाने लगी।

एक बार तिक्त व्यंग्य से तनी हुई भवें और तनी हुई दिखाई दीं। माँ ने उपेक्षा से देखा जैसे वह बहुत ऊँची मीनार से गिरते प्राणी को देख रही हों जो निस्संदेह नीचे गिर कर चूर-चूर हो जायेगा और उसी समय मिसेज विली आगे बढ़ गईं।

एक दुखद प्रसंग छिड़ जाने वाला था। यहाँ वैभव का दासत्व नहीं। चोट पर चोट पड़ने वाली है। अच्छा है बदलते जमाने में उसे जहाँ तक हो टाल दिया जाये। सोलह बरस का होने पर लड़का भी बाप का दोस्त हो जाता है तो हिन्दुस्तानी तो डेढ़ सौ बरस का हो चला है।

"ठीक है," पंजाबी लड़की ने कुछ न समझकर कहा।

"बिल्कुल ठीक है।" मिस्टर विली ने रही-सही बात को टाल दिया।

उस समय नौकर दूसरे नौकर से कह रहा था—"बस, साहब लोगों के देखते ही म्यूज़ियम बंद कर दूँगा।"

जैसे मोहन और बेबी यहाँ नहीं थे, उनको सारनाथ के खंडहर देखने का भी अधिकार न था, अधिकार भी था तो उसका न मूल्य था न महत्त्व, जैसे बाप की जली हुई हड्डियों को आज लड़का बटोरकर उन्हें फूल कहने की कल्पना का भी अधिकारी न था...

मोहन ने देखा, बेबी चुप खड़ी थी।

और बेबी के मौन ने सुना, उसका हृदय गौतम की छाया में प्रतिशोध के लिये पुकार उठा था।

## 4

जब मोहन और बेबी बाहर आये तब अँधेरा-सा छा गया था। दोनों ही उस समय चुप थे। अब वे किसी कारागार में नहीं हैं। उन्हें किसी प्रकार की हीनता का अनुभव करने की आवश्यकता नहीं पड़ेगी। वे स्वतंत्र हैं। फिर भी गुलामों की स्वाधीनता एक उपहास अवश्य है। अब न नौकर की उपेक्षा मिलेगी न गोरों के प्रभुत्व की छलना। क्यों न वे सारनाथ के खंडहरों में ऐसे घूमें जैसे सारनाथ उनकी संपत्ति नहीं

है वरन् वे पत्थर जो इतिहास के किसी काल विशेष का भस्मीभूत गौरव बनकर पड़े हैं उनसे आधुनिक मनुष्य का वहीं तक अपनत्व है जहाँ तक वे उसके हृदय में घृणा की आग नहीं धधका सकते।

अंधकार सर्वत्र छा गया है। नीला आकाश गहन हो गया है। आलोक का पीलापन क्षीण होकर नभ में कभी का घुल गया है। अंधकार का अभियान हो रहा है, लंबी शाखायें सघन हो चली हैं। पत्ते झूम रहे हैं। झूमती झंकार मुखरित हो उठी है। स्तब्ध समीरण के हलके स्पंदन तारों के उर को छू कर मानो स्वप्नों का भार ढो रहे हैं।

आकाश में बंकिम शशी एकाकी है। मोहन उन्मन है। बेबी भी एकाकार चाह रही है। बेबी की अवस्था उस प्राचीनकाल की राधा की सी थी जो गा उठी थी कि जब तुम बजा-बजा कर थक जाओगे उसे उठा कर अनजान सी हँस दूँगी। हृदय के द्वार खोल दो। पिया तुमने मुझे कैसे पहचान लिया? बाहर देखती हूँ नयन मचलते हैं, अंदर देखती हूँ तुम हृदय में छिप जाते हो, ओ मेरे सलोने प्यारे! हृदय के वातायन खोल दो। मेघों के नूपुर आज बजेंगे नहीं, बिजली नहीं झिलमिलायेगी। भोर का सुंदर सुहावन रात के अँधेरे पट के भीतर मग्न होकर मचल रहा है। स्वर्ण के आकाश में तुम रश्मि बनकर फूटते हो। लहरों में न जाने कौन मोती बहा जायेगा? मेरे अंधकार भरे घर में तुम्हारी रश्मि आई, कण-कण उजागर हो गया, हृदय में मुक्ति छा गई। बादलों, छाओ और बादलो के नीड़ में विहग कलरव करनेवाली दामिनी, तू ऐसी ज्योति की आह्लादिनी झंकृति कर कि मुझ पर और प्राण पर एक ही आलोक-तार गूँज उठे। अरे मैं आज भी उसी प्रवासी की स्मृति में रो रही हूँ। इन मेघों पर मैं दामिनी से लिख रही हूँ। यौवन की कैसी सुलग है? कोई पार नहीं दिखाई देता।

अंधकार की स्वप्निल अलसाहट में नीरव स्वर बार-बार उठकर पल-पल धूमिल होता हुआ पुकार उठता है। भ्रांत दिशाएँ मौन हैं, उन्माद तरल अनबूझ है। मानो सूनेपन का अवसाद, भरे हुए कुहरे से पूछ उठता है—कौन?

अँधेरे में विलीन मोहन व्याकुल होकर सोच रहा है। टिम-टिम से झलमल शांत क्षीण दीपक आकाश में खेल रहे हैं, वे तारे हैं, जलते हुए हृदय हैं। जग की अनंत पीड़ा के नये प्रतीक संध्या के वृद्ध बटोही श्वासों से तरुण गगन भर रहे हैं।

अब समीर फिर सनसना उठा है। स्वर बार-बार फैल रहा है। विषाद की बेला है।

ओ सूने मानस! अब फिर लौट चलना है जिनको स्वप्नों में भी प्राप्त करना असंभव है उनकी इच्छा सदा के लिए सो जा। कहीं राह में ही रात न आ जाये, कहीं अचानक ही पलकें भारिल न हो जायें। आयु की सिकता पर खड़ा हुआ मनुष्य समय की लहर को लौटते हुए देखता है।

ओ अभिमानी! विष का प्याला पिला दे। मैं तेरे घर में स्मृति का दीपक बनकर

जलूँगा। मेरा सपना तेरी कायरता में स्फूर्ति भरेगा।

आज वह नूपुर की रुनझुन सुनाई नहीं देती। अब दीपक नहीं जलते। जैसे यहाँ गति की लिप्सा थक कर, आज पराजय में छिपकर सो गई हो। सम्राटों का प्यार कहानी बनकर रह गया है। अब वीणा का राग उलझकर मानव करुणा में रुदन नहीं कर रहा। वासवदत्ता का रूप बुझ गया है, किन्तु न जाने मुझे क्यों लगता है कि किसी की सुधि करके यह पत्थर भी बराबर सूने में रो उठते हैं!

एकाएक बेबी सिहर उठी। वे लोग बाहर रखी हुई मूर्तियों के पास जाकर रुक गये थे। अधिक कुछ दिखाई नहीं देता। केवल इतना ज्ञात है कि ब्राह्मण मूर्तियाँ यहीं बाहर रखी हुई हैं।

क्या आज भी ब्राह्मण-बौद्ध शत्रु हैं? और तब मोहन को कुहनी से अपनी ओर आकर्षित करके बेबी ने कहा—"क्या यह तुम आज सोच सकते हो कि एक दिन यहाँ ब्राह्मण और बौद्ध परस्पर घोर शत्रु थे जब कि ब्राह्मण का धर्म था क्षमा और बौद्ध का करुणा? परस्पर फिर भी वे निर्लज्ज से लड़ते थे। सच आज जो उनके गीत गाता है, मुझे तो वह बिल्कुल नहीं सुहाता।"

मोहन हँसा। उसने कहा—"तुम धन का मूल्य नहीं जानतीं। धन वह गौरव है जिसमें गौतम की सहस्र मूर्तियाँ तुम्हारे द्वार पर प्रहरी बनकर खड़ी रहेंगी।"

बेबी विक्षुब्ध हुई। कहा—"जिस पर हम प्राचीन संस्कृति कहकर आज इस दासत्व में दिल बहलाते हुए गर्व करते हैं वह भी अपने काल में इतनी ही द्वन्द्वात्मक अवस्था थी जितनी आज किसी भी दुरूहता की है।"

मोहन ने उपेक्षा से मुँह फेर लिया।

बेबी ने कहा—"मोहन!" स्वर में प्रताड़ित फूत्कार था।

"क्या है?" मोहन ने मुड़कर कहा।

बेबी ने कोई उत्तर नहीं दिया। अभिमान ने उसका कंठ अवरुद्ध कर दिया। तो मोहन उसे मूर्ख समझता है!

"कहती क्यों नहीं?"

"कुछ नहीं।"

"मैंने समझा तुम किताब पढ़ रही हो।"

एक बार अंधकार में नई दृष्टि काँपी और मोहन ने हँसकर कहा—"पगली, रूठ गई?" सुसंस्कृत मनुष्य में से आदिम पुरुष क्षण भर को बाहर आ गया था। अब वह फिर उपचेतना में लय हो गया।

"चलो, मंदिर देखेंगे। कहते हैं दीवार पर बहुत अच्छे चित्र बने हैं। सुना है किसी विदेशी ने बनाये हैं। क्या नाम था उसका...याद नहीं आता..."

"काश इतना ही दिमाग होता," बेबी ने चोट की। मोहन ने प्रतिहिंसा को

समझा।

कुछ दूर चलने पर उन्होंने अनुभव किया है कि अँधेरा हो गया है...

"अब," बेबी ने कहा—"तस्वीरें क्या दिखेंगी, अँधेरा तो इतना हो गया है!"

मोहन का मौन एक स्वीकृति है।

"तो?" दोनों का एक ही प्रश्न है।

"कहीं कुछ मिल जाये..." बेबी ने कहा। घर बनाने की प्रवृत्ति नारी में सदा से रही है। पुरुष कहता है अरे दो दिन को क्या परेशानी, दो-तीन साल की बात हो तो चिंता भी की जाये। स्त्री कहती है दो-दो दिन करके जीवन बीत जाता है। प्रत्येक क्षण को अपना समझो। किसी पर से पाँव धरकर लाँघ जाने का प्रयत्न न करो।

फिर बाहर की ओर चलना पड़ा। एक छोटी-सी दुकान में छोटा-सा मद्धिम दिया जल रहा था। एक बच्चा बैठा कुछ गंदी सी चीज़ खा रहा था। गाहक सामने जा खड़े हुए।

युवती स्त्री ने आँख उठा कर देखा, मानो कटाक्ष किया और फिर मोहन के पीछे ही बेबी रूपी चौकीदार को देखकर सिहर उठी।

"क्या चाहिये बाबू?"

"अँधेरा हो गया है न?" बेबी ने आगे बढ़कर कहा। स्त्री अपने पुरुष को सदैव उच्छृंखल समझती है। वह यह नहीं सोचती कि पुरुष भलमनसाहत के कारण उसी के प्रति आसक्त है। वह समझती है वह भी कुछ शक्ति रखती है। उसे अपने वर्ग की चंचलता पर कभी विश्वास नहीं होता।

"तो..." मोहन ने कहा किन्तु काट कर बेबी कह उठी—"मोमबत्ती-ओमबत्ती कुछ है।"

युवती स्त्री दोनों को देख रही थी। विवाहिता स्त्री को अविवाहित पुरुष से एक प्रकार की घृणा होती है क्योंकि वह उससे डरती है, क्योंकि वह उसे पालतू जानवर नहीं समझती। युवती स्त्री की आँखों में नवविवाहित-से दंपति को देखकर एक सुख फैल गया। उसने मोमबत्ती ला दी।

मोहन हँसा। उसने चलते समय कहा—"वह तुम्हें मेरी..."

बेबी ने लजाकर कहा—"तो क्या हुआ?"

मोहन मुसकराया। कहा—"यदि उसे ज्ञात हो जाता कि विवाह अभी हुआ नहीं होगा तो?"

"तो!" बेबी की भौंह तन गईं, आगे आकर मिल गईं।

"तो वह तुम्हें बदचलन समझती।"

"तुम्हें नहीं?"

“नहीं।”

“क्यों?”

“दुनिया ने उसे यही सिखाया है।” बात समाप्त हो गई।

मंदिर आ गया। बेबी ने मंदिर में घुसते समय बाहर के घंटे को थपथपाया फिर लकड़ी के दंड को उस पर बजा दिया। एक गंभीर धीमी आवाज हलके से गूँज गई।

मोहन ने मोमबत्ती जला ली!

अँधेरे में उजाला काँपने लगा।

बेबी ने कहा—“इस धुँधले प्रकाश में क्या तस्वीरें दिखेंगी।”

“अब जो भी हो।”

लाचार। विवश।

“काश दो दिन यहाँ रह पाते!”

“शाबाश! तुम भिक्षुणी निकली कि मैं?”

“बड़ी शांति है।”

“गौतम ने स्त्री को कोलाहल माना था।”

वे घूम-घूमकर देखने लगे। बेबी ने मोहन की बात पर ध्यान नहीं दिया। मोहन ने ठीक ही कहा था।

प्रकाश दीवारों पर काँप रहा था जिसके कारण चित्र उतनी स्थिरता से आँखों में गड़ नहीं गये जितना दिल में दिख पाते। फिर भी वे अत्यंत सुंदर थे। इसे अस्वीकार नहीं किया जा सकता। उन चित्रों को देखकर मस्तिष्क झनझना उठा। किताबों में यही चित्र छपकर बेढंगे लगते हैं। अच्छी प्रतिकृति में स्वयं जीवन बोल रहा है।

यह किसने बनाये थे?

कोई नहीं जानता।

क्या गौतम का चित्र लोग पहचानते?

नहीं।

किन्तु चित्रकार तब क्या था?

सामंतों का दास।

और अतीत का सत्य...

गौतम की माता की भाँति आज की स्त्री नंगी अवस्था में खड़ी नहीं हो सकती...

छोड़ो। अब किसी में इतना साहस नहीं कि यह प्रश्न पूछे। लोग कहेंगे देखो कहाँ के बुरे विचार इसके दिमाग में भरे हैं...पर हम आज अश्लील हैं...वे नहीं... क्यों नहीं...?

कितनी सुंदर गढ़न है...

गौतम घर छोड़कर जा रहा है। यशोधरा को उसे वीर कहना चाहिये या कायर?

बेबी कायर कहेगी।

मोहन? वीर ही। आखिर पुरुष ही है न? स्त्री ने अपने ममत्व का त्याग नहीं किया। उसने देखा पुरुष हठी है। हार मानी जीत पाई। परिणाम क्या हुआ...

देखो मोमबत्ती बुझ न जाये।

मार का भयानक रूप अपनी विकरालता को लिये प्रहार कर रहा था। गौतम ने प्रकृति के उपकरण को पाप कहा। जो शिव का दूसरा स्वरूप है वही मार है। शिव भी उसे भस्म करता है किन्तु गौतम तो शिव-पथ के अनुगामी न थे। तप किया था तब वे ब्राह्मणों की ही नकल कर रहे थे। क्या इन्हीं साधनों के परिणामस्वरूप प्रातः मध्यमा प्रतिपदा को पाकर उन्हें अपने पथ की पुरानी मंजिलों से घृणा हो गई?

चित्र भावनाओं का प्रतीक है। इतिहास उसकी पृष्ठभूमि है...

और फिर निर्वाण का वह चित्र जिसमें कुत्ता तक रो रहा था। कितना करुण, कितना दयार्द्र करुणा का यह धीमा संगीत देश में फैल गया। परन्तु निर्वाण के समय यह दुख? और भी, गौतम के शव को घेर कर सांसारिक वेदना? अनर्थ। घोर अनर्थ। झूठ हो गया, सब झूठ हो गया। इससे तो ब्राह्मण का झूठ अच्छा जो अपने अज्ञान को साफ तो झलका देता है।

हृदय भर आया था उन सबका। और निर्वाण की पहचान? गौतम अजीर्ण से समाप्त हुए थे। खाने के प्रति उनकी लालसा समाप्त नहीं हुई थी। क्या एक दिन गांधी भी अजीर्ण से चल बसेगा? हिश...सरासर मूर्खता...जैसा जिया वैसा मरा. ..मोहन हँस दिया।

बेबी ने चिढ़कर कहा—''तुम तुच्छ-बुद्धि हो। महान आत्माओं से जलते क्यों हो?''

अजंता की प्रतिकृति का प्रभाव जहाँ पड़ना था वहाँ पड़ चुका था। बेबी अवाक्-सी देख रही थी। उसे ऐसा प्रतीत हुआ जैसे मोमबत्ती के हिलते प्रकाश में सचमुच वह इस युग में नहीं थी और सुदूर ढाई हजार वर्ष पहले के संसार में लौट गई थी।

चित्र सामने है। अब वे जीवन बन गये हैं। हाय क्या वास्तव में हम उधर लौट नहीं सकते। क्या वे बर्बर न थे जिन्होंने इस सौंदर्य के स्रोत को ठोकर मारकर चूर कर दिया। कितना सुन्दर रहा होगा वह युग जिसमें व्यक्ति अपने व्यक्तित्व के लिये सब कुछ करता था। आज की भाँति नहीं कि किसी भी बात में सुलझन ही नहीं...

भिक्षुत्व का गर्व मनुष्य के मुख पर उसकी सौम्यता है। उसका अहंकार क्या वास्तव में चूर हो जाता था?

पवित्र है यह भावना...

और हठात् उसके मस्तिष्क में आया 'छलना'...

देखा, फिर देखा...

क्या हम उसे छलना कहकर दंभ नहीं करते?

गौतम ने संसार को नूतन ज्ञान दिया था, हम क्या कर सके अभी तक? कार्ल मार्क्स ने कहा है, या गांधी ने कहा है, या...

अपना क्या...?

मोहन कहेगा, इसमें व्यक्ति की पराजय नहीं। दूसरे की ठीक बात को अपनाने में दोष नहीं, अपनेपन के लिये गलत रास्ता चला देना असभ्यता है...

मोमबत्ती आधी से अधिक जल चुकी थी। उसका प्रकाश एकबारगी अधिक तीव्र होता हुआ दिखाई दिया। चित्र जल्दी-जल्दी समाप्त हो गये हैं। वे सामने वेदी पर बैठे गौतम की मूर्ति के सामने आ गये। पाषाण पर स्वर्ण वर्ण की पालिश थी। लगता था धातु की मूर्ति थी। कितना दिव्य! कितना गौरव!

पवित्र-हृदया को शांति मिल रही है क्यों? क्या यह भी मनुष्य का हृदय चाहता है, या हमारी संस्कृति की परम्परा बनकर उपचेतना तक में समाई निधि है। किसी पंजाबी कॉन्ट्रेक्टर को लाकर खड़ा कर दो। समझ सकेगा वह इतनी बात?

गौतम महान! विभ्राट का तेजपुंज! तुम्हें नमस्कार! हम ज्ञान के लिये छटपटाते हुए कीड़े हैं। तुम अपने इतिहास के गौरव के कारण हमारे हृदय पर एक न एक क्षण प्राप्त करके अद्‌भुत प्रभाव डाल देते हो। हम तुमसे एकमत नहीं थे। पर तुम महान हो, इसमें कोई संदेह नहीं।

और बेबी ने सोचा यदि वह भी विश्व-प्रसिद्ध होती तो क्या वह तब भी इतना ही रुआब खाती?

तभी। स्त्री और वह भी पुरुष के मुख पर? मोहन घूर रहा था। उसने कहा—"बेबी! इस गौतम की ग्रीवा कुछ पतली है।" वह हँसा। कहा—"सारे भारतीय वीरों के मूँछें हैं, बस राम और कृष्ण के चित्रों में नहीं मिलतीं। तीसरा वीर गौतम है। किंतु देखो, जो मूर्ति प्राचीनों ने बनाई है वह कितना दिव्य पौरुष लिये हुए हैं। यहाँ हार हो गई।"

बेबी ने नतमस्तक सोचा।

भारतीय शिल्प की समरसता में कितनी पूर्णता थी। फिर याद आया। उन्हीं भारतीयों ने यूनानियों से संसर्ग होने पर उनसे जो सीखा जा सकता था सीख लिया। अब जो हमारे सामने अनेक सभ्यताएँ आ चुकी हैं क्या हम उनको त्याग दें?

मोहन गंभीर था। उसे अभी तक शोक हो रहा था। भारतीय कलाकार ने आगे चल कर स्त्रैण जीवन की ओर इतनी अभिरुचि क्यों दिखाई? भक्ति नाम की कोमलता

ने क्या उसे ‘वीर’ से दूर नहीं किया?

एक बार मोमबत्ती फफक उठी और फिर धीरे-धीरे अँधेरा लौ को सब ओर से भींचने लगा। धीरे-धीरे लौ दम घुटकर छटपटाने लगी।

मोमबत्ती बुझ चुकी थी।

अंधकार में दोनों विस्मृत से खड़े रहे। एक दिन धर्मकीर्ति ने इसी प्रकार चिंतन किया होगा। न जाने कितने व्यक्ति इसी चिंता में ऐसे ही खड़े हुए होंगे...

मोहन और बेबी अंधकार की बढ़ती सनसनाहट में चुपचाप समीर की झूम सुन रहे हैं...

भय नहीं लगता। एक दिन जो एक व्यक्ति ने अपने को बुद्ध कह दिया था उसका प्रचंड प्रभाव आज भी मनुष्य का हृदय सरलता से दहला सकता है।

धीरे-धीरे दोनों को ध्यान हुआ।

मोहन और बेबी बाहर निकल आये।

एकाएक बेबी ने कहा—“कुछ याद है!”

“क्या?”

“लौटना नहीं है?”

स्त्री को घर की याद अवश्य आती है और वह भी तब जब पुरुष स्वर्ग की ओर चलने लगता है।

“अरे वह ताँगे वाला,” बेबी ने आतुर कंठ से कहा—“कहीं चला न गया हो... वर्ना...”

मोहन ने काट कर कहा—“वह भी क्या कोई तुम्हारी तरह पागल है? आने का किराया नहीं लेना है उसे?”

“अरे हाँ, मैं तो भूल ही गई थी। बेचारा! खड़ा ऊब गया होगा। उसको तो इतनी समझ ही नहीं। कितना कठोर है जीवन?”

“बात कम।”

“चलो, जल्दी चलो।”

सामने से एक गंभीर भिक्षु जाता हुआ दिखाई दिया। उसके शरीर पर काषाय था। सिर काफी बड़ा था। आँखों पर चश्मा लग रहा था। धीर सुस्थिर पग रखता हुआ वह विदेशी अपने चिंतन में मग्न था।

“एक बात रह गई,” मोहन ने सोचते हुए कहा—“हमने अभी चीनी मंदिर नहीं देखा।”

“तुम्हें कैसे मालूम हुआ?”

“गलत रास्ते से आने का फायदा।”

“यानी?”

सामने ही चीनी मंदिर था। दोनों भीतर घुस चले। चीनी स्थापत्य कला में सुदूर की वह मैत्रायणी सभ्यता उन्हें कुछ अपनी ही प्रतीत हुई, जैसे उससे कुछ उनका अपना सौहार्द था। ऐसा नहीं लगा जैसे अंगरेजी गिरजों में जाने पर अचानक ही एक नूतनता, अपरिचय का भाव होता है। और बेबी को उस सदियों से जलती अग्नि की स्मृति हो आई जो आज तक नहीं बुझी, जिसे एक दिन प्रताड़ित पारसी लेकर आये थे। बेबी को अपने पूर्वजों की स्मृति हो आई।

एक बंगाली दर्शक द्वार पर अपनी चप्पलें पहन रहे थे, अपने बच्चों की बिखरती हेड़ को इकट्ठा कर रहे थे।

मोहन को उन्हें देखकर हँसी-सी आई। उनकी शक्ल बूढ़े चौकीदारों की-सी थी। वे कभी बड़बड़ाते थे, कभी चिल्लाते थे; अजीब से थे उनके हावभाव। उनकी व्यस्तता में लग रहा था कि वे शायद सारनाथ से बिल्कुल प्रभावित नहीं हुए थे।

उनकी कुरूप किंतु सुहागिन लड़की जैसे वह भी एक दासी की मूर्ति ही हो, झुक कर अपने सैंडल बाँध रही थी। कैसा भी आज का मध्यवर्ग हो वह 'भारतीयता' के हावभाव और वेशभूषा से तो दूर ही हो गया है। क्या वह भी हमारा अपमान ही है? क्यों देखते ही मजदूर या किसान का सा रूप सामने नहीं आ जाता?

इस चिंतन में एक आधार है जिस पर मोहन इस समय विचार नहीं करना चाहता क्योंकि वह एक नीरस विषय है। पूँजीवाद। साम्राज्यवाद। मोहन मन ही मन हँसा। बेबी ने अपने जूते उतार दिये। बंगाली परिवार चला जा रहा था! वृद्ध कुछ मंत्रपाठ-सा कर रहे थे।

दोनों इधर-उधर देखकर मंदिर में घुस गये। सामने गौतम की विराट मूर्ति थी। उस कमरे में एक ऐसा औदार्य था कि उनके मन पर उनका एक चिन्मय प्रभाव पड़ा। वे स्तब्ध हो गये से देखने लगे। दीपकों का झिलमिल प्रकाश हृदय पर काँप रहा था।

गौतम जीवन की कृत्रिमता का सबसे बड़ा उपहास है। निराकार साकार में आकर पराजित हो गया था।

और उस निस्तब्धता के पंख फैल गये। वे चीन में नहीं हैं। चारों ओर भूर्जपत्र नहीं पड़े हैं परन्तु वे फिर भी अनुभव करते हैं कि जहाँ वह खड़े हैं वहाँ जीवन इतना आतुर नहीं जितना कलकत्ते की चित्तरंजन एवेन्यू में। यहाँ आँख चूकते ही जान नहीं जाती। यहाँ मनुष्य मशीन नहीं है। यहाँ जो आत्मा की समवेदना का आत्मनिग्रह है वह सर्वथा आज दूर होता चला जा रहा है। क्या इसे भी हम सभ्यता की प्रगति कहें?

वृद्ध चीनी भिक्षु कुछ गुनगुना रहा था। दीपशिखा का मद्धिम प्रकाश उसके चमकते हुए ललाट पर पड़ रहा था जिसके कारण वह प्रदीप्त-सा लगता था। भव्य था उसका वह नम्र विग्रह, काषाय का पीलापन आलोक में जगमग हो उठा था।

और हाथ की घंटी धीरे-धीरे बजती रही अपने अनेक मरोड़ लिये और 'टिनटिन-टिन्न टिनान...' का अविरत गुंजन मानो गौतम के चरणों को छूकर धीरे-धीरे अतिथियों के हृदय में उतरकर उन्हें अपनी ओर खींचने लगा।

आराधना की गरिमा हृदय को संकुचित करने लगी। उसका गीत समझ में नहीं आया पर शायद चीनी भाषा के शब्द रहे हों। समझ में नहीं आये। किंतु सुनने में अच्छे लगते थे। यूरोपीय गीत सुनने में अच्छा नहीं लगता। औरतें ऐसे चिल्लाती हैं जैसे कुतिया भूँक रही हो। पत्थरों को घिसने का सा शब्द करते हैं वे गायक पुरुष। यह कितनी सांत्वना देता है। आखिर तो सौंदर्य की सूक्ष्मता जितनी एशिया वाले समझते हैं उतनी वह लोग क्या समझें?

मोहन को याद आया कि दक्षिण के वैष्णव पाँचरात्र मंदिरों में भी पुजारी ऐसे ही घंटी लेकर अपने देवता के सामने मंत्रपाठ किया करते हैं। वह स्वर भी सुनने में बहुत अच्छा लगता है।

और वे लौट चले।

''तुम्हें तो याद होगा,'' बेबी ने कहा—''प्राचीनकाल में अनेक ब्राह्मण 'मिशनरी' बनकर दूर-दूर के देशों में जाया करते थे। कितने विस्तृत दृष्टिकोण थे उनके। कुएँ में मेढ़क कूदा नहीं कि बस खतम।'' बेबी ने हाथ नचाकर इंगित किया। कहते हैं एक दार्शनिक था जिसने अनेक वर्ष चीन में एक दीवार को ताकते हुए ही बिता दिये। शून्य पर कितना भयानक तन्मय केन्द्रीकरण था मन का? आज कोई कर सकेगा? क्षण-क्षण दिमाग फिसला करता है...।

और मोहन ने देखा, समय के पथ पर आज ब्राह्मण और बौद्ध अपनी पृष्ठभूमि के एक आधार के कारण एक-दूसरे को गालियाँ नहीं देते क्योंकि दोनों का बाह्याचार अब जनसाधारण को 'धर्म' के नाम से ज्ञात होता है। 'धर्म' का अर्थ भले ही समझाया न जा सके किंतु भारतीय को उसकी एक विशेष अनुभूति-सी होती है जिसके बिना वह अपने जीवन को अधूरा समझता है, निरर्थक, भग्न। वह आज नहीं जानता कि बौद्धों के धर्म में ईश्वर नहीं होता पर मूर्तिपूजा होता है, आत्मा नहीं होता पर पुनर्जन्म होता है, अहिंसा होती है पर अशोक ने खड्ग नीचे नहीं रखा था। वह अंतिम समय तक सम्राट बना रहा।

और ब्राह्मण और बौद्ध होते हुए भी वे प्रायः एक थे।

एकाएक बेबी ठिठककर खड़ी हो गई।

''क्यों?'' मोहन ने उसका हाथ पकड़कर कहा—''ठोकर लग गई?''

''नहीं।''

''तो?''

''जाने का मन नहीं करता।''

"वह देखो राजा बिड़ला की बनवाई धर्मशाला आ गई। अब तो आ गये समझो। लगता है यह धर्मशाला भी उसी युग की वस्तु है।"

"पूँजीपतियों की टाँग हर जगह घुसी रहती है," बेबी ने उपेक्षा से कहा। शायद धनहीनता इस समय बेबी के हृदय में एक हीनत्व की भावना-सी भर गई थी।

"तो तुम्हें क्या करना है?" मोहन ने चिढ़कर कहा—"जिन श्रेष्ठियों के बनाये विहारों में गौतम भ्रमण-विश्राम करते थे वे और क्या थे? बस यही था कि पूँजीवादी रीति से वे शोषण नहीं कर पाते थे, किन्तु साथ ही सामंत काल में मनुष्य को, प्रजा को नागरिक अधिकार तक नहीं दिये गये थे।"

"वह युग ही और था।"

"तो यह युग भी और ही है।" मोहन ने रुक्ष स्वर से कहा—"समझता नहीं किसी भी बात को। हर बात में टाँग अड़ाना। चाहे जरूरत हो, चाहे न हो, इससे कोई बहस नहीं। नहीं बोलेंगे तो घट जो जायेंगे।"

अंधकार में मोहन का मुख नहीं दिखा पर बात बेबी को अच्छी लगी। क्यों? शायद वह स्वयं नहीं बता सकती।

उसने कहा—"क्यों जी, तुम इसे ठीक समझते हो?"

"मैं सब ठीक समझता हूँ। समाज की व्यवस्था में व्यक्ति एक सीमा तक रुचि का प्रभाव डालता है, यह मानना पड़ेगा।"

बेबी हँसी जैसे वह मान कर उठेगी जो एक दिन राधा ने किया था कि मैं अमर विष की एक प्याली हूँ, बालम तनिक इसे पीकर तो देख कि रग-रग में जीवन नाच उठे, अल्हड़ यौवन गीत में पागल हो जाये।

तू मेरी प्यास बुझा जा। सारा सागर विक्षोभ से गरज रहा है, किन्तु तीर फिर भी लुब्ध है। ये चिर अतृप्ति की लाज कि सोया हुआ यौवन जल-जल उठता है, तृष्णा की सुलगन मच उठती है। भिनसार तक प्रतीक्षा हो चुकी, जागकर ही सारी रात बिता दी, किन्तु व्यक्ति की प्यास फिर भी नहीं बुझी।

उसने मोहन की बात का उत्तर नहीं दिया। मोहन को उस समर्पण में आत्मीयता की झलक मिली।

विश्रांत गगन। यौवन लुट रहा है। सुधि से भी धुँधले तारक जाग उठे हैं; स्वप्निल-सी उन्मत्त सिहरती संध्या बेसुध होकर अपनी कबरी खोल उठी है। मूक तिमिर नूपुरध्वनि-सा गूँज रहा है। व्याप्ति कण-कण गूँज रहा है। जीवन असीम है! गगन अब फिर मलीन हो चला है।

प्यासे चुंबन मिलन को उन्मुक्त नहीं कर सकते। रंग मिट-मिट कर वरदान बन गये हैं। हे आकुल! तुझे राह दिखाने मेरे पथ के गीत व्याकुल हो उठे हैं। मेरे अंचल के सारे शूल मेरे उर में व्याप गये हैं, तेरे लिए सुमनमात्र शेष हैं। होंठों में

व्यथा के फेनिल कंपन मात्र।

मन एकाकी है, पाँव अभिभूत हो चले। पुराने पथ फिर नये क्यों लगते हैं? बीते हुए दिन अतीत के अंधकार में फिर जाग उठे हैं। मेरा शून्य गगन तारों में दीपित करके किसने बाँध लिया। इतने दीपक किसलिए जल रहे हैं। आज आँसू मेरे जीवन का यापन हैं।

किन्तु फिर भी वह मनमोर मेघमल्हार गाकर फलक अनल जल अवनी सबको स्वर में एकाकार कर देना चाहता है, आधार न मिले न सही। तरु-मुरली में साकार शब्द भर गया है, जो हृदय का तार बनकर झूमता हुआ पुकार उठा है।

''बेबी! मोहन उच्छ्वसित हो उठा था। "एक दिन ऐसे ही अँधेरे में अशोक का पुत्र कुणाल भटकता था। उस दिन कंचना उसका संबल थी, आज मेरे साथ तुम हो।'' बेबी ने मुड़कर देखा और मोहन गा उठा—

*''मेरे प्राणों का रूप वही*
*जो हर सुंदर का होता है*
*मेरे जीवन का रंग वही*
*जो चिर प्रकाश में सोता है*

*मेरे भीतर बस एक नाद*
*करता कल्लोल सदा मानी*
*जो प्रलयनिनादी अट्टहास*
*से इस ईमन तक होता है*

*मैं प्रलय निशा में सोता हूँ*
*पर शांति उषा में हूँ उठता*
*मेरी गति की ही परछाईं*
*सूरज चन्दा में पोता है''*

गीत की लय अँधेरे में करुणा की भाँति लय हो गई।

जीवन का उल्लास आज नवीन हो गया है। फिर वह खोई हुई मूक स्मृतियाँ पास लौट आई हैं। आज विहंगम के स्वर में भी राधा लास कर रही है। सखी, जीवन का आनंद मुखरित हो रहा है।

बेबी ने देखा! अमराइयों में कुछ लोग आग जलाकर ताप रहे थे।

हम निर्बल हैं। संसार को बदलना चाहिये। धुआँ पेड़ों में घुस रहा होगा। इस आग की लपटें कितनी सुंदर हैं। गौतम के युग में भी उद्यानपाल ऐसे ही बैठे रहते होंगे...

विचार फिर भटकने लगे। एक ओर विक्षोभ है, दूसरी ओर मोह। तीसरी ओर 'हम' किन्तु केन्द्र में 'मैं' है, जो एक बड़ा धोखा देकर सबका अपने व्यक्ति के सुख

के लिए असंभव समन्वय करने का प्रयत्न कर रहा है।

गहरा प्रशांत अंधकार कण-कण में नितान्त व्याप गया है। अंतर्तम में आलोक मूक है, आँखों में अमिट भूख भर रही है। मन-घर से आँख तक सभी भ्रांत होकर तृप्त से मानस में लौट जाते हैं।

हम एक, दोनों एक ही समान हैं। मुझमें जीवन की निशीथ है, तु मुझे आलोक का गीत सुना। हे प्रकृति, जब तू मुझसे दूर होती है तब मैं दीनहीन हो जाता हूँ। मेरी शक्ति तेरे कारण है।

डाल, कुछ ज्योति मेरे मन में, इस जीवन नाटक को कुछ संबल दे। दिन का भटकता जीवन रात में कैसे झपक जाता है, देखूँ तो सूर्य के आलोक में खिले सरसिज सांध्यरश्मि में कैसे ढल जाते हैं।

पग तम और श्रांत है!

मन दरिद्र है। संसार दरिद्र है। दारिद्र्य की इस बात को बार-बार दुहराने से बात का मजा फीका पड़ जाता है।

भूखे को ही खाना अच्छा लगता है।

मध्यवर्ग की शैतानी ताकत ने हँसकर अपना सिर उठाया फिर गुनगुनाई।

सुना। मन की गहराइयों में सुना। ध्वनि का आलोक अब मौन का अंधकार बन चला।

प्रलय की भूखी तृष्णा, तुझे खंडहर पर किसलिए शोक हुआ है? करुणा की वंशी दूर बज उठी है। सूना मन जाग कर अधीर हो उठा।

वे वैभव के स्वर्णिम सपने विध्वस्त हो चुके। गाती तो है पर विहाग का सुर भीतर ही घुट जाता है।

अपमानित जीवन पथ पर मन में थोड़ी भी आशा संचित है। जो प्याला भरकर होंठों तक उठाया वही बार-बार गिर गया। जो पीड़ा मुझमें है वह कोई सुखिया क्या जाने। रात की निर्जनता में दुख के गीत गूँथा करती हूँ।

ओ भूखे-प्यासे पंथी तार टूट-टूट कर क्यों जुड़ रहा है?

पागल तेरा प्यार कि कोरों में आँसू छलकते ही रहे, और अभिमानी मन निर्धूम-सा सुलग उठे।

मैं अगरु-धूम-सी मतवाली जीवन का अणु-अणु सुरभित करती हूँ। अरी मैं आँसू की बेला वरुनी, सागर की-सी मुझमें हलचल है। काली पीड़ा उलझन के मीठे तारों को नहीं सुना सकती। व्याकुलता भी मेरा विलास है, ला खुमार से ही मेरी प्याली भर दे! ज्वालामुखी फूट रहा है। कितना सघन धूम उमड़ रहा है। कल तो कुछ भस्ममात्र बचेगी, आज ही दीपावली मना ले मेरे मन!

और मोहन।

हे कंचना तू नयन वन जा, कुणाल मेरा मन है। हे प्रिया! अपना नूतन शरीर होगा। तू पहले अपनी आँखें भर ले, फिर धीरे-धीरे मेरे मन को भर देना। संसार कितना कठोर है।

अब नयन प्राचीनता के स्वप्न हो गये हैं। तुम कहो। क्या अब भी जीवन में कंपन होता है। तुम कहती हो संसार का कण-कण सुन्दर है। मन मात्र भारमय पीड़ा का खुमार है। नहीं, नहीं थक जाने के कारण ही तेरा ऐसा विचार है।

मानव ही क्यों सब ही यहाँ नश्वर है।

और टिमटिमाते वीर बालको!

नयन के दीपको! आलोकित हो उठो।

जब रात के तम में पाँवों का पथ पथरा जाता है तब तुम्हीं मेरी आँखों के समीप आकर ज्योति बन जाती हो।

तारा खिली हुई मुक्त शिखा भी आँखों की पुतली में खुल जाती है। अपने तल में अंधकार छोड़कर निशीथ आकाश को आलोकित करने लगती है।

प्रिय! क्या यह मन तेरा ही शलभ नहीं जब आँखों में भी तेरा ही प्रतीक है?

तेरी नयन-ज्योति में डूब-डूब कर बार-बार जीवन जाग्रत हो।

दुखद है यह कुणाल का गीत। अब सामने यशोधरा और गौतम हैं।

आधारहीनता पर निरालम्ब गगनारोहिणी कल्पना ऐसे ही उठ रही थी जैसे गई-गुजरी बात का भूत मँडरा रहा हो।

दोनों इस समय अपने आपको भूले हुए हैं। संसार का शायद कोई भी तीसरा आदमी उनकी भावनाओं को समझने में असमर्थ है। वे अपने में तन्मय। व्यक्ति की वासना अपने आपको सबसे अलग करने का घोर प्रयत्न कर रही है किन्तु क्या वह कभी सफल होगी?

नहीं, नहीं, सौ बार नहीं।

दोनों ने इस बात पर कोई ध्यान नहीं दिया। वे अपने रंग में डूबे हुए थे।

कल्पना ने सिर उठाया। अँधेरे में युवक स्त्री और पुरुष आवश्यकता से अधिक अनुभूतिवान हो जाते हैं...

और पुरुष और नारी। पुरुष को लग रहा है कि अहर्निशा पूर्णचन्द्र नारी के नयनों में खेल रहे हैं। उसी के मधुरतम आलोक से दिशा-दिशा में पौरुष ज्योतित है। जीवन-रस उमड़ रहा है। उस तन्द्रिल छवि में ममता की द्विगुणित कारा है। स्फुलिंग की भाँति तंतु-तंतु की शक्ति भ्रमित-सी भीतर पुंजीभूत हो गयी है।

ओ नारी! तू महारंध्र में से निकली जीवन-रागिनी के समान है। लज्जा के आँचल में प्रदीप्त-सी तू सूर्य किरण-सी फूट रही है। तू आनन्द की मधुरिम छवि है, केवल एक शृंखल अनुभूति सी। मेरे महामार्ग की विश्रांति मिटा दे।

मैं प्रखर दिन-सा भीषण हूँ। तू महानिशा का गम्भीर संगीत है। रंगीन साँझ-सा महामिलन तुझमें महान हलचल भर रहा है। नारी! तेरी अँगड़ाई में कोमल विकास फूट रहा है।

तू एक गहन नींद है, मैं खोया हुआ जागरण हूँ। ओ सुकुमारी, मैं अमृत में पूर्ण मग्न हूँ। तू ज्योत्स्ना-सी रुचिर है। प्रश्नः अकर्मक!

और नारी! ओ पुरुष! हिमाच्छादित गिरि पर बादल लोड़न कर रहे हैं, जिस पर कोई नीला प्रकाश झिलमिल-झिलमिल चमक रहा है। तेरे हाथों में भीषण तूफानी झंझा है, तेरे श्वासों में आँधी का महाशोर काँप कर नाच रहा है। मैं जिस पथ पर विनाश करता हूँ तुम उस पर सजल विकास करती हो।

तेरी छाया लहरों में कितनी गहरी होती जा रही है। मेरे क्षितिजों में अवनी की छाया हँस-हँसकर सिहर उठी है।

जीवन की कोमल मधुर भूमि! मैं वह तरु हूँ जिस पर यौवन है। आकांक्षा के खग चहक रहे हैं। जीवन भरमा रहे हैं...

तभी अंधकार में घोड़े की टाप पटकी और दोनों ही आसमान से लुढ़क कर फिर धरती पर आ गये। दुनिया फिर सामने आ गई थी। आखिर शुतरमुर्ग को बालू में से सिर निकालना ही पड़ा। वह व्यर्थ समझने लगा था कि तूफान गुजर गया। अब वही नीरसता। वही हाट-बजार, वही कोलाहल, दुनियादारी, सम्राटों की वाराणसी नहीं, अंगरेजों का बनारस जहाँ 'नगराधीश' नहीं, 'आई.सी.एस.' का राज्य है। लड़ाई की महँगाई में प्रत्येक व्यक्ति परेशान है। उसे कुछ भी समझ नहीं पड़ता। वह एक जड़ता का, अपनी चेतना का सबसे सशक्त रूप समझने लगा है। बहुत कुछ कहा जा सकता है किन्तु सबका सारांश यही है कि वह नितान्त विकृत है, निकृष्ट है। वह अपने द्वंद्व में दोनों ओर ही अंधकार देखता है। क्या करे? कहाँ जाये? दुकानों में पैसे की मशीनें बैठी होंगी, और भूखे और मजदूर पैसे देकर भीख माँग रहे होंगे...

विषम है यह विडंबना...दलित विमर्दित अपमानित और ऊँघते हुए ताँगे वाले ने दबे हुए स्वर से कहा—"बाबूजी, घंटों लग गए। क्या कोई खेल थेटर था क्या... बड़ी देर लगी..." और वैसी ही बेवकूफी भरी बड़बड़ाहट। गौतम की महानता चकनाचूर होगी।

और मोहन को लगा कि गौतम के विषय में इतिहास ने यह सच कर दिखाया कि घर का जोगी जोगड़ा आन गाँव का सिद्ध। चीन, हिन्दचीन, सुमात्रा, जावा, बाली, बर्मा सब में तो—'त्रिपटक का डंका बजा दिया, उस पीली कमली वाले ने', परन्तु भारत में लोग उसे उतनी ही आसानी से भूल गए जैसे कल सुबह क्या साग खाया था यह याद ही नहीं पड़ता।

ताँगेवाले ने कहा—"बाबूजी, बहुत देर हो गई।"

मोहन इसका अर्थ समझ गया—यानी ज्यादा किराया माँगेगा।

उसने कहा—"हाँ, जगह ही ऐसी थी।"

ताँगेवाले ने समझ लिया कि बाबूजी बहुत हुज्जत करेंगे।

"मैं इधर काफी आया हूँ।"

"और लोग ऐसे ही देखकर चले जाते हैं।"

"आप कुछ साथ ले आए हैं क्या?"

मोहन कुढ़ा।

"तुम क्या जानो।" बेबी ने उपेक्षा से कहा।

"हाँ बीबी, हम गँवार ठहरे। एक दिन हमने भी देखा सब टूट-फूट गया है। कुछ मूरत जरूर धरी हैं।"

स्वर उठा और जैसे एक दिन गौतम का स्वर सुनकर ब्राह्मण खलबला गए थे, संस्कृति के रक्षक बेबी और मोहन दोनों ही चौंक गए और जैसे ब्राह्मणों ने घृणा से अट्टहास किया था मोहन और बेबी भी अभिमान में भरकर हँस उठे, ताँगेवाला भी हँसा।

सारनाथ का खंडहर ही क्या सारा भारत एक खंडहर बनकर पड़ा था।

मोहन ने कहा—"बेबी," फिर कुछ सोचकर अंगरेजी को अपना लिया—"यह आदमी भी कुछ अजीब लगता है।"

बेबी ने अंगरेजी में ही उत्तर दिया—"मूर्ख है, इसकी बात पर ध्यान देने की जरूरत?"

"कुछ नहीं। मैं तो योंही कह रहा था।" ताँगेवाले के खटक रही थी दिल में एक पत्थर की नोक। क्या चित्त आया है मौके पर। बिल्ली ने शेर को सब सिखा दिया था सिर्फ पेड़ पर चढ़ना नहीं सिखाया। उसने विक्षोभ से घोड़े के चाबुक फटकार दिया। घोड़ा जैसे कुछ नहीं हुआ। बेबी और मोहन के सामने जो ताँगेवाला, ताँगेवाले के सामने वही घोड़ा...

तभी बेबी ने कहा—"कुछ भी हो, मजा आ गया..."

पवित्र सारनाथ का इससे बढ़कर अपमान शायद नहीं हो सकता। क्या करता?

आखिर वह खंडहर था!

और ताँगेवाला सोच रहा था। आखिर इस लड़की को ऐसा मजा कैसे आया... क्या...

और दयनीय घोड़े पर चाबुक फिर बज उठा।

कौन जाने घोड़ा गौतम को निर्वाण पथ पर ले जाने का श्रेय स्वयं ले लेना चाहता था...

*('47 से पूर्व)*

# अमरता–एक क्षण

प्रासाद की शिल्प सज्जामय प्राचीरों से घिरा वह छोटा प्रकोष्ठ अगरु की सुगन्धि से महक रहा था। साँझ हो चली थी। अभी दीपक नहीं जले थे। अधलेटी-सी राजकुमारी ने कुछ न समझकर कहा–"अरे! क्या बात है? कुछ कह न?"

व्रीड़ा ने अपनी चंचल आँखों को अल्हड़पन से नचाते हुए कहा–"देवी! यह तो कहती है मैं अमर होना चाहती हूँ।"

"ओह!" राजकुमारी ने कहा–"कोई हुआ है आज तक? पगली है। इसे जाकर वृद्ध पुरोहित को दिखा। इसे कोई उपदेवता तो नहीं लग गया?"

उसके स्वर में डूबा हुआ विषाद मानो एक बार फिर बाहर आने की व्यर्थ चेष्टा करके फिर भीतर ही डूब गया। किन्तु व्रीड़ा हँसकर बोल उठी–"देवी! आप उसे गुस्सा कर देंगी। बेचारी भोली बच्ची..."

वह खिलखिलाकर हँस दी। नीला के कपोलों पर सौन्दर्य मान करता हुआ भाग चला। राजकुमारी ने देखा। फिर धीरे से कहा–"नीला सखी! कितनी काली हैं तेरी आँखें, अथाह नदी से भी गंभीर, लहरों से भी तरल..."

नीला रोककर कह उठी–"और आप राजकुमारी! ये काले-काले केश, यह स्वच्छ रंगीन वस्त्र, यह यौवन का श्यामल प्रवाह..."

और इतना भारावृत हो गया यह प्रलाप कि राजकुमारी ने टोककर कहा–"चल हट! व्यर्थ की बातें किया करती है।"

नीला ने स्वर बदलकर कहा–"ओहो! मैं जैसे कुछ जानती ही नहीं! कभी महानद के गर्जन को किसी ने नहीं सुना, शुभ्र ज्योत्स्ना को देखकर आँखें बंद कर ली हों, दोष किसका है? बोलो सखी।"

राजकुमारी लजा गई। उसने मुँह फेर कर कहा–"दुर पगली! न जाने क्या-क्या सीख गई है जो वसंत के कोकिल की भाँति रात-दिन कूकती फिरती है।"

नीला बैठ गई। उसने घुटनों में सिर छिपाते हुए कहा–"किन्तु राजकुमारी के हृदय में हूक क्यों उठती है?"

राजकुमारी अचकचा कर कह उठी—"दुष्ट!"

व्रीड़ा और नीला उठकर हँस दीं। तरल हास्य की उफान में ही नीला ने कहा, "पहले मैं भी उसे चाहने लगी थी व्रीड़ा, किन्तु राजकुमारी जिस फूल को उठा ले उसे भला नीला छूने वाली कौन?"

व्रीड़ा ने कहा—"क्यों यौवन पर यह बन्धन? जाने कैसी हो तुम लोग?"

"ओह," नीला ने मुँह बनाकर कहा—"जैसे तुम तो कुछ जानती ही नहीं। युद्ध में गए हैं, वे राजकुमारी! भुजाओं में अतुल पराक्रम भरकर आखिर व्रीड़ा ने ही तो उन्हें जाते समय पुलकित किया था। सेनानी निरुद!!" स्वर खिंच गया और फिर एक धीमे श्वास के बाद कहा—"सचमुच नीला ही एक अभागिन है।"

व्रीड़ा ने उसकी वेदना को नहीं समझा। उसने मुस्कराकर कहा—"देखा देवी! यह तो ठंडी सांसें छोड़ने लगी!"

राजकुमारी ने नीला के सिर पर स्नेह से हाथ फेरा और कहा—"तुम सुहागिन हो न व्रीड़ा। तुम्हें तभी तो भय है। सचमुच हम लोगों के ऐसे भाग्य कहाँ?"

"क्यों देवी," व्रीडा ने पूछा, "मन फिर गया?" सुहागिन थी वह। वेदना की कचोट से उसका हृदय अनभिज्ञ था।

राजकुमारी चुप हो गई। व्रीड़ा सोच रही थी, इतना सुन्दर शरीर, वह कोमल मुख, वही नयन, पिंगल केश और सबके ऊपर वह भोली दृष्टि...फिर भी...

और नीला सोच रही थी—राजकुमारी इतनी उदास है! आखिर क्यों?

प्रकोष्ठ में न वेदना का धुआँ दीखता था, न आग ही।

## 2

उन दिनों आर्यों का आक्रमण हो रहा था। नित्य ही नये-नये संवाद आकर लोगों के हृदय में खलबली मचा देते थे। द्रविड़ों में उन विजयेच्छा रखने वाले बर्बरों के प्रति घृणा दिन-प्रतिदिन बढ़ती ही जाती थी। एक सप्ताह पूर्व असंख्य आर्यों ने छिपकर आक्रमण किया था किन्तु सेनापति निरुद के प्रचंड पराक्रम ने उन्हें खेत की मूली की भाँति काट गिराया। लोग रणक्षेत्र में घायल पड़े आर्यों को कौतूहल से देखने गए। कौन हैं यह लोग? कहाँ से दल के दल बाँधकर चले आ रहे हैं? कुछ लोग इन्हें देवता कहते हैं। जब स्त्रियों की भीड़ उन्हें देखने गई, चारों ओर आनन्द की किलकारियाँ गूँज उठीं। किन्तु राजकुमारी की दृष्टि एक घायल पर टिक गई। उसने व्रीड़ा को बुलाकर पूछा—"व्रीड़ा! सेनापति से पूछ तो यह कौन है?"

सब लोग वहीं आ एकत्र हुए।

सेनापति निरुद ने वृद्ध पिता की एकमात्र पुत्री की चपलता को देखकर कहा—"राजकुमारी की दया हिरन पर होनी चाहिए, गैंडे पर नहीं।"

लोगों ने समवेत स्वर से स्वीकार किया। किन्तु राजकुमारी फिर भी खड़ी रही। वृद्ध शिन्थाल ने आगे बढ़कर कहा—"अरे यह निरीह तो गाता फिरता था। मैंने इसे उस दिन जंगल में छिपकर देखा था। और एक दिन इसी ने मुझे छोड़ दिया था।"

वृद्ध हँस पड़ा। लोगों को विस्मय हुआ। बर्बर दया करना भी जानते हैं!

उस समय नीला ने आगे बढ़कर कहा—"यह बर्बर हमें दास बनाने का अहंकार रखते हैं? हम इन्हें दास बनाएँगे।"

राजकुमारी का वक्षस्थल गर्व से फूल गया। भीड़ छँट गई। घायलों की कराहों के बीच जब राजकुमारी ने घायल को पानी पिलाया, उसकी आँखें पागलों की भाँति चंचल थीं।

वृद्ध शिन्थाल पास आकर घुटने टेककर बैठ गया। उसने कहा—"देवी! सेनापति निरुद के प्रहार से चट्टान टरक सकती है। फिर इसका क्या? देवी! मैं अनेक भूखंडों को देख चुका हूँ। जिस समय मूर्छित होकर यह घोड़े से गिरा था उस समय लगा था जैसे भोर की पहली स्वर्णिम किरण से रंजित हिमश्रृंग टूट पड़ा हो।"

राजकुमारी सुनती रही। निस्पंद...अवाक्! वह देख रही थी उसके नील नयनों में चमकती हुई तारा, जैसे निस्तब्ध गगन में एकाकी सांध्यतारा टिमटिमा उठा हो...

उसे लगा जैसे नील सागर में आशा की लघु नौका डगमगा रही हो...

और वे घायल को प्रासाद में उठा लाए। उन्होंने उसके सिर पर पट्टी बाँधी और उसे दूध दिया। उन्हें ज्ञात हुआ वह अपनी वेदना खो चुका था।

राजकुमारी सूनी आँखों से उसे देख रही थी। उसका हृदय बिल्कुल निस्पंद हो गया था, अभिभूत...निर्द्वंद्व...अवाक्...क्या उसने पागल को दास बनाकर सचमुच आर्यों का अपमान किया था!!!

## 3

रात की नीरव अँधियारी में राजकुमारी उठ बैठी। नींद नहीं आ रही थी, हृदय व्याकुल हो रहा था। वह उठकर बाहर चली आई। प्रहरियों ने आदर से सिर झुका दिया। उद्यान में वह जाकर दूर्वा पर बैठ गई। आकाश में अनेक नक्षत्र घूम रहे थे, रह-रहकर समीर काँप उठता था। एकाएक राजकुमारी चौंक उठी। उसने पुकार कर कहा—"कौन है?"

"कोई नहीं देवी? मैं हूँ।"

व्रीड़ा पास आ गई। राजकुमारी मन-ही-मन खिन्न हुई। पूछा—"इस समय तू यहाँ?"

"देवी आपको कहीं नहीं पा सकी थी।"

व्रीड़ा बैठ गई, कहा—"मैं जानती हूँ।"

राजकुमारी ने विस्मय से आँखें उठाईं। पूछा—"क्या जानती है?"

"आप," व्रीड़ा ने कहा—"उस दास को..."

"व्रीड़ा!" राजकुमारी का स्वर कठोर हो गया। व्रीड़ा चुप हो गई। राजकुमारी ने कहा—"व्रीड़ा! वह शत्रु है।"

व्रीड़ा ने सुना। कहा—"मैं यही कहने आई थी। अब जाती हूँ।"

उत्तर की प्रतीक्षा के बिना ही वह चली गई। देर तक राजकुमारी वहीं लेटी रही। तारे झुकने लगे थे। न जाने क्यों एक बार राजकुमारी की आँखों में पानी छलक आया और उसके होंठों से फूट निकला...शत्रु...

उद्वेग से भरी जब वह प्रकोष्ठ में लौटकर आई उसने देखा, घायल भूमि पर सो रहा था। उसने देखा और देर तक देखती रही।

उसी समय किसी ने कहा—"देवी!"

राजकुमारी ने देखा, व्रीड़ा थी। और राजकुमारी उसके कंधे पर सिर धर कर रो उठी।

## 4

राजकुमारी ने अपनी शैया पर लेटते हुए कहा—"नीला! युद्ध समाप्त नहीं हुआ! न जाने क्या होगा।"

नीला चुपचाप बैठी थी। उसने कहा—"देवी! संवाद अच्छे नहीं हैं।"

राजकुमारी उद्विग्न हो गई।

"वह कहाँ है?"

"बाहर घूम रहा है।"

"राजकुमारी," व्रीडा ने धीरे से कहा—"निरुद ने तुम्हारे दास को पागल बना दिया है, मुझे खेद है। किंतु निरुद तो तुम्हारा ही अनुचर है। उसे क्षमा करो।"

"क्षमा क्यों, व्रीड़ा," राजकुमारी ने कहा—"यदि वह घायल होकर मूर्च्छित न हो जाता तो वह, वह मुझे मिलता ही क्यों? वह आर्य है। उसे अपने वर्ण का अभिमान है। विदेशी से प्रीति क्यों करेगा वह? इसी की जाति ने हमें कुचलने को खड्ग उठाया है। वह ठीक होता तो मैं उससे घृणा करती व्रीड़ा, पर वह पागल है, वह तो कुछ भी नहीं समझता। मैं कहा करती हूँ, उसके पिंगल केशों को एकांत में सहलाती रहती हूँ, पर वह बालक-सा अजातशत्रु बना मेरे पाँवों के पास बैठा रहता है..."

"किंतु यदि यह किसी को ज्ञात हो गया तो?"

राजकुमारी काँप उठी। उसने आशंका से देखा। व्रीड़ा गंभीर थी। नीला कुछ सोच रही थी।

आकाश भी उदास था। कोई बाहर गा रहा था—

*"व्याकुल मन-वेदना इतनी दुस्सह क्यों हो गई कि तू रो रहा है।*

*लहरें किनारों से टकराकर क्यों बिखर जाती हैं, ज्योत्स्ना की मधुर हिलोरें*
*हूकों को बार-बार क्यों सुलगा देती हैं...*
*रह-रहकर विसुधा तड़पन भर रही है...*
*अरे! वह बातें तो बिना सीखे ही पहचानी-सी आ रही हैं।*
*ओ विवश हृदय! कौन सुलझायेगा इसे? यह तो चिरअभिमानी की उलझन है...*
*सूने यौवन तू कुछ मत कह, कुछ मत कह..."*
*गीत धीरे-धीरे करुणतम होकर लय होने लगा।*
*"कैसा मधुर संगीत है!"*
*"कौन गा रहा है व्रीड़ा, देख तो।"*

द्वार पर कोई बोल उठा—"जो आँखें खोलकर भी नहीं देख पाता।"

"शिन्थाल!!" राजकुमारी पुकार उठी।

वृद्ध भीतर घुस आया। उसने मुस्कराकर कहा—"राजकुमारी का हृदय बहुत अनमना है। क्यों?"

"नहीं तो शिन्थाल।" कौमार्य लाज से दुरने लगा।

वृद्ध हँस दिया, जैसे उसकी आँखों से कुछ भी छिपा नहीं है। राजकुमारी उठकर बैठ गई। वृद्ध ने कहा—"राजकुमारी! शिन्थाल के हृदय ने भी कभी किसी के चरणों की लय पर नृत्य किया था। वह क्या बूढ़ा होने से ही जीवन की उच्छृंखलता को भूल सकेगा? यौवन की आकांक्षाएँ आकाश में बिखरे असंख्य नक्षत्रों से भी अधिक होती हैं, यौवन महानद की उत्ताल तरंगों से भी अधिक भीषण होना चाहता है, किन्तु देखा है कभी शतदल पर डबडबाता नीहार-कण, वही है यौवन... मानव जीवन की शाश्वत अमरता का एकमात्र क्षण, एक अल्प आभास..."

"अमरता!" नीला ने कौतूहल से कहा—"क्या हो सकता है मनुष्य अमर? अमर हो सकता है वह?"

वृद्ध कहता रहा—"अधिपति होकर, पुरोहित होकर, कवि होकर, सेनापति होकर भी मनुष्य इस बदलते हुए संसार में अमर नहीं होता। आकाश में असंख्य तारे हैं किंतु उनसे क्या? रूप तो तभी बिखरता है जब भोर की पहली किरण फूटती है, कलरव साँझ में ही सुहावना होता है नीला। जीवन का एक क्षण जब मनुष्य प्यार करता है, और उसके हृदय में सागर की लहरों की-सी टीस उठती है और सुरभिश्लथ मलय की भाँति उसकी व्याकुलता झूम उठती है, केवल वही अमरता है, अमरता—एक क्षण..."

वृद्ध ठठाकर हँस पड़ा। नीला भय से पीछे हट गई। वृद्ध चला गया था। राजकुमारी व्याकुल-सी पुकार उठी—"फिर मनुष्य आपस में क्यों लड़ता है...क्या मिलता है उसे..."

किंतु शिन्थाल उस समय दूर हो गया था।

## 5

दूसरे दिन जब साँझ की किरणें सिमटने लगीं, नीरवता को तोड़ते हुए व्रीड़ा हँस दी। आज नगर में आतंक छाया हुआ था। वह उसे भूल जाना चाहती थी, सहसा उसने कहा—"देवी, पागल आ रहा है।"

"मैं उसे चंद्र कहती हूँ," राजकुमारी मुस्करा दी।

पागल युवक भीतर आ गया। हर्ष को छिपाते हुए राजकुमारी ने कहा—"चंद्र!"

"स्वामिनी!" पागल ने उत्तर दिया। एक बार उसने अनजान नेत्रों से व्रीड़ा की ओर देखा और अपने स्वभाव के अनुकूल राजकुमारी के पाँवों के पास आकर बैठ गया। राजकुमारी उसके बालों से खेलने लगी जैसे वह भी उसका पालतू चीते का बच्चा था।

"यह ज्वाला तेरे शीश को जलाती नहीं?"

पागल ने नहीं समझा। उसने उस अनार्य भाषा को सुनकर अबोध नेत्रों से देखा। अभी वह सात-आठ शब्द ही सीख पाया था। राजकुमारी ने फिर कहा—"कितना भोला है तू? अरे यह पिंगल केश।"

नीला और व्रीड़ा ने एक बार एक-दूसरी की ओर देखा और फिर वे बाहर चली गईं। एकान्त का सूनापन राजकुमारी के हृदय में धधक उठा।

राजकुमारी ने फिर कहा—"हठीले! कितना सुंदर है तू?"

पागल ने सिर हिला दिया।

"पर मेरा हृदय तो जानता है। सच, मैं बड़ी अभागिनी हूँ। लोग मुझे राजकुमारी कहते हैं, पर इसी से क्या मैं हृदयहीन हूँ। बर्बर! तू यदि पागल न होता तो तू भी मुझसे घृणा करता। तेरी हत्या मैं करूँ? इससे अच्छा तो यही हो कि मैं देवता की बलि हो जाऊँ जिससे अधिपति और प्रजा का कल्याण हो। वास्तव में तेरा भ्रम ही तेरी सफलता है। सच कह, तू कुछ नहीं समझता?"

चंद्र ने शून्य दृष्टि से देखते हुए सिर हिलाया।

"किंतु यह हृदय तो नहीं मानता, जाने कोई कहता है यह सब कुछ नहीं है। केवल झूठ है, पर अभागिनी तृष्णा चिल्ला उठती है—'जल-जल, उन्मादिनी तड़प-तड़प कर अपनी ज्वाला में आप ही झुलस।' मैं तुझे प्यार करती हूँ पागल। नहीं समझता? उस कहानी का ही क्या जिसका कोई सुननेवाला न मिले। निर्जन वन की मर्मर को बादल, रसभरा बादल भी क्या समझेगा? तेरा पागलपन कितना अच्छा है। न होता तू पागल, न होता मेरे मन को बाँधनेवाला बंदी। तब तू आर्य होता, हमसे घृणा करता बर्बर! अच्छा जाने दे। तेरा नाम क्या है?"

"पागल।"

"ऊँहु। पागल नहीं।"

"चंद्र।"

"नहीं। और बता?"

पागल ने फिर सिर हिला दिया।

राजकुमारी ने हँसकर कहा—"तू आर्य है?"

"नहीं, बंदी।"

"तू मुझे मार डालेगा?"

चंद्र फिर चुप हो गया।

राजकुमारी ने फिर कहा—"मैं कौन हूँ?"

"स्वामिनी।"

"जायेगा? यदि वह आ गये तो चला जायेगा?"

"नहीं।"

राजकुमारी पुकार उठी—"मैं तुझे नहीं जाने दूँगी। आह, कितनी मादक है यह संध्या! जीवन वन का मोहक कलरव इस यौवन की जलन क्या समझे? सभी तो समझदार बनते हैं। मेरे पागल, रह तो, यह ज्वालामुखी क्षण भर शीतल हो सके। लोग कहते हैं राजकुमारी ने आर्य को अपने पास रखा है, यह बर्बर संसर्ग अपशकुन है, पर पागल, मेरा हृदय तो कहता है कि डाल पर आकर धारा के लिए निर्झर बनना ही आवश्यक है, गाता हुआ सारा उन्माद पिपासा के फेनों से ढँक जाय, चंद्र! मेरे जीवन सर्वस्व..."

आनंद की विभोर व्याकुलता में राजकुमारी के नेत्र मुँद गये।

एकाएक उन्मत्त रक्त से भीगी व्रीड़ा ने प्रवेश किया। वह चिल्ला उठी, "राजकुमारी! तुम्हारे इस बर्बर संसर्ग के कारण ही आज हमारी पराजय हुई है। बर्बर विजयी हुए हैं। जानती हो मेरा निरुद भी मारा गया। नगर में श्मशान का भीषण दृश्य है। उन्होंने आग लगा दी है। वे बच्चों और बूढ़ों की भी हत्या कर रहे हैं। और तुम? तुम एक बर्बर के अपवित्र शरीर को अपने शरीर से सटाकर...राजकुमारी मन में आता है तुम्हारी हत्या कर दूँ...किंतु मैं तुम्हें नहीं मार सकती...तुम्हें मेरा मन नहीं मार सकता...एक बार..."

एक बार कटार का फलक चमक उठा और व्रीड़ा ने कठोर स्वर से कहा—"यह कटार बाहर आकर वैसे ही भीतर नहीं जायेगी...इस पागल का रक्त..."

उन्माद के आवेश में वह जोर से हँस उठी।

राजकुमारी ने भय से चिल्लाकर कहा—"पागल हो गई है तू, व्रीड़ा! नीला! नीला!!"

“नीला अब नहीं रही राजकुमारी। बर्बरों ने उसकी हत्या कर दी है।” व्रीड़ा हँस दी—“वह मर गई है, प्रासाद-उपवन सब उजाड़ दिया गया है, बर्बर अब यहाँ भी आ सकते हैं। यह आर्य...”

उसने वेग से आर्य पर प्रहार किया। बिजली की-सी गति से राजकुमारी की उठी भुजा को काटकर छुरी कंधे में घुस गई। पागल ने व्रीड़ा से छुरी छीनकर फेंक दी।

व्रीड़ा ने आर्त्त स्वर से कहा—“राजकुमारी!”

किंतु राजकुमारी ने मुड़कर कहा—“तुझे तो नहीं लगी चंद्र?”

रक्त बह रहा था। राजकुमारी पृथ्वी पर बैठ गई। उसने काँपते स्वर में कहा, “व्रीड़ा, मुझे भूल जा...”

उसी समय धुँधलके मन में किसी ने लड़खड़ाते हुए आतुरता से प्रवेश किया। वह शिन्थाल था—रक्त से नहाया, जर्जर, घायल।

“शिन्थाल!” राजकुमारी चिल्ला उठी—“यह तुम्हें क्या हुआ?”

वृद्ध दोनों हाथों से पेट को दाबे कराह रहा था। लड़खड़ाते हुए दुर्बल स्वर से उसने कहा—“भागो राजकुमारी! इस बर्बर को छोड़कर भाग जाओ, वह आ रहे हैं, यहीं आ रहे हैं...कुल को कलंकित न करो...उन्हें मालूम हो गया है कि राजकुमारी यहीं रहती है...आह... जाओ देवी!” वह काँपने लगा था। क्षीण स्वर से उसने अंतिम बार कहा—“वे बर्बर हैं...”

स्वर अटक गया। वृद्ध गिर गया। व्रीड़ा चीत्कार उठी। वह मर चुका था। व्रीड़ा की आँखों में पानी भर आया। उसने करुण स्वर से कहा—“राजकुमारी!!” विषाद की घुमड़ती कसकन में अथाह तड़पन थी।

कितनी ममता ने उसमें अपनी ज्वालाएँ न सुलगा दीं। राजकुमारी ने सुना। रक्त बहुत बह गया था। एक बार उठने का प्रयत्न किया किंतु मूर्च्छित होकर वहीं लेट गई।

बाहर घोर कोलाहल मच रहा था, पास आ रहा था। कठोर गर्जन करते योद्धा लूटते हुए घुसे चले आ रहे थे। एकाएक द्वार पर कोई दिखाई दिया। व्रीड़ा चिल्ला उठी। पागल ने खड्ग उठा लिया। अंधकार में कोई भीतर आ गया। पागल ने खड्ग उठाया किंतु इससे पहले कि वह प्रहार करता एक कठोर प्रहार हुआ। पागल सिर पकड़कर चिल्लाता हुआ लुढ़क गया।

प्रकोष्ठ में अनेक आर्य घुस आये थे। उनके हाथों में मशालें जल रही थीं। अभी भी ‘मारो-मारो’, ‘हटो सामने से’ का रव थमा नहीं था। इन लोगों को देखकर उन कठोर योद्धाओं ने हर्ष में चीत्कार किया।

किसी ने गरजकर कहा—“घेर लो इन्हें।”

शीघ्र ही वे रक्त में भीगे खड्ग लिये उन्हें घेरकर खड़े हो गए। सहसा ही पागल

चिल्ला उठा, "ऐ रानी! बृहदाश्व, वह देखो, वह वृक्षों के पीछे द्रविड़ आ रहे हैं, घोड़े मोड़ दो, शीघ्रता करो..."

एक बलिष्ठ व्यक्ति ने उल्का के प्रकाश में झुककर देखा और कहा—"कौन? श्वेताश्व।"

उपस्थित योद्धा हर्ष से जयनिनाद करने लगे।

बृहदाश्व ने फिर कहा—"हम विजयी हुए हैं।"

श्वेताश्व के मुँह से आनंद से निकला—"पुरंदर..."

बृहदाश्व ने युवक को सहारा देकर खड़ा किया। फिर कहा—"तुम बंदी थे, प्रलोमा ने हमसे कटुवचन कहे। किंतु वह बड़ी अभिमानिनी है। तुम्हारे ही लिए यह प्रतिशोध लिया गया है। लोग कहते थे उन्होंने तुम्हें दास बनाया था।"

"दास!" श्वेताश्व ने घृणा से कहा—"आर्य! इनका दास!!"

"यह कौन है?" प्रलोमा ने राजकुमारी की ओर देखकर पूछा, वह पुरुष-सैन्य सज्जा में थी।

श्वेताश्व ने हाथ का इंगित करके कहा—"मैं क्या जानूँ?"

व्रीड़ा कुछ नहीं समझती थी, किन्तु हाथ के इंगित ने उसे आभास दिया। कहा, "विजय के दुरभिमान में भूले युवक, एक चोट ने तुझे बर्बर से पागल बनाया था, दूसरी ने तुझे पागल से फिर बर्बर बना दिया।"

श्वेताश्व ने अपनी बंकिम भ्रू को और टेढ़ा करके उसकी ओर देखा और कहा, "यह कौन है बृहदाश्व! पराजय ने इसे दुर्बल और विक्षुब्ध कर दिया है, क्यों?"

प्रलोमा ने हँसकर कहा—"डर रही है।"

व्रीड़ा ने घृणा से फिर कहा—"बर्बर! तुझसे बात करना भी मनुष्यता का अपमान करना है। जानता है वह मूर्छिता तेरी कौन थी?"

राजकुमारी चैतन्य-सी बैठ गई थी। एक आर्य ने व्रीड़ा को कुछ-कुछ समझा। उसने अनुवाद-सा किया।

श्वेताश्व ने मुख विकृत करके कहा—"हूँ! अनार्य्य कलुषित रक्त और इसका साहस कि इस स्त्री को मेरा कहे?"

प्रलोमा ने संदिग्ध दृष्टि से देखते हुए राजकुमारी की ओर उँगली दिखाकर कहा—"तुम सचमुच नहीं जानते यह कौन है? अग्नि की शपथ करके कहते हो?"

"प्रलोमा," श्वेताश्व चिल्ला उठा, "तुम आर्य होकर आर्य पर अविश्वास करती हो? यह नीच स्त्री मेरी हो सकती है? मैं इसे नहीं जानता, फिर भी इससे घृणा करता हूँ..."

और उसने घृणा से उस पर थूक दिया। राजकुमारी ने देखा और वह व्याकुल-सी हँस उठी।

"राजकुमारी!!" व्रीड़ा ने आतंक भरे स्वर से कहा—"तुमने पागल को स्नेह दिया, वह अब तुम्हें नहीं पहचान सकता..."

"राजकुमारी! कौन? कहाँ?" राजकुमारी हँस उठी। पागल की भाँति वह प्रलाप कर उठी—"टूट गई न पतवार? कहाँ है शिन्थाल? ओह, वह भी चला गया! विजय की पताका को भी तो रंग चाहिए न? रक्त...पागल..."

वह शिथिल हो चली थी।

व्रीड़ा ने एक बार अत्यन्त करुण स्वर से कहा—"राजकुमारी!"

"नहीं व्रीड़ा, मैं बहुत प्रसन्न हूँ। जानती है क्यों? क्योंकि मैं आज अमर हूँ. ..शाश्वत..."

राजकुमारी का गला भर आया। व्रीड़ा जोर से फफककर रो उठी। राजकुमारी मर गई थी। फिर सहसा ही व्रीड़ा हँस उठी। उसने एक बार श्वेताश्व की ओर देखा और कहा—"तुम जीते हो? पर तुम तो अमर नहीं हो..."

किन्तु किसी ने भी उसकी बात नहीं समझी। वे सब व्यंग्य और आनंद से ठठाकर हँस पड़े।

*('47 से पूर्व)*

# मरघट के देवता

बीमार बच्चे के कमरे से निकलकर दूसरे कमरे में आते हुए डाक्टर जोशी ने डाक्टर नागर से कहा—''तो कहिये टायफॉइड है? डाक्टर, मेरी अक्ल तो बिलकुल काम नहीं कर रही है।''

डाक्टर नागर ने स्वर की व्यथा को पहचानकर विस्मय से कहा—''आप तो खुद डाक्टर हैं। आखिर इतना घबराने की वजह?'' वह उस चंचलता का कारण नहीं समझ पा रहे थे। डाक्टर नागर की पत्नी ने आँखों में आँसू भरे हुए प्रवेश किया।

डाक्टर नागर ने शंकित होकर कहा—''टायफाइड? याने कि करीब 21 दिन?''

डाक्टर जोशी ने झुँझलाहट दूर करते हुए उत्तर दिया—''जी नहीं।''

''तो ग्यारह तो जरूर?''

''जरूर ही।'' डाक्टर जोशी ने लाचारी में मुस्कुराते हुए कहा—"आखिर मर्ज तो उतरते-उतरते ही उतरेगा?''

डाक्टर की पत्नी ने करुण स्वर से कहा—''तब तो बच्चा बहुत दुबला हो जायेगा?'' उनके स्वर में ममता फफक रही थी।

''आपको,'' जोशी ने कहा—''इस वक्त हिम्मत की जरूरत है। बिस्तर को झाड़कर बच्चा ढूँढ़ने की नौबत नहीं आयेगी," डाक्टर हँसा, उसने हाथ हिलाकर कहा—''घबराइये नहीं, आपका बच्चा बिल्कुल ठीक हो जायेगा। अगर भगवान ने चाहा तो कोई डर नहीं। हम करने वाले कोई नहीं होते। दवा का असर तो आगे के रास्ते पर चलते हुए मर्ज को सिर्फ उसके ठीक रास्ते पर लगाये रखना ही है न?''

डाक्टर की बात का महत्त्व खो गया क्योंकि चंपा रो रही थी। उसने आँचल से आँसू पोंछते हुए कहा—''डाक्टर साहब, तो अब आप फिर कब आयेंगे?''

डाक्टर जोशी को ऐसे वाक्य सुनने का काफी अभ्यास हो चुका था। उन्होंने मुस्कराकर तपाक से कहा—''आप जब मुझे बुला भेजेंगी, मैं तभी हाजिर हो जाऊँगा।''

डाक्टर नागर ने रुककर कहा—''डाक्टर!''

''वैल?'' जोशी ने आँखें उठाकर पूछा।

''अच्छा,'' पत्नी चंपा ने धीरे से कहा।

''जी हाँ,'' डाक्टर जोशी ने फिर कहा—''बच्चे के कोई जुबान तो है ही नहीं जो वह कुछ कह सके। बेजान ही समझिये उसे, तभी तो उसकी यह हालत है। कितनी तकलीफ है बिचारे को। अब आप ही लोग इसका अंदाज लगाये रखिये। वर्ना...''

''वर्ना!'' चंपा ने चौंककर पूछा।

''वर्ना,'' डाक्टर जोशी को सहसा ही अपनी बात की असंगति का ध्यान आया। उन्होंने बदलकर कहा—''कहा न मैंने, कुछ नहीं। बच्चे के साथ ही साथ आप भी सहने की कोशिश करिये। अच्छा तो आप जरा नौकर मेरे साथ भेज दें।''

''अभी लीजिये,'' डाक्टर नागर ने कहा—''कंपाउंडर बाहर बैठा है, उसे लेते जाइये। और आपकी फीस...उफ! मैं सब भूला जा रहा हूँ।''

''अजी फीस-वीस रहने दीजिये,'' डाक्टर जोशी ने हाथ बढ़ाते हुए कहा—''हम तो एक ही व्यापार करते हैं, हमें तो एका रखना चाहिए,...अच्छा...''

डाक्टर नागर ने उनका बढ़ा हुआ हाथ थाम लिया।

जब डाक्टर जोशी चले गये, कमरे में निस्तब्धता छा गई। डाक्टर नागर कुर्सी पर अधलेटे से बैठ गये। एकाएक उन्होंने कहा—''तुम यहाँ क्यों हो? बच्चे के पास कौन है?''

चंपा ने झाँककर कमरे में देखा और धीरे से कहा—''बच्चा सो रहा है। धीरे बोलो।''

फिर कुछ देर के लिये निस्तब्धता छा गई। डाक्टर नागर ने सिर हिलाकर कहा—''घबराने की कोई बात नहीं है। सब ठीक हो जायेगा।''

सौना ने भीतर झाँका। फिर कुछ कहना चाहा, किन्तु साहस नहीं हुआ, चुपचाप लौट गया। चंपा ने बात शुरू की—''इस डाक्टर को तुम खूब जानते हो?''

''हाँ, यह शहर का नामी डाक्टर है।''

''तुमने कभी इसकी बीवी से हमारी मुलाकात नहीं कराई?''

''इसके बीवी ही नहीं है।''

''तो?''

डाक्टर ने झुंझलाकर कहा—''क्या बिना बीवी के कोई आदमी रह ही नहीं सकता?''

चंपा ने ध्यान ही नहीं दिया। विषय बदलकर पूछा—''तो यह मर्ज ठीक बता गया है?''

''लगता तो ऐसा ही है?''

''यह क्या बात कही तुमने? अभी तुम्हें परवाह ही नहीं है। उधर बच्चा बीमार

पड़ा है, इधर तुम्हें ध्यान देने की भी फुर्सत नहीं है? तुम्हें अपनी प्रैक्टिस में बाधा पड़ने का गुस्सा है।''

डाक्टर नागर ने तिनककर कहा—''चंपा!''

किन्तु चंपा कहती गई—''मैं कहती हूँ कि आखिर यह मेहनत और कमाई फिर किसलिये? तुम्हीं एक बिरले हो? तीन महीने से लड़का एक फाउन्टेनपैन माँग रहा है, लेकिन यह भी एक दिल है जो अपने पेट के जन्मे की ही इच्छा पूरी करना नहीं चाहता। अरे पड़ोस में देखो। सभी जगह बच्चों की खुशी पहले देखी जाती है। वह रहे तहसीलदार साहब। आप रखते हैं पाँच का कलम, लड़का रखता है पारकर ड्यूफोल्ड।''

''आह!'' डाक्टर ने व्यंग्य से मुख विकृत करके कहा—''बड़ा अच्छा नतीजा पाया है। बेटा सिगरेट भी तो पीता है!!''

''उसके लिये क्या है? आजकल सभी पीते हैं। आखिर मेरा बेटा दूसरों से हेठा बनकर तो रहेगा नहीं?''

डाक्टर ने आखिरी तीर मारा—''कल जरा बहू आ जाने दो तब देखेंगे।''

"भले ही कुछ सही,'' चंपा ने हाथ फैलाकर कहा—''कम-से-कम एक चुल्लू पानी तो मरने के बाद चढ़ायेगा?''

''चढ़ा लिया? मेम लायेगा मेम।''

''तुम्हें जाने कौन-सी दुनिया हमेशा रखनी हैं, मुझे तो छाती पर धरना भाता नहीं।''

''नहीं तो पछताओगी।''

''पछताने को अब क्या कमी है?''

''देखो जी।'' डाक्टर ने तड़पकर कहा—''मैं भी डाक्टर हूँ और हारी-बीमारी के बारे में तुमसे लाख दरजे ज्यादा जानता हूँ। मेरा दिमाग न खाओ। अजी अभी उस डाक्टर ने मेरी घबराहट देखकर मुझे सिड़ी ही समझा होगा। मर्ज तो आते वक्त देर नहीं करता। एकदम धर दबाता है!'' उन्होंने हाथ से धर दबाने का इंगित किया फिर ऊपर हाथ उठाकर पूछा—''घर गिरने में क्या देर लगती है? फिर बनाते वक्त क्या आसानी से बनता है? चाहे दस लाख मजदूर लग जाएँ मगर एक मिनट में एक कोठरी भी नहीं बना सकते। अब तो भाग्य में जो है, वही सहना पड़ेगा।''

बाहर जूतों की खटखट हो रही थी। वह पास आने लगी। चंपा की आँखों में एक स्नेह की चमक काँप उठी।

डाक्टर समझ गये। उन्होंने मुँह फेर लिया। द्वार पर खड़े होकर हरी ने धीरे से कहा—''अम्मा!''

वह बिल्कुल अपटुडेट था। माँ ने स्नेह से कहा—''हाँ, बेटा!''

''क्या हालत है?'' उसने संदिग्ध स्वर से पूछा।

''डाक्टर साहब आये थे। टाइफाइड बता गये हैं।''

''तब तो बड़ी गड़बड़ी है।''

डाक्टर नागर ने सिर हिलाकर ऊबते हुए कहा—''वह तो है ही।'' जैसे तुम्हें क्या? तुम तो कुछ करोगी नहीं?

''कितने दिन लग जाएँगे?'' हरी ने फिर पूछा।

''यही कोई ग्यारह-बारह।'' डाक्टर नागर ने ऐसे कहा जैसे कोई बात ही नहीं, व्यर्थ क्यों हमदर्दी दिखा रहे हो?

हरी पिता का रुख समझ गया। मुड़कर कहा—''वह अम्मा! वह ग्रुपफोटो लेना है न कालेज का—उसके लिए मुझे ढाई रुपये दे दो।''

डाक्टर ने कुर्सी के हत्थे पर हाथ फेरा जैसे वह लाचार था, नितान्त विवश।

''ले बेटा,'' चंपा ने चाबी बढ़ाते हुए कहा—''चाबी ले ले। अलमारी में से निकाल ले जा, मगर चाबी लौटाना भूल न जाना।''

चंपा ने देखा वह हँस दी। हरी ने चाबी ले ली और सीटी बजाते हुए दूसरे कमरे में चला गया।

डाक्टर नागर ने भौं सिकोड़कर कहा—''देखा?''

चंपा ने उपेक्षा से कहा—''तुम बड़े रूखे आदमी हो जी।''

सौना फिर घूस आया। चंपा ने उसकी ओर देखा जैसे क्या है?

सौना ने डरते हुए कहा—''बाबूजी!''

डाक्टर नागर ने पूछा—''क्या है?''

''वह बुढ़िया बार-बार आती है।''

''उससे कहो,'' चंपा ने कहा—''डाक्टर साहब को बहुत काम है, नहीं आ सकते।''

''जी हाँ, मैंने कह दिया।''

''तो,'' डाक्टर फिर झुँझला गए।

''वह दो बार आकर लौट चुकी है। कहती है कि इतना रुपया मुझ गरीब से ले लिया है तो एक ही बार, बस नाम के ही लिए एक बार देख जाएँ।''

चंपा ने कठोर स्वर से कहा—''कह दो जाकर कि डाक्टर साहब उसी का दिया नहीं खा रहे हैं। अच्छे-अच्छों की मोटरें खाली लौट जाती हैं।''

''जी हाँ, मैंने कहा था!'' सौना ने फिर कहा।

''तुम कहते क्यों नहीं जी जाकर?'' चंपा ने क्रोध से कहा।

''जी हाँ, कहने पर रोती थी। कहती थी कि डाक्टर साहब पर बच्चे की ही नहीं, मेरी भी हत्या लगेगी।''

चंपा उठ गई। भीतर जाते हुए कहा—''हत्या और जीवन देनेवाले डाक्टर नहीं, जाकर कहो भगवान है।''

डाक्टर नागर ने मौन तोड़ा। कहा—''सौना!''

''हजूर!''

''जाकर पानी रखो। पूजा का वक्त हो चला है। उससे कहो फिर कभी आये।''

सौना ने निराश आँखों से देखा।

डाक्टर ने फिर कहा—''सुनो।''

''जी।''

''कहाँ से आई है?''

''पिछवाड़े ही तो रहती है।''

''अच्छा जाओ।''

सौना चला गया।

''सुनती हो।'' डाक्टर ने कहा।

''आई,'' के साथ चंपा फिर कमरे में घुस आई।

''बच्चे का क्या हाल है?''

''बिलकुल बेहोश-सा चुपचाप सो रहा है।''

''आज मैं खाना नहीं खाऊँगा,'' डाक्टर नागर ने अन्यमनस्कता से कहा—''मेरी तबियत ठीक नहीं है।''

''तो कुछ दवा क्यों नहीं खा लेते?''

''नहीं, मुझे ऐसे ही रहने दो।''

''तुम्हें मेरी कसम। मुझे दिक न करो। यह एक इल्लत ही काफी है। तुम और काँटे न बोओ।''

''नहीं,'' डाक्टर दृढ़ता से बोले—"जरा रेशमी दुपट्टा तो निकालो। आज मैं एक हजार आठ बार गायत्री का जप करूँगा।''

''लेकिन,'' चंपा ने कहा—''चाबी तो बड़ा मुन्ना ले गया था?''

''वापिस नहीं दे गया न?'' डाक्टर ने रूखे स्वर से पूछा।

''लाती हूँ।'' चंपा ने दबकर कहा—''इतनी जरा-जरा-सी बात पर क्यों बिगड़ते हो?''

चंपा भीतर गई। सड़क पर उसी समय कोई कुत्ता भयावने स्वर में रो उठा। डाक्टर के हृदय पर घूँसा-सा लगा। उन्होंने कहा—''सौना! देख तो, इसे भगा दे।''

कुत्ता अभी भी रो रहा था। सौना के चिल्लाने की आवाज सुनाई दी, किंतु उसी समय पिछवाड़े शोरगुल होने लगा। डाक्टर क्षण-भर सुनते रहे। फिर उन्होंने चेतकर पुकारा—

"सौना!"

सौना लौट आया। उसने कहा—"जी!"

"यह क्या शोर है?" डाक्टर ने ऊबते हुए पूछा।

"सयाना बुढ़िया के बच्चे का भूत उतारने की कोसिस कर रहा है हुजूर।"

डाक्टर के मुँह से फूट निकला—"गँवार!"

एकाएक फिर शोर होने लगा। सौना तेजी से बाहर चला गया। चंपा चाबी झुलाती हुई कमरे में आ गई। उसने चाबी देते हुए कहा—"लो!"

डाक्टर ने चाबी ले ली। डाक्टर ने फिर कहा—"सौना! जाकर कहो कि डाक्टर साहब का बच्चा बीमार है। वह सो रहा है। इस तरह फिजूल के शोर से वह जागकर तकलीफ पाएगा। उफ, कितनी सर्द हवा चल रही है।" चंपा भीतर के कमरे में चली गई।

"बाबूजी!" सौना ने सिर उठाकर कहा।

"क्या है?" डाक्टर ने घूरकर कहा।

"बुढ़िया का लड़का तो मर गया है?"

डाक्टर पर वज्र गिरा। उनके मुँह से फूट निकला—"मर गया?"

हवा के ठंडे झोंके में उनका शरीर काँप उठा। चंपा चिल्लाती आ रही थी—"आपको कुछ खयाल भी है? बच्चे के कमरे की खिड़की खुली पड़ी थी। उफ! सारा कमरा ठंडा हो गया है।" एकाएक पति का रंग उड़ा चेहरा देखकर सहमे स्वर से पूछा—"क्या हुआ?

सौना ने फिर कहा—"बुढ़िया का बच्चा मर गया।"

चंपा के मुँह से निकला—"हाय राम!"

"जी हाँ," सौना के होंठों पर तिरस्कार था।

"उफ! कितने दर्द की बात है। क्या होगा उसकी माँ का?" डाक्टर नागर का सिर झुक गया।

"मर गया?" चंपा ने करुण स्वर से कहा—"सच कह सौना? मेरी छाती पर साँप लोट रहा है। हाय रे।"

तीनों चुप हो गए। पिछवाड़े कोई हृदय फाड़कर रो रही थी जैसे अब उसका सब कुछ लुट गया था।

## 2

निवेदन—अब यह मानना एक आसान बात है कि डाक्टर का बच्चा भी ठंडी हवा लग जाने के कारण मर जाता है और डाक्टर के घर में हाहाकार मच उठता है।

## 3

जीवन के खेल—

मस्जिद के मुल्ला ने बाहर निकलकर चारों तरफ देखा। कोई नहीं वही पुराना भवानी चेहरे पर नया मुहर्रम लिए खड़ा था। अब्दुर्रहीम पल भर में मस्जिद का बाहरी दरवाजा भेड़कर सीढ़ियों पर से उतर पड़े। भवानी नदी के किनारे बीड़ी सुलगाने लगा। मुल्ला जोर से खँखारते हुए भवानी के पास जा खड़ा हुआ। भवानी ने दीर्घ दृष्टि से मुल्ला के मुख की ओर देखा। मुल्ला के मुख पर एक कुटिल हँसी खेल गई। उसने कहा—''भवानी! आज इतना उदास क्यों है?''

भवानी चुप रहा।

मुल्ला ने फिर कहा—''भवानी, नदी कैसी मस्ता रही है, देख तो।''

भवानी चौंक उठा। उसने कहा—"दादा! मुझे आज बड़ा सूना-सा लग रहा है।''

उसकी ढीली उँगलियों में से बीड़ी छूट गई।

मुल्ला ने कहा—''भवानी! दुनिया की खुशियाँ एक दिन इसी मरघट में खेलने आती हैं और हमेशा के लिए परवाने की तरह बरसाती रात में खत्म हो जाती हैं। सुबह तुम ही उस राख को बटोरकर नदी में फेंक देने के लिए व्याकुल हो जाते हो। भवानी, क्या सोच रहे हो?''

''मैं,'' भवानी ने कहा—''उस चिड़ता की ओर देख रहा हूँ दादा। करोड़पति, राजे- महाराजे सब चुपचाप यहीं आकर सो जाते हैं। अभी दस मिनट पहले जो आदमी था वह अब मिट्टी है। जिन्दगी कितनी चलती हुई है? दादा आदमी कितना भूला हुआ है। उसे मालूम है कि दो दिन बाद उसे जिस बदन पर नाज है वह मिट जाएगा।''

''लेकिन,'' मुल्ला ने हँसकर पूछा—''फिर दुनिया कैसे चलेगी?''

''तो क्या इसी अंत के लिए दुनिया का चलना जरूरी है?'' भवानी ने झुंझला कर कहा।

''अंत नहीं है,'' मुल्ला ने विश्वास से कहा—''शुरू और आखिर आदमी के बस की बात नहीं है। यह तो एक खेल है।''

भवानी ने आँख उठाकर मुल्ला की ओर देखा। मुल्ला ने फिर कहा—''भवानी! सब लोग जहाँ से आए हैं वहीं लौट जाएँगे। मैं कफन ओढ़कर जाऊँगा, तुम जलकर जाओगे। मगर उससे क्या? मौत ही जिंदगी की आखिरी तमन्ना नहीं है। आदमी दुनिया में आया है आदमी बनने।''

भवानी ने हाथ से इशारा करके कहा—''दादा! मैं नहीं जानता कि दुनिया में और भी कुछ है। बचपन में चिता जलते देखकर मेरा दिल काँप उठता था और आज वही मैं इस जवानी में जाड़ा, गर्मी, बरसात झेलकर इस मरघट में पैसे वसूल करने

को पड़ा हूँ। वसंत के नये पत्ते, दुनिया कहती है, खुशी के दूत बनकर आते हैं, मगर मैं देखता हूँ कि वही पत्ते अचानक ही जलती चिताओं में आ गिरते हैं। दुनिया कितनी जल्दी मरती है? दादा मैंने यहीं सैकड़ों को जलते देखा है। लेकिन वहीं मैं अपने बाप की मौत देखकर रो पड़ा था। चिता की गर्मी से अब मेरा दिल नहीं पिघलता। सब मरते हैं और जो जितनी जल्दी मरा वह उतना ही अच्छा है। सारे दुखों से छुटकारा। एक तरफ तमाम दुनिया और उसकी खुशियाँ रख लो, दूसरी तरफ मेरा अकेला मरघट काफी है।''

मुल्ला कुछ देर सोचता रहा। फिर कहा—''लेकिन दिल को कड़ा कर लेने ही से तो चैन नहीं मिल जाता। इस जिंदगी नाम के मुसाफिर को तो बड़ी-बड़ी कठिनाइयाँ झेलनी पड़ती हैं। भवानी, उम्र चाहिए उम्र। तुझमें जवानी का जोश अभी भड़क रहा है। रुपया देखकर तेरी आँखें चौंधिया जाएँगी। औरत देखकर तेरे मन में गुदगुदी हो उठेगी। वही जिलाता है, वही मारता है, जो दुनिया को बनाकर बैठा-बैठा देखता रहता है। आज से नहीं हमेशा से देखता रहता है। आज से नहीं हमेशा से दुनिया अल्लाह के लिए ही चलती है। वह यह, यह वह। सब जहाँ जाकर एक हो जाते हैं।''

''वहाँ की नहीं दादा,'' भवानी ने कहा, ''यहाँ की कहो। पैसा होता तो क्या मैं मरघट में जिंदगी बरबाद करता?''

मुल्ला हँस दिया। उसने व्यंग्य से कहा—"और तू कहता है कि दुनिया एक चिता है। अर्थी का चंदन, कपाल-किरिया का घी खाकर मोटा होना चाहता है अंधे?''

भवानी ने बात बदलते हुए कहा—''नहीं दादा! वह देखो! वह सामने की चिता बुझ चली है।''

मुल्ला मुसकरा दिया। उसने फिर कहा—''लेकिन जानता है अभी यहाँ कितनी चिताएँ और जलनी हैं? जितनी जिंदगी है, उतनी मौत है। न आदमी मरते हुए थका, न कभी जलते और जलाते। भवानी! अगर बादल बरसेगा नहीं तो करेगा क्या?''

भवानी के कठोर हृदय पर फिर जाली चढ़ गई। वह मुसकरा उठा।

मुल्ला ने कहा—''मैं अभी आता हूँ। जरा हाथ-मुँह धो आऊँ।''

''अच्छा, हो आओ।''

मुल्ला चला गया। कुछ लोग एक अर्थी को लेकर आए। एक आदमी पास आ गया।

उसने कहा—''इसे जलाना है।''

भवानी ने कहा—''हाँ, हाँ, तो टाल पर से लकड़ी क्यों नहीं ले आते?''

आगंतुक एक-दूसरे का मुँह देखने लगे। उसी आदमी ने कहा—''यह गरीब का लड़का है।''

''लेकिन तुम तो गरीब नहीं हो?'' भवानी ने अविचलित स्वर से कहा।

हमीं लोगों ने इसका इंतजाम कराया है। अनाथ था यह। कहाँ तक रुपया लगाएँ! क्या तुम इसे जलाने भी न दोगे?"

भवानी ने कहा—"लड़के का ब्याह हो गया?"

"हाँ, दो साल पहले मुँहबोला हो गया है।"

"तो उससे क्या?" भवानी ने कहा—"तुम्हारी तो बेकार की जिद है। और बिना पैसों के लकड़ी तुम्हें कैसे दे दूँगा? अपना हाथ बचाकर तुम चिता में आग दे सकते हो, मैं ही घर फूँकने बैठा हूँ? मेरे मालिक को अगर मालूम हो गया तो? चुंगी मुफ्त में तो ठेका दे नहीं देती? उसे तो मरे-जिंदे से मतलब है, अमीर-गरीब से क्या? मैं गरीब हूँ। मोल है पैसा। यही सबका मोल है। तुम लोग इसे लाए हो। देखो, मोह मत करो। भरी नदी है, पत्थर बाँधकर डुबा दो। आँख से परे, दुनिया खतम।"

आदमी ने अपने साथियों की ओर देखा। वे लोग आपस में बातें करने लगे—"कलुआ! मैं तो पैसे भी नहीं लाया। यह कोई तीन आने हैं बस।"

"मुर्दा लौटा लेना तो बड़ा असगुन है।"

""अबे क्या बक रिया है। अब तो ये ही करना पड़ेगा।"

"हाँ-हाँ, आई विपदा में यह भी धरम है।"

"ठीक है, डुबा देना ही ठीक है।"

"बात तय हो गई। उन्होंने अर्थी में पत्थर बाँधकर उसे नदी में फेंक दिया। क्षण भर खड़े रहे। फिर चले गए। भवानी ने देखा, मुल्ला लौट आया था।

मुल्ला ने कहा—"भवानी, चुप कैसे खड़ा है?"

"सोच रहा हूँ," भवानी ने कहा—"अभी तक कोई बोहनी तक नहीं हुई। दोपहर हो आई। आज जाने परमात्मा इस दुनिया कसाइत भूल ही गया?"

"क्यों? अभी वह लोग आए थे न?"

"आया क्यों नहीं। एक आया था। मगर लकड़ी के पैसे माँगने पर कुछ न दे सका। अपनी सोचें कि दूसरों की? मैंने जलाने नहीं दिया। नदी में फेंक गए।"

मुल्ला दर्द भरी आवाज में कराह उठा, "हई अल्लाह! हई अल्लाह! हिन्दुओं में तो मरे को पानी देते हैं, तू तो आग भी नहीं देता?"

"पानी तो मेरे को मिल ही गया दादा," भवानी हँस पड़ा। "मिट्टी," उसने कहा—"पैसे के मोल चलती है, रियायत के बल पर नहीं।"

"तेरा दिल गवाही देता है?"

"दिल नहीं है मेरे। दिल के साथ एक पेट भी है।"

जोर से भवानी हँस उठा। समस्त मरघट गूँज उठा, मानो पुरानी हड्डियाँ जाग उठीं। उसने उसी व्यंग्य से कहा—"राम-राम सत्त है, और सब असत्त है।"

मुल्ला ने अपेक्षा से कहा—"बेवकूफ! तू अंधा है।"

भवानी ने कहा—"मौत और जिन्दगी में ज्यादा अंधा कौन है दादा? तुम जाओ। दोपहर की धूप तेज होने लगी है।"

मुल्ला खाँसता हुआ लौट पड़ा। भवानी कठोर दृष्टि में दूर शून्य की ओर देखता रहा। ढीली मैली सलवार, स्लीपर, मैला मलमल का कुर्ता, काली वास्कट, ऊँची टोपी पहने मुल्ला दाढ़ी पर हाथ फेरता हुआ मस्जिद की सीढ़ियाँ चढ़ने लगा। मस्जिद जैसे मुस्करा रही थी। आदमी सदा सुख-दुख समझने का प्रयत्न करता है, किंतु समझता नहीं।

आकाश गहरा होकर गंभीर हो गया। उस उदासीनता में विश्व का कोलाहल मरघट के देवताओं के मुक्तिगीत को महामाया की धोखेभरी गोद में छिपाने लगा।

## 4

आक्रोश—बुढ़िया का बेटा पानी में बहा दिया गया। जहाँ कठोरता ही मनुष्य की रोटी है वहाँ जीवन भीख और करुणा पर नहीं चल सकता।

## 5

स्वर्ग की सीढ़ियाँ—

मरघट में संध्या। एक शव की अंतिम लपटें बीभत्स छाया बुन रही थीं। दो-चार गंदे कुत्ते इधर-उधर घूम रहे थे। मुल्ला रस्सी में बँधी हँड़ियों को पानी से भर लाया और एक बुझी चिता पर पानी डालता हुआ, लकड़ी से राख कुरेद कर हड्डियों को बुझाने लगा।

एकाएक मुल्ला ने पुकार कर कहा—"देख तो, रात-भर पानी पड़ चुका है। मगर कसम कि अभी तक आग ठंडी नहीं हुई।"

वह हँस पड़ा।

भवानी ने दूर ही से पूछा—"किसकी लाश है?"

मुल्ला ने मुस्करा कर कहा—"आओ, पहचानो तुम।" उसने मिट्टी और राख को कुरेदकर थोड़ा पानी और डाला।

भवानी ने शांति की सांस छोड़ते हुए कहा—"चलो जल तो गई। बाप रे! डालू कहता था कि हवा-पानी ऐसा पहले कभी नहीं पड़ा। एक बार एक साधु अपने कपड़े उतार कर चला गया था। तब भी ऐसा ही तूफान उठा था।"

मुल्ला ने आश्चर्य से कहा—"डालू पक गया और जमादारी उसने यों ही तो की है। तभी लड़का मर गया।"

"अरे सो कोई मोल नहीं। उसकी भला क्या बात?"

मुल्ला ने इधर-उधर देखकर कहा—"टाल पर कोई नहीं है? क्यों? जा तो चंदा देख।" और पलटकर चिल्लाया—"अरे साले कुत्ते...हट तेरी..."

एक ढेला उठाकर मारा। भवानी टाल की ओर बढ़ गया। मुल्ला गुनगुनाने लगा—

*"मौत का एक दिन मअय्यन है*
*नींद क्यों रात-भर नहीं आती?"*

पीछे खाँसी की आवाज सुनाई दी। धूमिल-सा गंभीर वृद्ध, डालू, सफेद दाढ़ी, मुर्गी की दुमनुमा, चिकनी, मूँछें साफ। जुल्फें नदारद। बाल कटे व गालों की उठी हुई हड्डियां। गड्ढे में चमकती हुई आँखें। उसने खखार कर थूककर पूछा—"बूढ़ा फकीर कहाँ गया है?"

मुल्ला ने हाथ रोककर सिर ऊपर उठाया। कहा—"जमादार! आज तो वह कुछ नाराज सा था।"

"हाँ," डालू ने सिर हिलाकर स्वीकार किया—"भवानी ने उससे पूछ-पूछकर उसे कल नाराज कर दिया है। फिर भी कुछ कह गया है?"

"मैंने कहा था—बाबा बता दो। उसने कहा—क्या जानेगा बोल?"

"क्या के कितने हुए?"

मुल्ला ने खीझकर कहा—"सुनो तो कि इतने में किसन आ गया। फकीर बिगड़ गया उसे देखकर।"

"क्या बोला?"

"बोला—अबे जा नाली में एक हजार बार मुँह धो आ।"

"तब तो बिंदी लगा दूँ?"

"पहुँचे हुए फकीर हैं। हो जाए आधा साजा, बताने का बट्टा..." डालू ने कहा—"अच्छा, अच्छा। देख तो कौन आ रहे हैं?"

आगंतुक एक उदासीन व्यक्ति था। पास आकर उसने कहा—"क्यों जी, यहाँ गाड़ने की जगह है?"

"हाँ बाबू, जो कुछ है यही है।" और पुकार कर कहा—"किसन!"

जाँघिया पहने एक युवक सिक्ख टाल से निकल आया। उठती रेख मुख पर। गिट्ठा-सा। घिरघरी आवाज में उसने कहा—"क्या है?"

"ले जा," डालू ने कहा—"गाड़ने की जगह बता दे।"

किसन ने घरघराती आवाज में कहा—"आओ।"

डालू बैठ गया।

किसन आगंतुक को लेकर चला गया। मुल्ला ने उठते हुए कहा—"अच्छा तो फिर मैं चला।"

"कहाँ?" डालू ने टोका।

"जरा टाल का हिसाब देख आऊँ।"

उधर कीचड़ पर फावड़ा चलने की चीखती-सी ध्वनि आर्त्तनाद कर उठी। डालू ने कहा–"जा, भवानी से पीपल पर दीपक जलाने को कह दे।"

मुल्ला ने चलते-चलते हँसकर चिताओं की ओर इशारा किया और कहा–"अच्छा! इतने दीपक जल तो रहे हैं।"

डालू ने घूरकर देखा। क्षण भर चुप रहा फिर आवाज लगाई–"भवानी! ओ भवानी!!"

भवानी पास आ गया। पूछा–"जमादार, बुलाया था?"

"हाँ। तनिक बता दे वे कहाँ गाड़ने गए हैं?"

"उहाँ," भवानी ने उँगली से इंगित किया।

डालू ने देखा। कहा–"ओह! अच्छा तो रोटी बना ले भाई। मरघट में क्या धरम छोड़ना होगा? तू तो बिगड़ चला। मुल्ला के साथ ही खा रहा था परसों। राम! राम!!"

"क्या हो गया जमादार।" भवानी ने हँसकर कहा–"तुम घिस न गए, मैं घिस न गया। रहे वही के वही।"

"अबे चल रहने दे। मुझे यही बातें अच्छी नहीं लगतीं। कल ही ब्याह को मना करता था!"

"ब्याह किसलिए जमादार? अगर रोटी की कठिनाई हो तो बात है, वैसे तो..."

"हाँ, हाँ, मुझे ही शौक है न औरत रखने का? अरे देख लिहाज कर।" बूढ़े ने दाढ़ी पर हाथ फेरा। भवानी मुस्कराया। डालू कह रहा था–"तेरे भले के लिए ही कहता था।"

"क्यों जमादार?" भवानी ने कहा–"इस जिन्दगी के लिए एक डकैती करने की जरूरत पडेगी?"

"डकैती कैसी?" डालू ने चौंककर पूछा।

"बच्चों से कहना पड़ेगा, राम-रहीम अलग-अलग हैं। यहाँ तो मुझे कोई फरक नहीं लगता।" और उसने चिता की ओर इशारा किया।

"अरे सब फिजूल बक रहा है," डालू ने दृढ़ स्वर से कहा–"दो दिन की जवानी है, फिर झुक जाएगा। दो लकड़ी भी आड़ी-तिरछी न ठोंक सकेगा। तुझे यहाँ दुख मिलता है? मौत से डरता है? हम तो फूल चढ़ाते हैं पागल! भोले! औरत से डरता है?"

"मैं डरता नहीं। फिर भी तुम्हारी बातों से दहशत-सी जरूर होती है।"

डालू ठठाकर हँस पड़ा। मुल्ला वहीं आ गया। उसने कहा–"जमादार! मैं तो

इससे दीपक जलाने को कह गया था। इसी ने नहीं जलाया। कहता था जिसे भूत होना हो वही भूतों की सेवा करे।''

''अरे तूने ही बिगाड़ा है इसे।'' डालू ने सिर हिला कर कहा।

''लेकिन तुम हँसते क्यों थे?'' मुल्ला ने पूछा।

डालू ने हँसकर कहा—''शादी करने से डरता था।''

''क्यों रे?" मुल्ला ने भवानी से कहा—''शादी कर ले। यहाँ से जलाकर जाया करियो। दो पल हँसियो और फिर नई चिताओं के लिए तैयारी कर डालियो।''

''वही तो,'' भवानी ने मुसकरा कर हाँ में हाँ मिलाई—''ब्याह करके क्या होगा? आदमी पाप करके जाए, दुनिया को और पापी बनाने?''

''वह पाप नहीं है रे,'' डालू ने उपेक्षा से कहा—''क्या तू अपने कंधों पर दुनिया भर को सँभाले है? बड़ा प्यादा है न?''

''जमादार!'' मुल्ला ने सिर मटका कर कहा—''प्यादे से फर्जी हुआ टेढ़ा-टेढ़ा जाय।''

और मुल्ला और भवानी हँस पड़े।

''जमादार!'' मुल्ला ने फिर कहा—''इसने कभी औरत के दिल पर हाथ नहीं रखा। तभी ऐसा कहता है।''

''चुप गधे, सूअर,'' डालू बिगड़कर चिल्ला उठा—''अपने बाप से मजाक कर रहा है?''

''बाप रे,'' मुल्ला ने ताली बजा कर कहा—''मजाक कैसा?''

''मांस खा-खाकर तेरी अक्ल में चर्बी चढ़ गई है। तेरी भी कोई जात है जो...?'' डालू का क्रोध अभी शांत नहीं हुआ था।

''मेरी कोई जात नहीं।'' मुल्ला ने व्यंग्य से कहा—''और तुम तो बामन के साथ बैठकर खाते हो?''

''अरे मुल्ला,'' भवानी ने कहा—''जमादार पत्थर का है। इसका तो दिल कर्रा पड़ गया है। बाढ़ के जमाने में जब लोग मुर्दे को झटके में उछाल कर पानी में फेंक देते थे, मेरा तो दिल काँप उठता था।'' कहते-कहते वह सिहर उठा।

''अरे भली कही,'' मुल्ला ने कहा—''बुड्ढा जवान हो गया था। बिना देखे ही खुद मुँह में आग भर देता था।''

''किसी के मुँह में रे,'' डालू ने कहा—''मिट्टी में तू चूल्हा नहीं जलाता? कह न, डरता है? बक-बक लगा रखी है।''

उस समय किसन उसी व्यक्ति के साथ लौट आया। उसने फिर उसी घरघराती आवाज में कहा—''जमादार, काम हो गया।''

डालू उठकर खड़ा होते हुए बोला—''भगवान खैर करे। बाबू दुख न करो।''

और एक सूखी-सी हँसी उसके होंठों पर रो उठी।

व्यक्ति ने किसन की ओर देखकर कहा–"क्या..."

डालू के फैले हुए हाथ पर बटुए में से निकाल कर तीन आने रख दिए और किसन से कहा–"ऐ! जरा उनसे कहो नल पर चलें। कहीं नहाने का घाट है?"

डालू ने कहा–"बाबू अब और क्या कहें। आपकी मर्जी है।"

व्यक्ति ने एक आना और रख दिया। डालू ने झुककर सलाम की और कहा–"भगवान आपको यहाँ कभी न लाए। किसन!! अरे हाँ नल!! भैया पास ही है, नदी की धारा के किनारे ही।"

व्यक्ति चला गया। डालू भी टाल की ओर चल पड़ा। जब वह चला गया खुल कर बातें होने लगीं।

"अरे बड़ा काइयाँ है। मेरा दिल तो ऐसा नहीं है।"

"पेट का भाव है मुल्ला। सौदा कठिन है। इस बाजार में तो सभी को सुख मिलता है। यहाँ कौन नहीं आता।"

"अरे!" मुल्ला ने मुँह विकृत करके कहा–"ये वही है जो रेशम से सोने की जरी खोदकर निकाल लेता है।"

"जाने दो," भवानी ने कहा–"अपना-अपना ईमान है।"

उसी समय मुल्ला ने चौंककर कहा–"यह कौन है?"

मुड़कर देखा। डालू और एक आदमी। दोनों इधर ही आ रहे थे। फिर वे रुक गए।

भवानी ने कहा–"अरे यह तो कल उस बच्चे को दफना गया था न? वही तो है यह?"

"हाँ, है तो वही। कैसा मुरझा गया है?"

"क्या है?" भवानी ने उत्सुकता से कहा–"पूछें न?"

"अरे ठहर," मुल्ला ने कहा–"देख तो। डालू रो रहा है। बात क्या है? आदमी भी रो रहा है?"

भवानी विस्मित हो गया था। उसने धीरे से कहा–"कुछ खास बात लगती है। आज से पहले तो डालू कभी रोता हुआ दिखाई नहीं दिया।"

अभी वह देख ही रहे थे कि डालू आ गया। मुल्ला ने आगे बढ़कर दूर पहुँचे हुए उस आदमी की ओर इंगित करके पूछा–"क्यों जमादार! यह आदमी यहाँ फिर क्यों आया था!"

"मुल्ला! तू जीत गया। मैं हारा हूँ।" उसकी आँखों में पानी छलक आया था। "यह बच्चे कितना दुख देते हैं। पता भी नहीं पाते कि वे सदा के लिये करवट ले गये।"

हिचकियों ने उसके कंठ को अवरुद्ध कर दिया।

"आखिर बात क्या है?" मुल्ला ने विस्मय से आँखें फाड़कर पूछा—"कहो न?"

"कहता था, बच्चा बड़ा प्यारा था। देखा था किसन?"

किसन ने घरघराती आवाज में कहा—"याद नहीं पड़ता जमादार। कल तो कई बच्चे आये थे।"

"कल," डालू ने फिर कहा—"उसके घर में बच्चे की माँ को सपना हुआ कि बच्चा जिंदा हो उठा। सो आज वह यही पूछ रहा था। आह, ये बेदिल बच्चे! मैंने कहा—'बाबू! बहुत प्यारा होगा?' "

"तुमने जाना डालू जमादार?" मुल्ला ने कहा—"सबके दिल होता है। अरे मौत पर तो जानवर भी रो देते हैं।"

"धरम है मुल्ला। इन्हीं के लिये एक ब्याह, जैसे वे ही पुन्न है...सुरग की सीढ़ियाँ," भवानी के शब्दों में विक्षोभ फूट पड़ा—"जमादार! फिर तुमने क्या कहा?"

डालू ने कहा—"मैंने? वही कहा जो कह सकता था।"

सब उसकी ओर देख उठे। डालू अपनी जलती आँखों में शून्य दृष्टि लिये बड़बड़ा उठा—"भगवान किसी को बच्चे न दे। माँ-बाप को नरक ही भला हो।"

वह जोर से खाँस उठा।

**6**

मर्म की वेदना—डाक्टर का बच्चा जीवित नहीं हो सकता। यहाँ पर सब एक हैं। किन्तु यहीं जीवन का अंत नहीं है। मैं मरघट से पराजित नहीं हूँ।

*('47 से पूर्व)*

# गुलाम सुलतान

किले की एक बुर्ज के सामने की छोटी छत काई से काली हो चुकी थी। पीछे की ओर ऊँची-ऊँची डोरियाँ थीं जिनमें अलग-अलग सूराख बने थे। बुगरा खाँ धीरे-धीरे टहल रहा था। रात के घंटे बज उठे। बाहर बाजे बजने लगे। बुगरा खाँ चौंक उठा।

अरे! आधी रात बीत चली। उसने ऊपर देखा। तारे! क्या जाने यह हृदय का गीत? न जाने कितने वर्षों से निर्मम मूर्खों की भाँति घूम कर भी इनका वैभव टिमटिमाने से आगे नहीं बढ़ा। बहुत रोये, बहुत टूट गये। निरीह!

बुगरा खाँ हँस दिया। और फिर उसने मन ही मन कहा—ओह, आज की रात कितनी निस्तब्ध है। निःशब्द सा गहरा आकाश, सनसनानी वायु। किसी में भी इतना मोह नहीं कि क्षण भर ठहर कर प्यार कर ले। केवल दौड़, केवल दौड़... और एकाएक उसके मुँह में शब्द निकल पड़े—"अरे अभी तक नहीं आई?"

और एक-एक क्षण भारी हो चला।

न जाने क्यों आज हृदय इतना व्याकुल हो रहा है। किले में आज किसी के भी हृदय में शांति नहीं है। सब डरे-डरे से। क्योंकि सुलतान ने आज अपना पाँव रखा है। आज किले पर उनके स्वागत को नगाड़ा बजा था। आज विजय का भार उनके ताज का प्रकाश बनकर फैल गया है। और बुगरा खाँ कमला से भी स्वतंत्रता से नहीं मिल सकता। क्योंकि वह एक हिंदू है। इस्लाम का अनुयायी केवल अपने धर्म की स्त्री से प्रेम कर सकता है। क्योंकि बिना धर्म बदले मनुष्य के रूप में स्त्री भी स्त्री नहीं रहती।

वह हँस उठा। फिर नीरवता छा गई। एकाएक बुगरा खाँ चौंक उठा। एक हल्की पगध्वनि हो रही थी। उसने धीरे से कहा, "कौन? कौन है यहाँ?"

"मैं हूँ, शाहजादे।"

बुगरा खाँ ने व्याकुल स्वर से कहा—"तुम आ गईं कमल? मैंने तो समझा था कि तुम नहीं आओगी।"

"क्यों?"

"क्योंकि आज सुलतान आए हैं न! आज बंगाल फतह हो गया है। इसकी प्रसन्नता में हम-तुम छिप कर मिल रहे हैं।" और वह व्यंग्य से हँस दिया।

कमला ने दीवार से पीठ टेककर कहा—"आप नहीं जानते मैं कितनी छिप कर, बचती हुई, यहाँ आई हूँ। मुझे जल्दी ही लौट जाना होगा।"

"कमल, मन नहीं करता कि तुम मुझे छोड़ जाओ और मैं चुपचाप देखता रहूँ। तुम्हें देखकर मेरे हृदय की भयानक आग भी ठंडी हो जाती है। बहुत प्रयत्न किया कि तुमको भूल जाऊँ किंतु असफल रहा। कोई कहता था तुम शाहजादे हो। तुम्हें किसी की भी क्या कमी? स्त्री तुम्हारे गुलदस्ते का केवल एक फूल है। लेकिन मन ने स्वीकार नहीं किया। तुम्हारे सामने मैं सदा पराजित के रूप में उपस्थित हुआ हूँ," और उच्छ्वसित आवेश में बुगरा खाँ ने कमल के हाथ पकड़ लिए। अंधकार में हवा चलने लगी थी।

"आज आप इतने व्याकुल क्यों हैं? सुलतान तो यहाँ सदा नहीं रहेंगे। उनके चले जाने पर हम फिर स्वच्छंदता से एक-दूसरे से मिल सकेंगे।"

"लेकिन," बुगरा खाँ ने कहा—"मैं एक बात सोचता हूँ। वह मेरा हृदय भीतर ही भीतर खाये जा रही है।"

कमला ने उत्सुकता से पूछा—"वह क्या, शाहजादे?"

"तुम जानती हो," बुगरा खाँ ने कहा—"सुलतान एक कठोर प्रकृति के शासक हैं। फिर भी वह महमूद को जितना चाहते हैं उतना अपने इस छोटे बेटे को नहीं। मैं जन्म भर तुम्हें कभी भी विवाह करके सुखी नहीं कर सकूँगा। तुम अपने हिन्दू पिता की एकमात्र संतान हो। इसलिये तुम तो इस्लाम स्वीकार नहीं कर सकतीं। मैं हिंदू नहीं हो सकता। और मैं सुलतान का बेटा होने के कारण एक साधारण हिंदू स्त्री से विवाह नहीं कर सकता। तो क्या यह प्रेम कुछ दिन का छिपा हुआ पाप मात्र ही है?"

और विषाद से आर्त्त हृदय अपनी विवशता की घोर कचोट में हँस पड़ा। कमला पास आ गई। उसने शंकित स्वर से पूछा—"मैं सदा तुम्हारी हूँ मेरे खान। मैं तुम्हें चाहती हूँ, इसलिए नहीं कि तुम सुलतान के बेटे हो। किंतु एक बात पूछूँ?"

"पूछो, कमल।"

"क्या जीवन भर हम-तुम ऐसे ही एक-दूसरे से नहीं मिल सकते? मैं इससे नहीं डरती कि तुम विवाह कर लोगे और अपने सुख में सब कुछ भूल जाओगे। शाहजादा मुझे भूल जाये किंतु खान नहीं भूल सकेगा। मेरा प्रेम तुम्हें कभी भी नहीं भूल सकता। जीवन भर तुम मेरे सामने बने रहो, मैं तो दासी होकर ही सुखी हूँ।"

"उफ! तुम क्या कह रही हो! मैं सोच-सोच कर पागल हुआ जा रहा हूँ कमल, किंतु कुछ भी नहीं सुलझ पाता। जीवन भर हम एक-दूसरे से प्रेम करेंगे। आसमान

के तारे देखेंगे कि मैं तुझे कभी भी नहीं छोड़ूँगा।"

"अब मैं लौट जाऊँ? मुझे फिर छिप कर आना होगा।"

कमला भय से हाथ छुड़ा कर हठात् पीछे हट गई। उसके मुख से फूट निकला—"सुलतान!"

बुगरा खाँ स्तंभित-सा खड़ा रहा। सुलतान बल्बन सामने आ गया था। उसके खल्वाट शीश को देखकर लगता था कि वह धातु का बना है। पीछे ही अंगरक्षक फीरोज़ था।

सुलतान ने एक बार गूढ़ दृष्टि से कमला को घूर कर देखा और कहा—"मैं हूँ तुम्हारा सुलतान। चौंकते क्यों हो बुगरा खाँ? बूढ़ा हो गया हूँ न? रात को जल्दी नींद नहीं आती। इसी से सोचा कुछ घूमकर देखूँ। तुमने तो किले में कमाल का पहरा रखा है। इधर तुम न होकर मुझे कोई दुश्मन ही मिल जाता, तो क्या तुम अपने पिता को जीवित देख पाते?"

बुगरा खाँ ने सिर झुकाकर कहा—"सुलतान! किले में कोई बाहर का आदमी नहीं घुस सकता।"

"बाहर का आदमी," सुलतान ने मुस्करा कर कहा—"आज पत्थरों में नहीं, सुलतान के खानदान में घुस गया है।"

"मैंने आपका मतलब नहीं समझा।"

सुलतान बल्बन ने कठोर स्वर से कहा—"इधर आ लड़की। मैं तुझे देखना चाहता हूँ।"

कमला ने देखा, बुगरा खाँ सिर झुकाये खड़ा था।

"आओ!" स्वर फिर गूँज उठा।

कमला ने एक बार व्याकुल दृष्टि से देखा और फिर आगे खड़ी हो गई।

सुलतान ने फिर कहा—"तेरा नाम?"

कंठ अवरुद्ध हो गया। केवल कहा—"कमला।"

बल्बन ने मुड़कर कहा—"फीरोज!"

फीरोज़ ने झुककर कहा—"सुलतान!"

सुलतान ने सिर हिलाकर कहा—"लड़की निडर है। सुंदर है। पर मैं सोचता हूँ यह ठीक नहीं है।"

फीरोज़ ने उसी तरह कहा—"आपकी बात हुक्म बनती है।"

सुलतान ने उसकी बात पर कोई ध्यान न देकर बुगरा खाँ से कहा—"यह तुम्हारी कौन है बुगरा खाँ?"

बुगरा खाँ का सिर और झुक गया। वह कुछ भी नहीं कह सका। तब कमला ने सिर उठा कर कहा—"मैं इनकी दासी हूँ।"

''लेकिन," वृद्ध ने कहा—''सुलतान का बेटा दासी से अकेले में छिपकर तो नहीं मिलता। तुम अवश्य मुझसे छिपा रही हो। पर सुलतान बल्बन ने अपने उन्तालीस कट्टर दुश्मनों को मूर्खता से हराकर हिंदुस्तान की रक्षा नहीं की। सल्तनत में कोई ऐसा काम नहीं जिसे बल्बन नहीं जानता। इंसाफ के लिये मैंने कभी भी रियायत करना नहीं सीखा। निडर होकर मुझसे कहो, तुम किसकी बेटी हो?''

''जयपाल के पुत्र सामंत कुमारपाल मेरे पिता हैं।''

''जो,'' सुलतान ने वाक्य की समाप्ति के साथ ही वाक्य प्रारंभ कर दिया—''बीमारी के कारण मेरे बुलाने से मेरे हकीमों से इलाज करवाने को किले में पड़े हैं, और उनकी पुत्री उनकी यहाँ सेवा कर रही है। और तुम बुगरा खाँ! अपने माँ-बाप के दोस्त को मौत के बिस्तर पर पड़ा देखकर भी यही कर सके? धिक्कार है तुम पर।''

किसी की पगध्वनि सुनकर वृद्ध चुप हो गया। उसने कहा—''फीरोज़!''

फीरोज़ ने आगे बढ़कर कहा—''कौन है?''

उत्तर आया—''हैदर।''

अधेड़ व्यक्ति बलिष्ठ था। उसने झुककर सलाम किया।

सुलतान ने पूछा—''इस वक्त?''

''आपका हुक्म था। मैं अभी आपको जगाने गया था। लेकिन जासूस ने बताया कि आप यहाँ थे।''

एकाएक सुलतान ने काट कर कहा—''हम तुमसे खुश हैं बुगरा खाँ। किले के मालिक को सब पर आँख रखनी चाहिए।'' फिर कहा—''हैदर! बयान जारी रहे।''

''हिंदू सामंत मागंधपाल और उसकी बीवी बिंदुमती, दोनों को ही मैं गिरफ्तार कर लाया हूँ।''

वृद्ध सुलतान ने कहा—"शाहजादा सोच रहा है कि यहीं किसी को बुलवाने का कौन सा वक्त है। बुलाओ हैदर!''

हैदर सिर झुका कर चला गया। क्षण भर के लिये असह्य नीरवता छा गई। कुछ देर बाद मागंधपाल और बिंदुमती ने सुलतान को झुककर सलाम किया। सैनिक पीछे हटकर खड़े हो गये। हैदर ने धीरे से कहा—''सुलतान!''

बल्वन कठोर-सा खड़ा रहा।

हैदर ने कहा—''बिंदुमती और मागंधपाल हाजिर हैं सुलतान। वे आपकी आज्ञा की प्रतीक्षा कर रहे हैं।''

बल्बन ने कहा—''मागंधपाल, तुम राजभक्त हो। मैं तुम्हारी सेवा से प्रसन्न हुआ हूँ। आज तुमने बंगाली की बगावत का दमन करने में मेरी सेवा की है। मैं तुम्हें राजा बनाता हूँ।''

मागंधपाल का सिर झुक गया। जैसे वह आनंद और दुख की द्वंद्वभरी चोटों

को सहने में असमर्थ हो गया था। सुलतान ने उसकी व्याकुलता को देखा और वह कहता गया, ''लेकिन बिंदुमती! तुमने सोचा था कि रज़िया के बाद तुम ही सुलताना बनोगी। तुमने समझा कि तुगरिल खाँ सदा के लिये बल्वन को समाप्त करके सुलतान बन जायेगा। वह देखो।'' और सुलतान का हाथ दीवार की ओर उठ गया। फीरोज़ एक कदम आगे बढ़ आया।

बिंदुमती ने भयार्त्त नयनों से दीवार के छेद में से झाँका। बल्बन कहता रहा—''देख रही हो, उन मशालों की रोशनी में सूली पर टँग कर आदमी कितना सुंदर लगता है! वह है राज-दंड।'' जैसे बात दोटूक हो गई। बल्बन ने फिर कहा—''अपने स्वामी से विद्रोह करके कोई भी बचा नहीं रह सकता। आज तुम इन कुत्तों की मौत मरते इन्सानों को देखकर नहीं पहचान सकतीं कि कल ये बड़े-बड़े जागीरदार और राजा थे। लेकिन बिंदुमती! तुम्हारे पति को मैंने आज राजा बनाया है। और तुम?'' सुलतान का हाथ गिर गया।

बलिष्ठ मागंधपाल ने सिर झुका कर कहा—''सुलतान, वह स्त्री है। क्षम्य है।''

वृद्ध ने दृढ़ स्वर से कहा—''स्त्री होने से ही वह क्षम्य है ऐसा सोच कर तुम भूल कर रहे हो मागंधपाल। स्त्री तब स्त्री होती है जब वह चाँदनी रात में पुरुष के आलिंगन में होती है, स्त्री तब स्त्री होती है जब वह बच्चे को अपनी गोद में धर कर दूध पिलाती है, लेकिन स्त्री तब स्त्री नहीं रहती जब वह तख्त और ताज के प्रलोभन के लिये अपने पति को धोखा देकर, दूसरे व्यक्ति से अनुचित संबंध रख कर अधिकार, केवल अधि- कार के लिये, राजशक्ति के लिये, कूटमंत्रणा करके षड्यंत्र रचाती है। क्या तुम ऐसे व्यक्ति के लिये क्षमा की प्रार्थना कर रहे हो? आज तुम एक राजा हो। क्या तुम इसी प्रकार अपनी प्रजा से न्याय करोगे मागंधपाल? कल तुम्हारी पत्नी तुम्हें भोजन में विष मिलाकर देने का प्रबंध करेगी और तुम निर्जीव से कहोगे कि स्त्री होने से वह क्षम्य है।''

मागंधपाल निरुत्तर था। उसने कहा—''सुलतान से विवाद करके मैं स्वयं अपना विश्वास खो रहा हूँ।''

''तुम जानते हो,'' सुलतान ने पूछा—''इसका तुग़रिल से अनुचित संबंध रहा है?''

''नहीं सुलतान!'' मागंधपाल का स्वर काँप उठा। उसने मुड़कर कहा—''बिंदुमती! तुम? तुम?? उफ, सुलतान आपके पास कोई प्रमाण...''

किंतु वृद्ध ने काटकर कहा—''प्रमाण! सुलतान कभी प्रमाण नहीं देते। किंतु मैं तुमको फिर भी बता सकता हूँ। तुग़रिल और बिंदुमती आज से तीन दिन पहले इसी ठौर पर छिपकर इसी समय मिले थे।''

बिंदुमती मुँह ढाँककर रो उठी। मागंधपाल ने तड़पकर कहा—''और शाहजादा

आप, आपने कुछ नहीं कहा?''

सुलतान ने उसी स्वर से कहा—''शाहजादे उस समय किले के पश्चिमी बुर्ज पर अपनी इसी प्रेयसी कमला की प्रतीक्षा कर रहे थे।''

बुग़रा खाँ का सिर झुक गया। मागंधपाल का स्वर कंठ में ही भिंच गया। वह कुछ भी नहीं कह सका। फीरोज़ ने धीरे से कहा—''सुलतान! वक्त बहुत हो गया है।''

बल्वन ने कठोर स्वर से कहा—''आतुर न बनो फीरोज!''

फीरोज़ फिर पीछे हटकर खड़ा हो गया।

''हैदर,'' सुलतान ने कहा, ''वह कुत्ता पकड़ लिया गया? उसको ले आओ।''

हैदर ने कहा—''जो हुक्म।''

जब वह चला गया, सुलतान ने कहा—''शोक न करो मागंधपाल! स्त्री एक अस्थिर और चंचल वस्तु है।''

''सुलतान,'' मागंधपाल ने कहा—''मैं आपसे एक भीख माँगता हूँ। बिंदुमती को क्षमा किया जाये। मैं उससे प्रेम करता हूँ।''

''तुम मोह में फँसे हुए हो मागंध। वह स्त्री नहीं है, राक्षसी है। निर्बल और भीरु ही अंधकार की शरण माँगता है, आँख खोलकर वीरता से खड़ा होनेवाला योद्धा अंधकार से घृणा करता है मागंध!'' सुलतान का स्वर कठोर हो गया था। इसी समय हैदर ने सेवकों के साथ प्रवेश किया। रस्सियों से बँधा हुआ तुग़रिल खाँ उनके बीच में था। इस समय उसके हाथ खोल दिये गये थे।

हैदर ने बढ़कर कहा—''तुग़रिल खाँ हाजिर है सुलतान।''

"ठीक है। लेकिन तुमने उसे सुलतान की इज्जत करने की तमीज नहीं सिखाई।"

हैदर ने गर्व-भरे स्वर से कहा—''तुग़रिल खाँ! अभिवादन करो।''

तुग़रिल सीधा खड़ा रहा।

मागंधपाल ने कहा—''सुलतान, यह उद्दंड है।''

तुग़रिल ने सिर उठाकर कहा—''बगावत करके तुग़रिल खाँ लज्जित नहीं है। खोखरों और मंगोलों के छक्के छुड़ानेवाला अपने भुजदण्डों के बल पर बंगाले का सूबेदार बना था। जीतकर भले ही सिर नहीं उठाता, किंतु पराजित होकर सिर झुका जाये, तुग़रिल खाँ ऐसा कायर नहीं है।''

बल्बन ने गंभीर स्वर से कहा—''लेकिन तूने उसी हाथ को काटने का प्रयत्न किया जिसने तेरे मुँह में रोटी रखने की करुणा दिखाई थी। तू भले ही भूल जाये लेकिन मैं नहीं भूल सकता कि एक दिन बल्बन ने तुग़रिल को तलवार चलाना सिखाया था। और तूने उसी नाव में छेद करना चाहा जिस पर बैठकर तू लहरों की छाती फाड़ता आगे बढ़ रहा था?''

"तुम्हारा जीवन ही," तुग़रिल ने दर्प से कहा—"मेरे विद्रोह का कारण रहा है। मैंने सोचा था कि यदि तू एक गुलाम से सुलतान हो सकता है तो मैं क्यों नहीं हो सकता?"

"राजशक्ति प्राप्त करना कोई खेल नहीं है तुग़रिल," वृद्ध सुलतान हँस दिया, "सुलतान नसीरुद्दीन महमूद एक बालक था जब सुलतान इल्तुतमिश का स्वर्गवास हुआ था। बल्बन ने कभी अपने स्वामी पर प्रहार नहीं किया।"

"लेकिन तुम प्रतीक्षा कर रहे थे," तुग़रिल ने सिर हिलाकर कहा, "तुमने एक-एक करके अपने उन्तालीस साथियों को मरवा दिया और आज मेरे सामने यह ढोंग कर रहे हो कि तुम्हें राज्य का लोभ नहीं था?"

बल्बन ने सुना। वृद्ध के मुख पर एक भी विकार नहीं आया। उसने दोनों हाथ फैलाकर कहा—"बल्बन के अतिरिक्त उस समय कोई भी प्रजा को सँभालने में असमर्थ था। सुलतान नसीरुद्दीन महमूद ने एक दिन इसी बल्बन को राज्य से निकाल दिया था, किंतु उसी दिन उसी क्षण सल्तनत में जगह-जगह आग लग गई थी और आज तू बल्बन को अपने प्रलोभन के जाल में फँसा हुआ राज का लोभी कह रहा है।"

"लेकिन," तुग़रिल गुर्रा उठा—"मैं कायर नहीं हूँ।"

वृद्ध सुलतान अब के हँस दिया। उसने कहा—"और यह स्त्री जो सामने खड़ी है। उसका सतीत्व लूटना वीरत्व है? बालक और स्त्री को सोने की चमक दिखाकर पागल बना देना वीरता है? जुगनू की ज्योति को सूर्य्य का आलोक कहकर बहकाना साहस है? मागंधपाल!"

मागंधपाल उद्यत नहीं था। एकदम चैतन्य होकर उसने उत्तर दिया—"सुलतान!"

वृद्ध ने उसी ढंग से कहा—"क्या तुम उस सर्प को प्यार कर सकते हो जो तुम्हारे गले में फंदा डालकर तुम्हारे सिर को डसने का प्रयत्न करे? तुम्हारे कंठ में हाथ डालकर चुंबन करनेवाली स्त्री यदि वास्तव में एक जहरीला साँप हो तो तुम उसे क्षमा कर सकते हो? शाहजादा तुम्हारी करुणा और निर्बलता को प्रबल विजयी प्रेम कह सकता है, लेकिन बल्बन इतना मूर्ख नहीं कि साधारण झूठों में भुलाया जा सके। यही स्त्री जिसकी तुम प्राणभिक्षा माँग रहे हो, यही स्त्री जिसके अंगस्पर्श का सुख अभी तक तुम्हारे तन में ऊष्मा बनकर छाया हुआ है, यदि सफल हो जाती तो मेरे और तुम्हारे शव पर तुग़रिल खाँ की रखैल बनकर वैभव की चमक में नंगा नृत्य करती और विलास और मदिरा की झूम में न्याय का सिंहासन बंगाल की खाड़ी में डूब चुका होता।"

वृद्ध की बात प्रत्यक्ष थी। तुग़रिल सिर झुकाए खड़ा था। मागंधपाल ने स्वीकार किया—"आप ठीक कहते हैं सुलतान।"

"तुमने उस पर," सुलतान ने फिर कहा—"विश्वास किया, पर वह सुलताना बनने के लालच में तुगरिल के साथ व्यभिचार कर रही थी। तुम अपने हाथों से जिस पेड़ को सींच रहे थे, वह उसी पर कुठाराघात कर रही थी। क्या तुम फिर भी उसे क्षमा करने का अपराध करना चाहते हो?"

"नहीं सुलतान," मागंधपाल ने सिर हिलाकर कहा—"आपने मेरी आँखें खोल दी हैं।"

"तुम स्वयं राजा हो मागंधपाल। तुग़रिल ने मेरे विरुद्ध विद्रोह किया है, वह मेरी प्रजा है; बिंदुमती ने तुम्हारे खिलाफ बगावत की है, वह तुम्हारी प्रजा है। मैं तुग़रिल को मृत्यु से कम कोई दण्ड नहीं दे सकता और बिंदुमती का दण्डविधान तुम्हारे ऊपर छोड़ना मैं अपना कर्त्तव्य समझता हूँ। बोलो मागंधपाल, हैदर प्रतीक्षा कर रहा है। भोर होने से पहले ही मैं दोनों का न्याय कर देना चाहता हूँ।"

क्षण-भर मागंधपाल स्तंभित हो गया। उसने कहा—"मैं सुलतान..."

"तुम ही मागंधपाल," सुलतान ने स्वीकार किया, "तुम ही।"

बुग़रा खाँ ने आगे बढ़कर कहा—"बोलिये सामंत! आज आप राजा हैं, क्या अपने राजस्व को आप उस स्त्री के रक्त से प्रारंभ करना चाहते हैं जिसे आपने अग्नि की शपथ लेकर अपनी अर्द्धांगिनी बनाया था? जिसके सुख-दुख में आपने निभा ले जाने का वचन दिया था? यदि आप विद्रोह करते और वह राजभक्ता होती तो वह संसार का सबसे बड़ा पाप पतिद्रोह होता? सुलतान आपको आज्ञा दे रहे हैं, न्याय आपके शब्दों की प्रतीक्षा कर रहा है, बोलिये महाराज!!"

और मागंधपाल ने देखा कि बिंदुमती फफक-फफककर रो रही थी। उसने व्याकुल स्वर में कहा—"तुम रो रही हो बिंदु?"

"मुझे क्षमा करो स्वामी," बिंदुमती सिसक उठी—"मुझसे भूल हुई। उफ! यह मैंने क्या किया?"

"लेकिन तुम अपवित्र हो बिंदुमती," मागंधपाल का विचलित स्वर उठ गया, "अपने सतीत्व को तुमने सोने के लिए बेच दिया है।"

"मागंधपाल!" तुग़रिल ने गंभीर स्वर से कहा—"उसने भले ही अपना सतीत्व बेचा हो, तुम ऐसा कह सकते हो, किंतु तुमने सोने के लिए अपने आपको बेच दिया।"

"बोलो मागंधपाल," वृद्ध सुलतान ने धीरज भरे स्वर से कहा—"न्याय तुम्हारी आज्ञा के लिए व्याकुल हो रहा है।" कहते-कहते वह प्राचीर के पास जाकर खड़ा हो गया जैसे बाहर देख रहा था जहाँ उसके शत्रु शूली पर टँगे हुए थे।

मागंधपाल ने सिर उठाकर कहा—"उसे सूली पर चढ़वा दीजिये सुलतान! मैं उसे यही दण्ड दे सकता हूँ।"

बुगरा खाँ चिल्ला उठा—"महाराज!"

कमला काँप उठी। तुग़रिल की आँखों में चिनगारी-सी चमक उठी। सैनिक पीछे हट गये। स्वयं कठोर हैदर तक सिहर उठा किंतु सुलतान पाषाण की भाँति खड़ा रहा।

''नहीं, नहीं, शाहजादा,'' मागंधपाल ने हाथ उठाकर कहा—''मैं उससे डरता हूँ। यह स्त्री तुग़रिल से भी अधिक भयानक है। इसे मृत्यु से कम कोई दण्ड नहीं मिलना चाहिये।''

बिंदुमती जोर से रो उठी। उस समय सुलतान ने गंभीर गिरा से कहा—''शाहजादा सोच रहा है, तुम हार गये हो मागंध। लेकिन वास्तव में तुमने अपने झूठे मोह को ठोकर मारकर चकनाचूर करके न्याय के साथ न्याय किया है। मैं तुम्हारी प्रशंसा करता हूँ मागंध। प्रेम एक भूल है जिसके लिए सबको प्रायश्चित करना होगा। हैदर!!''

''सुलतान?''

''इन्हें ले जाओ!'' वृद्ध ने ऐसे कहा जैसे अत्यंत साधारण बात थी।

''ले चलो इन्हें।'' हैदर ने बंदियों की ओर इंगित किया और सैनिक बंदियों को घेरकर हैदर के पीछे-पीछे चले गये। मागंधपाल व्याकुल-सा देखता रहा। वृद्ध सुलतान ने मुड़कर कहा—''व्याकुल न हो मागंध। दूसरों के अधिकार छीनना पाप है, किंतु अपनों की रक्षा करना कोई पाप नहीं।''

''सुलतान...,'' जैसे मागंध का सोता फूल निकलेगा। और वृद्ध ने कहा—''तुम जाकर विश्राम करो मागंध।''

"देखा शाहजादे!" बल्बन ने अपने हाथ बाँधकर कहा—''तुम जिसे प्रेम कहते हो वह एक भूल है, एक तृष्णा है।''

''आप भूलते हैं सुलतान,'' बुग़रा खाँ ने निर्भीक उत्तर दिया—''प्रेम इन छोटे-छोटे बंधनों में सीमित नहीं रहता। वह इन क्षुद्रताओं से कहीं अधिक ऊपर है।''

''बुग़रा खाँ को अपने पिता की भूलों को सुधारने का अधिकार न प्रेम ने दिया है, न राज्य ने ही।'' और सुलतान ने रुककर कहा—''कमला!''

''सुलतान!'' कमला ने काँपते हुए उत्तर दिया।

''जाओ, अपने पिता की सेवा करो। जिस समय तुम्हारा बाप मर रहा है, बिस्तर पर तड़प रहा है उस समय तुम एक प्रेमी से आलिंगन कर रही हो? तुम्हें शर्म नहीं आती? जाओ! बल्बन तुम्हारे अपराधों को क्षमा करता है। आइंदा तुम कभी भी इस बेवकूफ से मिलकर अपने आपको बरबाद नहीं करोगी, जाओ।''

कमला के पाँव उठते हुए देखकर बुग़रा खाँ ने करुण स्वर से कहा—''तुम जा रही हो कमल?''

वृद्ध ने उसकी बात पर कोई ध्यान न देकर कड़ककर कहा—''मैं कहता हूँ लड़की तुरंत चली जा। कुमारपाल का मान मेरा मान है, वर्ना देख, बाहर देख...

''

कमला ने बाहर देखा। सूली पर टाँगी लाशों को देखकर उसने भय से चिल्लाकर आँखें बंद कर लीं। सुलतान ने कठोर होकर कहा—''जा और इस प्रेम को एकदम इसी क्षण भूल जा। सुलतान का बेटा जिस दिन स्त्री से छिपकर मिलेगा, उस दिन से तलवार सदा के लिए छूट जायेगी। जा!''

कमला चुपचाप चली गई। और सुलतान ने मुड़कर कहा—''मेरे अजीज! देख लिया स्त्री का प्रेम?''

बुगरा खाँ ने सिक्त स्वर से फुत्कार किया—''वह बालिका है।''

''और तुम,'' सुलतान ने व्यंग्य से कहा—''एक नाममझ बालिका को फुसलाने में अपना समय नष्ट कर रहे हो? सल्तनत तुम जैसों की शक्ति पर निर्भर है, बल्बन के पुत्र आज कायर हो रहे हैं?''

''नहीं, नहीं,'' बुग़रा खाँ पुकार उठा—''मुझे कुछ भी नहीं चाहिए। नहीं चाहिए मुझे तख्त, नहीं चाहता मैं यह हृदयहीन ताज, जहाँ न्याय के आडंबर में मनुष्य प्रेम नहीं कर सकता, केवल भय करता है...''

''बुगरा खाँ,'' वृद्ध ने मनुहार की—''तू मेरा पुत्र है। बल्बन कभी दिल का गुलाम नहीं था, तभी वह सुलतान हो गया। लेकिन तू सुलतान का बेटा होकर भी सिर्फ एक गुलाम है कायर!''

''मैं, मैं नहीं जानता मैं क्या हूँ। मुझे छोड़ दीजिये, मैं सब कुछ छोड़कर चला जाऊँगा।''

वृद्ध ने सुना। उसने कहा—''फीरोज!''

अंगरक्षक आगे बढ़ आया। वृद्ध ने फिर कहा—''मैं बहुत थक गया हूँ फीरोज़! ऐसा लगता है जैसे बहुत दूर से चलते-चलते मैं जर्जर हो गया हूँ।''

बुग़रा खाँ ने कहा—''सुलतान को याद रखना चाहिये कि मैंने बगावत की है। मुझे भी प्राणदंड मिलना चाहिये।''

''बुगरा खाँ!'' सुलतान का स्वर खिंच गया—''तू मेरा पुत्र है!''

''पुत्र,'' बुगरा खाँ हँसा। उसने कहा—''बस? सारा न्याय समाप्त हो गया?''

बल्बन ने सिर झुका लिया। उसने धीरे से कहा—''उफ! फीरोज़! मुझे यहाँ से ले चलो। बल्बन हवा से नहीं लड़ सकता। बुग़रा खाँ! मैं जानता हूँ कि तुम अपनी हार को भूल से अपनी जीत समझकर हँस रहे हो, लेकिन मैं तुम्हारी पराजय से ही हार गया हूँ...''

बुग़रा खाँ व्याकुल-सा सुलतान के पैर पकड़कर चिल्ला उठा—''सुलतान!''

उसे लगा पत्थर चटककर पानी ऊपर निकलने वाला था। वृद्ध ने काँपते हाथ को उसके सिर पर फेरते हुए कहा—''पुत्र!'' स्नेह से सिक्त स्वर से ही उसने फिर

कहा—"तूने पिता बल्बन से बगावत की है मेरे लाल! काश, एक बार सुलतान बल्बन से भी करता तो देखता कि बल्बन आज तक कभी नहीं हारा..."

पत्थर काँप कर और गहरा उतर गया था, कठोर, नितान्त कठोर... बल्कि चट्टान हो गया था। बुग़रा खाँ आर्त स्वर से कराह उठा। गुलाम वास्तव में सुलतान हो गया था।

*('47 से पूर्व)*

# समुद्र के फेन

साँझ की सुहावनी बेला में आकाश स्वर्ण की भाँति दमक रहा था। वायु अट्टहास करती हुई हाथ फैलाये हुए समुद्र की तरंगों पर दौड़ रही थी। जल हरहराता हुआ तीर पर वेग से चढ़ जाता। फेनों से बालू ढँक जाती। अनेक युवक-युवतियाँ फेन से खेलते उन्माद से ठहाके मार कर हँस उठते। लहरें झेंपती हुई पीछे लौट जातीं। आकाश की छवि छाया लहरों पर मुस्करा उठती, और वायु के थपेड़ों से जल क्रुद्ध हो फुफकार उठता।

तंगवल्ली तट पर अकेली ही बैठी उँगली से बालू पर चित्र बना-बिगाड़ रही थी। 'एक्वेरियम' (चलचरी) का। भीड़ का हल्का शोर गूँजता हुआ धीरे-धीरे उसके कानों में टकरा रहा था। उधर रेस्तराँ में लोग बैठे हुए 'मसाला दोशे' और कॉफी खा-पी रहे थे। उनके लिए जैसे जीवन एक मौज मात्र था। पर तंगम् को उन्हें उस तरह खाते-पीते देखकर उनसे घृणा हो रही थी। उसके हृदय में एक क्षोभ-सा भर रहा था। सहसा वह उनके अज्ञान पर धीरे से मुस्करा उठी। उसके गालों में गड्ढे पड़ गये, जैसे लहरें चक्कर मार कर ही स्थान पर दबती चली जाती हैं। जैसे जल का सारा वेग, समस्त गति का सौंदर्य एक ही केन्द्र पर रहस्य बनकर काँप उठता है।

तंगम् आज बहुत दिनों के बाद इधर आई है। उसने इसी वर्ष बी.ए. किया है। अपने गेहुए रंग के शरीर पर जब वह छपी हुई धानी साड़ी उत्तरी ढंग से बाँधकर आईने के सामने जाती है, तो उस समय वह अपने आपको ही शीशे में देखकर मुग्ध हो जाती है। उसे अपने रूप पर गर्व हो जाता है।

उसकी बुआ ने उसे अतीव लाड़ से पाला और पोषित किया है। बुआ की एक छोटी-सी जमींदारी है। एक काश्तकार को ही उन्होंने उसका मैनेजर बना दिया है। वही वक्त पर रुपये लाकर दे जाता है। उसी से सब कुछ होता है—निर्विघ्न, निर्विवाद।

तंगवल्ली देर तक वहीं बैठी रही। उसने देखा, उसके साथ हँसने-बोलने वाला कोई नहीं था। बुआ नहीं रहेंगी, तो संसार में वह नितान्त निरावलम्ब हो जायेगी।

तट पर अनेक युवक-युवतियाँ बालू पर दो-दो करके बैठे बातें कर रहे थे।

तंगवल्ली ने उन्हें देखा, और उपेक्षा से मुँह फेर लिया। ये लोग और कुछ नहीं जानते, न जानना चाहते हैं, बस प्रेम की छलना में डूबे रहते हैं!

जब अँधेरा घिरने लगा, तो तंगवल्ली उठी और सामने के कालेज के बाईं तरफ चल पड़ी। सड़क पर अनगिनती मोटरें खड़ी थीं—काली, नीली, लाल...

लेकिन उसने उधर ध्यान नहीं दिया। वह रुक गई, और ट्राम की प्रतीक्षा करने लगी।

बुआ का नाम था सुब्बलक्ष्मी। अधेड़ आयु थी। गालों पर झुर्रियाँ पड़ चुकी थीं। दो दाँत टूट चुके थे। पर नयनों में एक ऐसे स्नेह की अभिव्यक्ति थी कि देखकर सहज ही माता की ममता की अनुभूति होने लगती थी।

तंगम् भीतर घुसी। देखा, बुआ छत से लटके झूले की ओर सतृष्ण नयनों से देख रही थीं। तंगम् पास जाकर बैठ गई। बुआ चौंक उठीं, देखकर मुस्कराईं, और न जाने क्यों उनकी आँखों में अपने आप पानी छलक आया।

तंगम् ने कहा—"अत्तै! क्या हुआ?"

बुआ ने कुछ देर तक कुछ भी न कहा, चुपचाप उसकी ओर देखती रहीं। तंगम् उस दृष्टि का अर्थ कुछ-कुछ समझती थी। जब किसी युवती कन्या की ओर घर की बड़ी-बूढ़ी स्नेह से आँख भरकर देखती हैं, तो उसका अर्थ होता है, 'तेरा विवाह' होना चाहिये!

तंगम् लजा गई, पर उसने अनजान बनकर अपनी लाज को छिपा लिया।

बुआ ने कहा—"बेटी, तुझे मैंने अपनी बेटी करके पाला है। है न सच? तू भी मुझे माँ की तरह प्यार करती है न?"

तंगम् ने सिर हिलाकर स्वीकार किया। एक कोने में कुत्तीवलक्क (एक प्रकार के दीपक) जल रहे थे, जिनके प्रकाश में चमकते हुए फर्श पर पुरा हुआ कोलम (चौक) झिलमिला रहा था। अलगनी पर बुआ की सफेद साड़ी टँगी हुई थी। इस घर में अठारह हाथ की 'मड़शार' (रंगीन) साड़ियाँ केवल दो हैं। एक एक सौ पाँच रुपये की है। उस पर मूल्यवान जरी का काम हुआ है। दूसरी तीस-पैंतीस रुपये की है। तंगम् अंग्रेजी पढ़ी युवती है। वह इतनी लम्बी साड़ी का बोझ क्यों लादे फिरे?

बुआ के माथे पर विभूति लगी हुई थी। उसके ऊपर कैंची से कटे सफेद, काले छोटे-छोटे बाल थे, जिनको देख कोई भी स्त्री काँप उठ सकती है, क्योंकि विधवा होना एक भयानक बात है।

बुआ ने गद्गद होकर कहा—"बेटी, अब तू बी.ए. भी हो गयी। आज तक मैंने कभी तेरी मर्जी के खिलाफ कोई काम नहीं किया। क्या अब भी तू मेरी बात नहीं मानेगी?"

तंगम् समझ गई। उसने मुँह फेर लिया। इससे उसकी स्वीकृति थी, जिसकी

पृष्ठभूमि में नारी की युगान्तर की घर बसा कर रहने की प्रवृत्ति थी।

बाहर किसी के खाँसने की आवाज सुनाई दी। अधेड़ आयु के, आबनूसी रंग के अलगप्पा ने भीतर प्रवेश किया। वह एक धोती पहने था, जिसके आगे के भाग में किसी समय अच्छी जरी का काम होने का अनुमान-मात्र ही अब आभासित हो सकता था। शरीर पर एक कमीज थी, और अधिकांश मदरासियों की भाँति वह नंगे पैर ही था। सिर के पीछे मोटा चुट्टा था, और आगे से कुछ गंज आ जाने के कारण चौड़ी-चौड़ी विभूतियाँ लगी थीं, जिनको देखकर लगता था, जैसे गहरे आकाश में धुँधली स्वर्ग-गंगा प्रवाहित हो रही हो। उसके हाथों पर अत्यधिक बाल थे। नाटा होने के साथ ही वह स्थूल शरीर का था। उसकी आवाज मोटी थी, और वह बहुत जल्दी बोलता था। वही बुआ का काश्तकार और मैनेजर था।

बुआ ने प्रणाम-नमस्कार के बाद बैठने का इशारा किया। वह ऐसे बैठा, जैसे कोई भरा हुआ बोरा किसी ने लद्द से पटक दिया हो।

अलगप्पा बहुत बातूनी था। तंगम् को उसकी सूरत देखते ही कुछ बुरा-सा लगता था। वह उसे घोर मतलबी समझती थी। ये लोग कभी किसी के नहीं होते। अलगप्पा खेतों में काम करने वाले चमारों को अक्सर पिटवा देता था। तंगम् को उसकी यह आदत बिल्कुल पसन्द नहीं थी।

अलगप्पा की पत्नी का नाम आन्डालम्मा था। एक नम्बर की लड़ाकू औरत थी। घर बरबाद करने की ही दीक्षा लेकर उसने ससुराल में पाँव रखा था। जो जोर-जबर करके अलगप्पा घर में लाता था, उसे रईसी में आन्डालम्मा बरबाद कर देती थी। पर उसकी पुत्री भामा अतीव सुन्दरी थी।

बुआ ने कहा—"कहो भैया, घर में तो सब ठीक-ठाक हैं?"

अलगप्पा ने बात समाप्त होने के पहले ही कहना प्रारम्भ कर दिया—"तुम मेरी अत्तै नहीं हो, मालकिन, मेरी माँ के समान हो। तंगम् के फूफा मुझे बेटी करके मानते थे। अपनी औरत और पुत्र में भी कोई उतना स्नेह नहीं कर सकता। वह तो देवता थे, देवता!"

चोट ठीक पड़ी। बुआ की स्मृतियाँ उभर आईं। उनकी आँखों में पानी आ गया। अलगप्पा कहता गया—"घर तो नहीं बनेगा, माँ! वह जो डायन बैठी है, डायन!"

बुआ मुस्करा दीं।

तंगम् हँस पड़ी।

"सच कहता हूँ," उसने फिर कहा—"जो जैसे आता है, वैसे ही चला जाता है। अब भामा बड़ी हो गई है। वर की तलाश में हूँ। कोई कुछ माँगता है, कोई कुछ। समझ में नहीं आता कि क्या करूँ, क्या न करूँ। पास में एक धेला भी नहीं! और बहुत से तो कहते हैं—'लड़की कुछ पढ़ी नहीं है। कम से कम सेकण्ड फार्म

तक पढ़ी होती?' "

अलगप्पा ने एक लम्बी सांस ली, और उत्तर की प्रतीक्षा करने लगा। कोई कुछ नहीं बोला। बुआ अपने ही विचारों में तल्लीन थी। उन्होंने थोड़ी देर बाद गम्भीर स्वर में कहा—"अलगप्पा, तुम्हें तो सब मालूम है! नरसप्पा का पत्र आया है। रुपया माँगा है।"

तंगम् ने सुना। कुछ समझ में नहीं आया। उसने पूछा—"यह नरसप्पा कौन है?"

अलगप्पा ने कहा—"तुम नहीं जानतीं? अरे वह तो कभी इस घर का ऋण नहीं चुका पायेगा! तेरी बुआ ने ही उसे इतना बड़ा किया है।"

बुआ ने गर्व से तंगम् की ओर देखा, फिर कहा—"कुछ भी हो, अलगप्पा, पचास रुपये तो उसे भेज ही दो। वह भी तो अब अपना ही है।"

अलगप्पा ने पल भर अकचका कर आँखें उठाईं, जैसे वह कुछ विरोध करना चाहता था पर हठात् बुआ की ओर देखकर बोल उठा—"मालकिन, दिल तो आपने पाया है! एक आण्डाल है, जो घर की होकर घर को नहीं समझती, और एक आप हैं! सचमुच आप देवी हैं।"

और उसने उठकर एक लम्बा साष्टांग दंडवत किया। तंगम् कुछ उपेक्षा और तिरस्कार से देखती रही।

तंगम् के हृदय में भी उस अज्ञात युवक नरसप्पा के प्रति एक कौतूहल जाग उठा। कौन है वह जिसे बुआ इतना मानती है? कैसा होगा वह?

जैसा प्रकृति का नियम है, वैसा ही हुआ। युवती की दृष्टि में उठ कर सदा ही एक अनजान युवक का भी चित्र अत्यन्त सुन्दर होकर उपस्थित हो जाता है।

दूसरे दिन जब वह समुद्र तट पर गई तो उसके शून्य हृदय में जो एक चित्र था, किसी काल्पनिक सुन्दर युवक का, वह शीघ्र ही उसे भूल गई। उसकी उदास आँखें फिर बनती-बिगड़ती लहरों का खेल देखने लगीं। फेन से तट भर जाता था। फेन बिखर जाता था। फिर लहरें आकर उस पर छा जाती थीं।

उसने कालेज जीवन में भी कभी किसी लड़के से मित्रता नहीं की। उसे अपने चरित्र पर गर्व था। उसकी शून्यता भीतर ही भीतर उसको जब कचोटने लगती थी, तो वह दुख के भार से व्यथित होकर उपनिषद पढ़ने लगती थी। पर कुछ देर बाद ही कीट्स की 'एन्डिमियन' की कड़ियाँ उसके कानों में गूँज उठतीं। चन्द्रदेवी का उस गड़रिये के प्रति प्रेम उसकी निभृत वेदना पर लहरों के जाल की तरह छा जाता। वासना के उबलते फेन बनने-बिगड़ने लगते।

द्वंद्व के इस विषाद की छलना हमारे समाज का बंधन है, व्यक्ति का दासत्व है।

कभी-कभी वह सोचती, 'आज के साम्यवादी कहते हैं कि यह समाज आर्थिक बन्धनों पर टिका है। शोषण इसकी शक्ति है, और बलात्कार इसका धर्म।' फिर ये

विचार चले जाते। उसका अपनापन सत्य के भार को न सह सकने के कारण पंगु-सा हो, लड़खड़ा कर दयनीय हो उठता। मद्रास नगर का वह वैभव उसे ज्वाला के समान झुलसता हुआ लगता। वह चाहती थी ममता, स्नेह, प्यार।

घर आकर देखा, बुआ भामा को पास बैठाकर बातें कर रही थीं। भामा ने तंगम् को देखा और धीरे से मुस्करा दी। तंगम् भीतर से 'आनंद-विकटन' (तामिल की एक पत्रिका) ले आई, और पास ही बैठ कर तस्वीरें देखती हुई बातें करने लगी।

भामा ने कहा—"अत्तै! तंगम् का ब्याह कब करोगी?"

तंगम् हँस दी। उसने सिर उठाकर कहा-—"ओहो! तुझे मेरी बड़ी चिन्ता हो गई! कभी अपने बारे में भी सोचा? तेरे पिता तो तेरे पीछे पागल हुए जा रहे हैं!"

तंगम् के स्वर में व्यंग्य था। भामा को लगा, जैसे वह उसकी दरिद्रता पर हमला कर रही है। उसके हृदय से क्रोध आया जो विक्षोभ बन कर आँखों में मौन हो गया। तंगम् ने जो कहा है, इसीलिए न कि वह जमींदार है, घर भी उससे कहीं अच्छा है, उसका बाप उसी के यहाँ नौकर है, और खुद पढ़ी-लिखी है।

उसने कहा—"हमारा क्या, हम तो गरीब हैं। ब्याह नहीं कर सकते, क्योंकि हमारे पास दौलत नहीं है। किन्तु तुम तो ऐसी नहीं हो। लोग कहते हैं, जब लक्ष्मी के रहते सरस्वती भी आ जाती है, तो वह स्थान ठीक नहीं रहता।"

"क्या मतलब?" तंगम् ने भौंहें सिकोड़ कर पूछा। उसका नीचे का होंठ कुछ निकल आया।

भामा ने कहा—"यही कहती हूँ कि हमारे यहाँ बड़ी उम्र तक ब्याह नहीं होते, तो लड़कियों के लोग नाम धरते हैं। तुम भी तो स्त्री ही हो। क्यों, अत्तै," उसने मुड़कर कहा—"लोग क्या-क्या नहीं करते? मेरी तो बात ही और है। क्या तंगम् की कहीं बातचीत भी नहीं चली?"

तंगम् ने कुछ नहीं कहा। बुआ बोल उठीं—"हाँ-हाँ, चली क्यों नहीं? नहीं चली, तो अब चलेगी। चलाये से चलेगी कि अपने आप? तंगम् का ब्याह होगा, तेरा भी होगा। तू क्या हमसे कुछ अलग है?"

भामा ने लज्जा से सिर झुका लिया। पुरुष के प्रति उसका इतना स्नेह देखकर तंगम् को अच्छा नहीं लगा। वह उठ गई।

संध्या जब समुद्र के ऊपर से अपना रंगीन आँचल हटाकर स्नान के लिए वस्त्र उतारने लगी, तो तंगम् उठ खड़ी हुई। जाकर वहीं समुद्र-तीर बैठ गई। सैकड़ों व्यक्ति वहाँ थे, पर तंगम् को जैसे उन सबसे कोई सम्बन्ध नहीं था। आज तक उसके पीछे किसी कालेज के लड़के ने चक्कर नहीं लगाये। वह सुन्दर थी अवश्य, किन्तु उसमें आकर्षण नहीं था। तंगम् सदा ही ऐसे समझती रही है।

धीरे-धीरे सूर्य समुद्र की उत्तुंग लहरों को पकड़ने का अंतिम प्रयास करके

विफल-सा खिसक कर अंधकार में डूब गया। लहरें अधिक नील हो गईं। आकाश में तारे चमक उठे, जैसे मुँह खुलने पर उज्ज्वल दाँत चमक उठते हैं। उस बढ़ती हुई नीरवता में समुद्र की एकांत हहर उसके अंतराल में एक महान संतोष बनकर व्याप्त होने लगी। वह विमुग्ध सी बैठी रही देर तक।

घर आने पर तंगम् ने देखा, दीपक जल रहे थे। काश, यहाँ बिजली होती! शहर में रहकर घर में बिजली का न रहना उसे बड़ा बुरा लगा। अब वह अवश्य बिजली लगायेगी। बी.ए. तक बुआ की ममता ने उसे पढ़ाया था, उनके विचारों ने नहीं। तंगम् के स्नेह ने समाज के सारे प्रतिरोधों के बावजूद बुआ को उसे पढ़ाने के लिए विवश किया था।

भीतर झाँककर देखा, बुआ चुपचाप सो रही थीं। उसे विस्मय हुआ। अभी तो रात प्रारम्भ ही हुई है। चुपचाप भीतर जाकर वह कपड़े बदलने लगी। रसोई में जाकर देखा, केवल पौंगल (खिचड़ी) बनी रखी थी। वह खाने लगी।

बुआ का लेटा रहना अकारण नहीं था। उन्हें रोज शाम को धीमा-धीमा ज्वर आ जाता था। आज वह तीव्र हो गया था। उनके शरीर में पीड़ा हो रही थी। वह बिस्तर पर पड़ी थीं। उनके नयन अधमुँदे से, थके-माँदे से कभी-कभी खुल जाते थे। उन्होंने तंगम् की ओर देखकर कहा—''तंगम् बेटी!''

तंगम् ने पास आकर कहा—''सो रहो, अत्तै! तुम न जाने क्या-क्या सोचा करती हो?''

बुआ ने एक दीर्घ निःश्वास लेकर आँखें मीच लीं। उनके होंठ खदकते पानी की तरह काँप उठे, जैसे ममता का ताप बहुत बढ़ गया हो।

तंगम् ने उठकर देखा, घड़ी में एक बज रहा था। उसने अपने सिर को जैसे अनजान में ही हिलाया। उसी समय बुआ कराह उठीं।

बुआ के पास जाकर वह खड़ी हो गई, कहा—''अत्तै, वैद्य की दवाई खाते-खाते आज एक महीना हो गया, पर कोई लाभ नहीं हुआ। कहो तो किसी डाक्टर को बुला लाऊँ।''

बुआ के होंठ सिकुड़ गये। आँखें खोलकर उन्होंने एक बार स्थिर दृष्टि से तंगम् की ओर देखा। कहा—"बेटी, तू अंग्रेजी पढ़ी-लिखी है। मैं तो वही पुरानी गँवारिन हूँ। जन्म से आज तक तो कभी अंग्रेजी दवा खाई नहीं। अब खाकर भी क्या करूँगी? एक तेरा ब्याह करना था। उसी के लिये जीवित रहने की इच्छा थी। अन्यथा इस अभागिन विधवा से संसार को लाभ ही क्या है?''

तंगम् झुँझला उठी यह सोचकर कि उसके विवाह की समस्या न होती तो बुआ को जीवित रहने की वास्तव में कोई आवश्यकता न थी। फिर जैसे बुआ की अपने प्रति अगाध ममता से भरकर उसने कहा—''तुम बहुत अच्छी हो, अत्तै!''

अलगप्पा ने घर में प्रवेश करते हुए कहा—"अच्छी नहीं, देवी कहो, बेटी, देवी!" और पास आकर बैठते हुए कहने लगा—"अब तबियत कैसी है? बेटी तंगम्, अब तो मालकिन कुछ अच्छी हैं न?"

तंगम् ने निराश से सिर हिला दिया। अलगप्पा की आँखों के सामने जैसे एक काली छाया घूम गई। वह सोचने लगा, "बुढ़िया मर गई, तो? तंगम् अपना विवाह कर लेगी। फिर जमींदारी का क्या होगा?" यह सोचकर उसके दिल में एक डर समा गया। सिर हिलाकर उसने कहा—"तो भी कोई चिन्ता नहीं! भगवान सब अच्छा करेंगे! घबराहट से काम नहीं चलेगा। दवा तो वैद्य की ही हो रही है न?"

तंगम् ने कहा—"हाँ, उससे कोई लाभ नहीं हो रहा है। मैं कहती हूँ, डाक्टर बुला लें। पर अत्तै डाँट देती हैं कि तू लड़की है, कुछ नहीं समझती!"

"सो तो है ही!" अलगप्पा ने कहा। तंगम् एकदम चौंक पड़ी। अलगप्पा अपने फटे स्वर से कहता ही गया—"तुम क्या जानोगी, बेटी! रुपया क्या आसानी से आता है? आगा-पीछा सोचकर खर्च करना चाहिए। डाक्टर का क्या है? वह सिल मिलते ही उस्तरा तेज करने बैठ जायेगा!"

तंगम् अवाक् रह गई। बुआ ने करवट बदलकर कहा—"अलगप्पा, अभी तंगम् का ब्याह करना है। और कहीं मैं चल बसी, तो क्रिया-कर्म के लिये रुपया चाहिए। घर में डाक्टर आने-जाने लगे, तो क्या बच पायेगा उनसे?"

अलगप्पा ने हाँ में हाँ मिलाकर कहा—"बेटी तो अभी छोटी ही है, अत्तै! बी. ए. पास करके ही दुनियादारी हासिल हो सकती है? क्या करूँ, कुछ समझ में नहीं आता। ऐसे समय भी यदि मालिक के कुछ काम न आया, तो नरक का ही अधिकारी हूँ मैं! और मालिक भी साधारण मालिक नहीं! सचमुच यह पापी अलगप्पा तो नरक ही जायेगा। इसके लिए और कहीं कोई ठौर नहीं है। मन में बस मालकिन की ही लौ लगी रहती है। लेकिन वह जो घर में डायन है न! बस, जीवन है या..."

बुआ ने बीच में ही टोककर कहा—"ऐसा क्यों कहते हो, भैया? अपना-अपना स्वभाव और अपना-अपना भाग्य है। जो दूसरों को दुःख देता है, वह स्वयं भी कभी आराम से नहीं रहता।"

अलगप्पा चला गया। तंगम् दीपक जलाकर लक्ष्मी के सम्मुख बैठ, जोर-जोर से पाठ करने लगी। बुआ पड़ी-पड़ी सुन रही थी। तंगम् को इन बातों में तनिक भी विश्वास न था; पर आजकल उसके हृदय में एक भय की छाया समा गई थी, जिससे उसकी भावनाएँ निःशक्त हो उठी थीं।

दीपक के धुँधले प्रकाश में उसने देखा, बुआ के मुँह पर सूजन आ गई थी। वह जानती थी कि स्त्री के मुख पर बीमारी में सूजन आना कितनी भयानक बात है। वह काँप उठी। फिर एक बार हृदय की समस्त गति से शिव की प्रार्थना की।

उस सन्नाटे में तंगम् का मन डाँवाँडोल हो रहा था। अपने आगे उसे अंधकार के अतिरिक्त कुछ भी दिखाई नहीं देता था। बुआ के बाद जो संबंधी आज तक उनके डर से चुप रहे हैं, उनकी जबान पर से ताला हट जाएगा। अब भी तो समाज में स्त्रियाँ उनकी ओर घूर कर देखती हैं। उनकी दृष्टि में एक विद्वेष की भावना रहती है। पुरुष उसकी ओर घोर घृणा की दृष्टि से देखते हैं, जैसे लड़कियों का कालेज में पढ़ना कोई पाप है। तो क्या वह विवाह करेगी? किन्तु जाति वाले तो मुश्किल से उससे अपना संबंध करेंगे। फिर जब कोई सिर पर नहीं होगा, तो काम चलेगा? वह अपने आप अपना विवाह कैसे करेगी?

बुआ के मुँह से एक कराह निकली। तंगम् भय से काँप उठी। उसने बुआ का हाथ पकड़ लिया। देखा, उनकी आँखें मिच रही थीं। उन्हें पानी पिलाकर बड़ी देर तक देखती रही। उस समय उसके हृदय में एक भीषण आँधी चल रही थी। बुआ के नयन खुले, जैसे अँधेरे कमरे में दीपक जल गये हों।

तंगम् ने कहा—"अत्तै!"

बुआ ने फिर आँखें बन्द कर लीं। तंगम् और कुछ भी नहीं सोच सकी। रात के गहरे अंधकार में पड़ोस में रहने वाले वैद्य को बुलाने के लिए चल पड़ी, किन्तु हृदय आशंका से काँप उठा। वह बुआ को अकेले छोड़कर कैसे जाय? यदि इसी बीच में सब समाप्त हो गया तो संसार कहेगा कि जब बुआ मर रही थी तब तंगम् सैर करने गई थी। कोई सच बात का विश्वास नहीं करेगा।

उठा हुआ पग रुक गया। मन में आया, न जाय। किन्तु फिर हृदय में क्रोध ने सिर उठाया। कहने को तो यह संसार आ जाएगा, किन्तु इस समय जब बुआ बिना औषधि के सांस तक नहीं ले पा रही हैं, क्यों नहीं आता है कोई उसकी मदद को?

वैद्य ने आकर कोई दवा पेट में उतार दी, और अपनी फीस लेकर चला गया। तंगम् सिरहाने बैठी रही।

आधी रात का अंधकार जब आकाश और पृथ्वी के बीच अजगर की भाँति फुफ- कारने लगा, तो उसने देखा, बुआ फिर हिल उठीं। फिर उन्होंने तंगम् की ओर देखकर कहा—"बेटी, एक काम करोगी?"

तंगम् ने कहा—"क्या, अत्तै?"

बुआ ने कहा—"बेटी, मेरा अब कोई ठीक नहीं है। एक महीना भी जीवित रह सकती हूँ, एक घण्टा भी। और क्या जाने अभी..." वह थककर हाँफ गईं, और फिर धीरे-धीरे बोलीं—"बेटी, एक पत्र लिख दे। मैं बोलती हूँ।"

तंगम् ने कहा—"कल लिखा लेना, अत्त! ऐसा क्या जरूरी है?"

बुआ ने सिर हिलाकर कहा—"तू नहीं जानती, बेटी! तू अभी बच्ची है। चल उठ!"

तंगम् ने कोई विरोध नहीं किया। कलम-दवात लेकर बैठ गई। सोचने-विचारने की कोई आवश्यकता नहीं समझी। कहा—''अत्तै, तुम बोलती जाओ, मैं वैसे ही लिखती चलूँगी। हाँ, लिखवाओगी कैसे?''

बुआ ने कहा—''और कौन है, बेटी? वही नरसप्पा है। अब मैं सचमुच नहीं बचूँगी। तू अकेली सब कैसे सँभालेगी? नरसप्पा अनाथ बच्चा था। मैंने ही उसे पाला है। उसे रुपया भेजती रही हूँ। वह क्या अब भी आकर घर नहीं सँभालेगा?''

तंगम् ने कुछ नहीं कहा।

बुआ लिखाने लगीं—

''बेटा नरसम्—बहुत दिन से तू मेरे पास नहीं आया। आज इस दुख की घड़ी में और हमारा कौन है। तंगम् तो लड़की है। वह क्या-क्या करेगी? जमींदारी है, उसको भी तो सँभालना है। तू आ! सब कुछ तेरा ही है। मेरा क्या? मैं तो मरण-शैया पर पड़ी हूँ। तभी तंगम् से यह लिखवा रही हूँ। तंगम् का ब्याह कराना है। मेरे बाद तू ही उसकी देखरेख करेगा। तुझे मैंने अपना बेटा करके माना है। यदि तू भी नहीं आयेगा तो और कौन हमारा है? मैं तो अब बहुत दिन तक नहीं जिऊँगी...''

तंगम् लिखती रही।

बुआ ने अन्त में कहा—''बेटी, इसे कल ही डाक में डलवा देना। अब मैं सुख से मरूँगी।'' कहकर उन्होंने आँखें मींच लीं, जैसे बहुत थक गई हों। दीपक की ज्योति धुँधली पड़ चली। तंगम् ऊँघ गई।

प्रातःकाल तंगम् की आँख खुली तो पत्र उसने उसी समय उठकर बाहर सड़क के लेटर-बक्स में डाल दिया।

दिनभर बुआ निश्चल पड़ी रहीं। बहुत जोर देकर तंगम् ने उन्हें चार-पाँच चम्मच कंजी पिलाई।

रात और भी भयानक होकर आई। बुआ की सांस जैसे किसी आशा पर अटकी हुई थी। अकेली तंगम् चुपचाप भयाक्रांत हो देखती रही। दूसरे दिन जब सूरज बीच आकाश में पहुँच गया, तो द्वार पर कोई पुकार उठा—''अत्तै!''

बुआ ने आँखें खोल दीं। नरसप्पा आ गया था। तंगम् उठकर खड़ी हो गई। उसने देखा, आगन्तुक उससे आयु में कुछ अधिक था। गोरे रंग के साथ-साथ उसके मुख पर लावण्य भी था। वह बिलकुल साधारण कपड़े पहने था।

बुआ ने आँखें खोल दीं, और प्रसन्नता के मारे उनका गला अवरुद्ध हो गया।

तंगम् ने कहा—''अत्तै! मामा (दक्षिण भारत में लड़कियाँ अजनबी युवक को मामा कहकर सम्बोधित करती हैं। वहाँ मामा अपनी भांजी से ब्याह भी कर सकता है) आ गये!''

युवक पास बैठ गया। फिर मुड़कर तंगम् को देखकर बोला—''मालूम देता

है, तुम कई रातों से जागी हो। जाओ, थोड़ा सो रहो। जरूरत होगी, तो बुला लूँगा।"

और कोई ऐसा कहता, तो तंगम् तुरन्त अस्वीकार कर देती। किन्तु नरसप्पा की बात वह न टाल सकी। कमरे में जाकर वह लेट गई और थोड़ी ही देर में सो गई।

रात के एक बजे के सन्नाटे में किसी ने उसे हिलाकर जगा दिया। देखा, भामा पास में खड़ी है। घबराकर तंगम् ने उससे पूछा—"क्या है?"

भामा ने कहा—"सोने को बहुत समय मिल जायेगा, तंगम्। उठो न!"

"बात क्या है?" तंगम् ने चिंतित होकर कहा। फिर जाकर बुआ के कमरे में देखा, नरसप्पा, आन्डालम्मा और अलगप्पा निश्चेष्ट से बैठे थे। बुआ बिस्तर पर चेतनाहीन-सी हाथ-पाँव पटक रही थीं। दौड़कर तंगम् ने बुआ के पैर पकड़ लिए।

क्षणभर बाद ही एक भयानक कुहराम मच गया। आन्डालम्मा ने रो-रोकर छाती पीटना प्रारम्भ कर दिया। नरसप्पा सिर पकड़कर बैठा रहा। अलगप्पा दाह-क्रिया का प्रबन्ध करने में जुट गया। भामा अपनी माँ के दुख से विचलित होकर उसे सान्त्वना देने का प्रयत्न कर रही थी। तंगम् बुआ के पैरों पर सिर रखे रो रही थी। उसे कोई सान्त्वना देने वाला न था।

समुद्र में भयानक तूफान उठा था। पोत डूब चुका था। भग्न खंडों का सहारा ले अनेक यात्री अपने-अपने प्राणों की चिंता कर उत्तुंग लहरों पर हाथ-पाँव मार रहे थे।

पर तंगम् ने हाथ-पाँव नहीं चलाये। उसे जैसे जीवन का कोई मोह नहीं था। उसने अपने को छोड़ दिया उन कठोर और निर्मम लहरों की दया पर, जिनके आघात से उसका पोत डूब चुका था, जिस पर उसके अमूल्य मणिमाणिक लदे हुए थे।

रात के सन्नाटे में रोने की वह दर्दनाक आवाज डरावनी बन पड़ोस में फैल गई।

क्रियाकर्म की विषाद-कालिमा जब होम-धूम्र के साथ घर से उड़ गई, तो तंगम् ने देखा कि अब वह पहले से भी अकेली थी। उसका अब वास्तव में कोई नहीं था, दिन हो या रात अब वह कभी बाहर न निकलती, चुपचाप कमरे में पड़ी रहती। उसका हृदय भीतर ही भीतर कचोटता रहता। आँखों के सामने एक शून्यता छायी रहती, जिसमें प्रकाश की एक सी रेखा दिखाई न पड़ती।

नरसप्पा से उसकी कभी कोई बातचीत नहीं हुई, फिर भी वह उसे पसन्द करने लगी थी। उसके हृदय के न जाने किस अनजान कोने में उसकी छाया का भी अस्तित्व आ बैठा था, जिसे वह अकेले में स्वीकार करने को कभी भी तत्पर न होती। पहले ही दिन जो उसने उसे स्वाभाविक रूप से ही मामा कह दिया था, कभी-कभी यही सोच उसे एक लाज भी हो आती।

अत्तै की स्मृति ने उसे भीतर ही भीतर खा लिया था। जब उसकी आँखों के सामने बुआ की मातृ-ममता से भीगी आँखें नाच उठतीं, तो वेदना से उसका हृदय अपने सामने आप कराह उठता। उस सुनसान में घर की एक-एक ईंट अत्तै की याद

बनकर गूँज उठती।

बाहर कुछ खड़खड़ सुनाई दी। उठकर देखा, नरसप्पा और भामा बातें कर रहे थे। न जाने क्यों उसे यह अच्छा नहीं लगा। उसने घूरकर देखा, और तुरन्त सँभल गई। भामा उसे देखकर जैसे कुछ सकपका गई, किन्तु नरसप्पा वैसे ही खड़ा रहा।

तंगम् ने कहा—"कहो, भामा, आज कैसे आई हो? इधर कई दिन से तो दर्शन ही नहीं दिये?"

भामा ने कहा—"क्या करूँ, मालकिन? माँ को तो आप जानती ही हैं। पिताजी आपके ही काम में फँसे रहते हैं। मुझे घर के कामों से ही फुरसत नहीं मिलती।"

'मालकिन' शब्द तंगम् के दिमाग में एक अपमान का व्यंग्य बनकर बज उठा। उसने घूरकर उसकी ओर देखा, और अपने आप उसकी दृष्टि नरसप्पा की ओर चली गई।

भामा ने फिर कहा—"पिताजी ने मामा को बुलाने के लिए कहा था। इसी से आ गई थी।"

क्षणभर तंगम् ने नरसप्पा की ओर देखा, फिर मुसकरा कर भीतर लौट गई, जैसे उससे कोई मतलब ही नहीं।

शाम को नरसप्पा ने जाकर अलगप्पा का द्वार खटखटा दिया। भीतर से आकर भामा ने द्वार खोला। पलभर के लिए दोनों के नयन मिले। भामा ने मुस्कराकर कहा—"आइए! पिताजी भीतर हैं।"

नरसप्पा भीतर जाकर बैठ गया। अलगप्पा देखते ही चिल्ला पड़ा—"ओहो! बड़ी प्रतीक्षा कराई, भैया! अरी, भामा, कॉफी तो ला!"

जब वे लोग कॉफी पी चुके, तो भामा उन्हें छोड़कर चली गई।

अलगप्पा ने उसकी ओर देखा। भविष्य की आशा उसकी आँखों में एक चमक बनकर खेल गई। उसने कहा—"तुम्हें यहाँ आने से तंगवल्ली ने रोका तो नहीं?"

नरसप्पा ने नादान बनकर पूछा—"क्यों? वह क्यों रोकती?"

अलगप्पा ने धीरे से कहा—"तुम नहीं जानते, नरसप्पा! वह लड़की अच्छी नहीं है। मैं तो कुछ नहीं समझ पाता कि अब वह क्या करेगी। बुआ की मौत का सोच तुमको नहीं हुआ कि मुझको नहीं हुआ? लेकिन वह तो ऐसी बनती है, जैसे उसके अतिरिक्त किसी को भी बुआ से कोई सहानुभूति नहीं थी। कैसे हो सकता है यह, भैया? तुम्हीं बताओ, अत्तै के चरणों पर कौन न्यौछावर नहीं है? बताओ, नरसप्पा! मैं उन्हीं के अन्न से पला हूँ। तुम भी तो उन्हीं के पाले हुए हो। फिर क्या तुम यह सह सकते हो कि उनकी मृत्यु के बाद उनकी आत्मा का अपमान किया जाय?"

नरसप्पा सोचने लगा। किन्तु वह कुछ समझ नहीं सका। उसने कहा—"अपमान!

कैसा अपमान? तंगम् का तो विवाह मुझे कराना ही है।"

'कराना' शब्द सुनकर अलगप्पा जैसे जीवित हो गया। उसने उसके हाथ पकड़कर कहा—"तुम देवता हो, नरसप्पा, देवता! मुझे तो अपनी भामा की चिंता पड़ी है। मेरे भगवान्! ऐसा क्यों कर दिया तुमने? अब तो कुछ नहीं हो सकेगा? बेटी के ब्याह के लिए रुपया देना तो दूर, तंगम् शायद अब मुझे भी न रखे!"

नरसप्पा ने चौंककर पूछा—"क्यों? तुम्हें काम-काज के लिए नहीं रखेगी, तो कौन करेगा?"

अलगप्पा ने कानों पर हाथ रखकर कहा—"छिः-छिः, भैया! वह बी.ए. पास है। अलगप्पा तो अंग्रेजी का एक फूटा अक्षर भी नहीं जानता। वह नये जमाने की लड़की है। उसे क्या हम लोग पसन्द आयेंगे? इसीलिए तो सोचता हूँ भैया, कि शादी का रुपया तो दूर, हमें पेट के लाले पड़ने लगेंगे।"

नरसप्पा ने अलगप्पा को घूरकर देखा, और कहा—"यह नहीं हो सकता, यह कभी नहीं हो सकता! पढ़-लिख गई है, तो क्या हमारी ही छाती पर मूँग दलेगी?"

अलगप्पा ने हाथ हिलाये, मानो यह बात तो यों ही कट गई। फिर उसने कहा—"अब हम किसके अपने हैं, भैया? अपना करके मानने वाली तो चली गई। अब वह बातें कहाँ रहीं?"

नरसप्पा बोला—"नहीं, अलगप्पा, मेरा कहना वह नहीं टालेगी। मैं तुम्हें रुपया दिलवा दूँगा।"

"दिलवा दूँगा," कहकर अलगप्पा जोर से हँसा। उसके व्यंग्य को देखकर नरसप्पा का सोया हुआ अभिमान प्रतिशोध बनकर जाग उठा। उसने उसका हाथ पकड़ लिया। अलगप्पा कह रहा था—"भैया! तुम अभी जवान हो, तुमने दुनिया नहीं देखी। क्रिया-कर्म के अवसर पर तुमने नहीं देखा, तंगम् ने क्या उसी श्रद्धा से काम लिया, जो हमारी जाति की स्त्रियों में होती है? हर बात में मुझसे सवाल-जवाब करती थी कि इतना खर्च क्यों हुआ! तुम्हीं बताओ, क्या मैं चोर था? भैया, स्त्रियों को अधिकार मिलना ही पाप का मूल है। मेरी स्त्री को ही देखो! क्या छोड़ा है घर में?"

नरसप्पा ने हाथ छोड़ दिया और कमरे में इधर-उधर टहलने लगा। उसकी गति में एक प्रश्न था, उसके अंगचालन में एक आतुरता थी। उसने एक बार बढ़कर अलगप्पा के कन्धों को पकड़कर कहा—"तुम समझते हो कि वह मेरा कहना नहीं मानेगी?"

अलगप्पा जोर से हँस दिया। फिर उसने कहा—"जाने दो, नरसप्पा, जाने दो! मैं तो तुमसे कह ही चुका हूँ। लेकिन यदि तुम्हें विश्वास न हो तो जाओ, पूछ लो! वह तुम्हें भी अपने घर से चले जाने को कहेगी!"

नरसप्पा पीछे हट गया, जैसे किसी ने कसकर एक चाँटा जड़ दिया हो। अपमान

से उसका मुँह स्याह हो गया। वह चिल्ला उठा—''वह यह साहस नहीं कर सकती, अय्यर! वह यह साहस नहीं कर सकती! मुझे उसी की बुआ ने पाला है! और अंतिम समय में अपना समझकर बुलाया था। तुम समझते हो, तंगम् मुझे निकाल देगी?''

''निस्संदेह! मेरे साथ ही वह तुम्हें भी निकाल देगी!'' अलगप्पा ने दृढ़ता से कहा—''यों न जाओगे, तो धक्के मारकर निकाल देगी। निकाल देगी, क्योंकि उसकी जमींदारी है। वह अंग्रेजी पढ़ी-लिखी है। उसको स्वतन्त्र जीवन चाहिए। हमारे कायदे-कानून उसे पसन्द नहीं। हमारे रहते अन्याय चलेगा कैसे? इसी से वह हमें अलग कर देगी कि न रहेगा बांस, न बजेगी बाँसुरी!''

नरसप्पा उसकी बात सुनकर एकदम पागल-सा घूम गया। मुट्ठी बाँधकर पल भर कुछ सोचता रहा। फिर एकाएक मुड़कर बोला—''अय्यर, वह तुम्हें निकाल देगी, तो क्या तुम भूखे मर जाओगे?''

''और नहीं क्या करूँगा?'' अलगप्पा ने रुआँसा हो कहा—''मैं अब बूढ़ा हो गया हूँ। तुम्हारी तरह जवान होता तो कुछ कर भी लेता; किंतु अब तो शक्ति ही नहीं रही। फिर तुम्हीं बताओ, क्या करूँगा?''

नरसप्पा ने उसका हाथ पकड़कर निश्चय से कहा—''डरते हो, अय्यर? मेरे रहते डरते हो? मैं तुम्हारी पुत्री से विवाह करके तुम्हारे बोझ को हलका कर दूँगा और फिर तुम स्वतन्त्र हो जाओगे!''

अलगप्पा ने गद्गद होकर नरसप्पा के पैर पकड़ लिए, और उन पर अपना सिर भी टेक दिया।

''हाँ-हाँ! यह क्या करते हो, अय्यर?'' कहकर नरसप्पा ने उसे बड़ी कठिनाई से उठाया।

अलगप्पा कह रहा था—''परमात्मा के आँख नहीं हैं! अत्तै के स्थान पर तुम्हें न रखकर उस बदतमीज लड़की को रखकर उसने कितना बड़ा अन्याय किया है, यह तो हमारा ही हृदय जान सकता है।''

नरसप्पा सोच में पड़ गया।

कमरे का सन्नाटा अपने आप ही में घुट रहा था। तंगवल्ली उदास-सी लेटी थी। उसके दिमाग में कितनी ही बातें सागर की लहरों की तरह उठ-उठकर किसी अनन्त तृष्णा से तट की ओर भाग रही थीं कुछ पकड़ लेने, किंतु लहरें क्या तट को आलिंगन में बाँध पाती हैं?

तंगम् का मन उचाट हो गया। आज बुआ होतीं, तो क्या उसे अकेलापन इतना खलता? नरसप्पा, जिसमें उसका सब कुछ वह बाँध गई हैं, उससे इतना उदासीन रहता?

इसी समय उसे किसी की पगध्वनि सुनाई दी। थोड़ी देर बाद वह पदचाप

रुक गई। तंगवल्ली उन्मादिनी-सी प्रतीक्षा करती रही, किंतु कोई भीतर नहीं आया। वह कुछ देर चुपचाप पड़ी रही, फिर उठी। बाहर झाँककर देखा, नरसप्पा आकर चटाई पर लेट गया था। उसका मुख दीवार की ओर था। न जाने क्यों, हृदय में अपने आप कुछ कचोट उठी।

लौटने को पाँव उठाया, किंतु हाथ की अभागिन चूड़ियाँ बज उठीं। नरसप्पा ने मुड़ कर देखा और बोल उठा—"तंगम्!"

तंगम् को लगा, जैसे आज नरसप्पा की दृष्टि में वह हीन थी। मन ही मन एक विद्वेष की आग-सी दौड़ गई। फिर भी ऊपर से एक मुस्कराहट दौड़ गई, और गालों में गड्ढे पड़ गये।

नरसप्पा ने कुहनियाँ टेककर हथेलियों पर अपने मुँह को टिका दिया, फिर कहा—"तंगवल्ली, मैं कल सदा के लिये यहाँ से चला जाऊँगा।"

कहना चाह कर भी तंगम् कुछ नहीं कह सकी। केवल निगाह भरकर देखती रही। सचमुच नरसप्पा सुन्दर था, ऐसा सुन्दर कि बिलकुल उत्तरी लगता था। बी. ए. पास करके जो स्त्री के हृदय में संकुचित गर्व होता है, वही तंगम् को भीतर ही भीतर कुरेद उठा। इतने दिन से वह यहीं था, तंगम् ने कभी भी उसकी ओर नहीं देखा। आज जब वह जाने की कह रहा है, तब वह एकदम इतनी विह्वल क्यों हो गई?

नरसप्पा सन्नाटे से ऊब गया। उसने समझा कि तंगम् को कोई आपत्ति नहीं है। उसने फिर कहा—"कोई काम हो, तो मुझे बता दो। तुम्हारी बुआ बहुत अच्छी थीं। वह स्त्री नहीं देवी थीं। उन्होंने जीवन भर अपने लिये कुछ भी नहीं किया। तुम्हारे ही लिये वह सदा विकल रहीं। तुम उन्हें भूल न जाना!"

नरसप्पा तंगम् के नयन देखकर सहम गया। वह निश्चय नहीं कर सका कि वह भाव स्नेह का सुख था या घृणा का आत्मसन्तोष। किन्तु एकाएक वह हँस उठा। वह विजय की भावना की एक स्पष्ट गूँज थी।

तंगम् घृणा से अपने आप सिहर उठी। उसे याद आया, जब बूआ बीमार पड़ी थीं, उनका शरीर काला पड़ गया था, उस समय कोई आदमी ऐसा न था, जो वैद्य को बुला लाता। उस समय वह अकेली थी। रात की डरावनी अँधियारी में, जब बुआ का गला भर्रा उठता था, और वह भयानक रूप से कराहने लगती थीं, तब कहाँ था यह बुआ का सम्बन्धी, जो अब उसका दूर का मामा बनने का अधिकार जता रहा है? आत्मसम्मान का आघात जब मर्म पर पड़ता है, तो स्त्री में युगों का सोया हुआ गुलाम जाग उठता है।

उसने तीव्र स्वर में कहा—"बहुत कहा, मामा! कह चुके तुम, सुन चुकी मैं! किन्तु जिसने तुम्हें रिश्ता न होने पर भी खिला-पिला कर बड़ा कर दिया, उसे तुमने

बड़े होकर क्या दे दिया, जो मुझे ही सन्देह से देख रहे हो?''

''इसी की तो हविस रह गई है दिल में, तंगम्! इसी का तो पश्चाताप बचा रह गया है, जो हृदय को भीतर ही भीतर डस रहा है।''

तंगम् ने फिर प्रतिवाद किया—''गिरे दूध पर रोने से क्या होता है? जब समय था, तब तो तुम आये नहीं। अब वह मर गईं, तो सब सगे बनने लगे हैं।''

"पढ़ा कर उन्होंने तुम्हारा दिमाग खराब कर दिया, तंगवल्ली! किसने नहीं मना किया बुआ को कि मत पढ़ाओ, मत पढ़ाओ। मगर बेटी को बिना बी.ए. पास कराये उन्हें सब्र कहाँ था? तुम्हें क्या अब किसी की बात सुहाएगी? अपना-अपना भाग्य है। आन्डालम्मा के घर में क्या न था? मगर आज कुछ है?''

तंगम् तड़प उठी। आन्डालम्मा से उसकी तुलना! वह क्रोध से चिल्ला उठी—''बुआ का नमक खाकर ऐसी बातें कहते तुम्हें शर्म नहीं आती?''

''ओहो!'' कहकर नरसप्पा तनिक जोर से और किंचित् व्यंग्य से हँस उठा, ''बड़ा दर्द हो रहा है अब? ऐसा ही था, तो बुआ के साथ ही क्यों नहीं चली गईं? अब तो छाती फट रही है, मैं क्या उसका मतलब नहीं जानता? इस जमींदारी के पीछे जो ऐंठ है वह व्यर्थ है, तंगवल्ली। तुम कानून नहीं जानतीं शायद? कुटुम्ब में पुरुष के होते स्त्री को कुछ नहीं मिलता। जानती हो? बी.ए. पास करने से ही सब कुछ नहीं आ जाता। पढ़ी-लिखी सैकड़ों लड़कियाँ मैंने देखी हैं, जिन्हें न आचार आता है, न व्यवहार। फिर इसमें ऐंठ किस बात की? शहर में रहती हो, इसी से इतनी जीभ चलती है। किसी गाँव में होतीं, तो जाति से भी निकाल दी गई होतीं! गाँवों में लड़कियाँ घर सँभालती हैं। मगर बुआ ममता के जाल में असलियत देखना भूल गईं। पर अब तो वह सब मैं नहीं होने दूँगा। तुम कहोगी कि तुम्हें किसी की चिन्ता नहीं, क्योंकि तुम पढ़ी-लिखी हो, कोई नौकरी कर सकती हो, मास्टरनी बन सकती हो, किन्तु संसार जानता है कि नौकरी-पेशा औरतों का चाल-चलन ठीक नहीं रह सकता! मैं देखूँगा कि कैसे दूध की धुली हुई रहती हो!''

तंगम् कुछ समझ नहीं सकी। विक्षोभ के कुहरे में अव्यक्त स्नेह छिप गया। क्या कह रहा है यह व्यक्ति? कल तक अनजान था, आज अचानक कैसे एकदम मालिक बन गया? और अपने ही घर में तंगम् एकाएक पराई हो गई? केवल इसलिए कि वह स्त्री है! उसने विक्षोभ की आतुरता से नरसप्पा को देखा। वह निर्निमेष उसकी ओर घूर रहा था। तंगम् लकड़ी की तरह निर्जीव हो गई। समाज कानून की आरी लेकर उसे बीच से चीरता नजर आया।

उसने अपना सिर एक निश्चय से हिलाया, और गंभीरता से बोली—''नरसप्पा, इस घर में तुम्हारा कोई अधिकार नहीं! समझे? इससे पहले कि मैं तुमसे निकल जाने को कहूँ, यदि शर्मदार हो, तो अपने आप चले जाओ!''

नरसप्पा उठ खड़ा हुआ। उसने अपने अँगोछे को फटकार कर कन्धे पर रख लिया, और दृढ़ता से बोला—''तंगवल्ली, मुझसे कहती हो कि घर से निकल जाओ। लेकिन तुम यह नहीं जानतीं कि घर का उत्तराधिकारी अपने घर से निकल कर नहीं जाता! जो उसकी करुणा पर पड़े रहते हैं, उन्हें ही जाना पड़ता है!''

तंगवल्ली की आँखों के सामने एक बार गहरा अँधेरा काँप उठा। फिर अचानक ही वह हँस उठी। उसने कहा—''तो यह घर तुम्हारा है? बुआ के घर के टुकड़ों पर तुम पले हो कि मैं?''

नरसप्पा ने अविचलित स्वर में उत्तर दिया—''दोनों! किन्तु तुम स्त्री हो, मैं पुरुष। मेरा अधिकार पहला है। तुम्हारा मैं दूर का मामा हूँ, किन्तु बुआ का मैं भानजा हूँ।''

तंगवल्ली ठठाकर हँस पड़ी। उसने उसी उन्माद में कहा—"नरसप्पा को नशा नहीं करना था! और अगर शराब ही पीनी थी, तो पीकर भानजी के सामने नहीं आना था! समझे? तुम अपने को उनका भानजा कहते हो, लेकिन बुआ के भी कोई बहिन थी, ऐसा तो कोई नहीं जानता।''

नरसप्पा पीछे हट गया। उसने घूरकर कहा—''बेटी रानी की यह बात अजीब नहीं! उसकी माँ ही तो तंजाऊर की थी। तंजाऊर के लोगों को कौन नहीं जानता? लेकिन नरसप्पा ने घास खोदकर इतनी उमर नहीं गँवाई है! समझी?''

तंगम् क्षुब्ध हो उठी। कितना लोभी है यह युवक और वह अपने आप पर क्षण भर के लिये लज्जित हो गई। इसी का बाह्य रूप देखकर वह इतनी विह्वल हो गई थी, इसके प्रति उसके हृदय में सौहार्द जाग उठा था। एक पल के लिये उसने सोचा था, वे दोनों सदा के लिए बँध जाते।...किन्तु आज? यह नहीं हो सकता, क्योंकि सब कुछ होने पर भी आन्डालम्मा की बेटी का मामा मौजूद है। अब समझ में आया कि भीतर ही भीतर कैसी यंत्रणा भरी कुचक्र की छाया डोल रही थी। ये लोग आज से नहीं बहुत पहले से भीतर ही भीतर षड्यंत्र रच रहे थे। और आज सब ओर से किलाबन्दी करके वे उसे ही निकालना चाहते हैं। यह कभी नहीं होगा। इसी से नरसप्पा अब सदा के लिए यहाँ आना चाहता है। पापी! अब तंगम् कहाँ रहेगी?

भविष्य का अन्धकार उसकी आँखों के सामने गाढ़ा हो छा गया। एक-एक कर के समस्त छलना उसके सामने स्पष्ट हो गई। यह जो सुन्दर दीखता है, वास्तव में भीतर से विषधर से भी अधिक भयानक है। अवरुद्ध क्रोध के कारण तंगम् की आँखों में आँसू छलक आये, जैसे किसी ने उसके अभिमान को मुट्ठी में भरकर मसल दिया हो।

नरसप्पा इस परिवर्तन को देखकर बोला—''मेरे टुकड़ों पर पड़ी रहो, तो किसी गरीब से ब्याह करा दूँगा! नहीं तो किसी स्कूल में जाकर इज्जत बेचो! मैं बुआ का

उत्तराधिकारी हूँ। समझी? यह देखो।'' कहकर नरसप्पा ने जनेऊ में बँधी चाबी से सन्दूक खोलकर एक कागज निकाला, और उसे खोलकर तंगम् की ओर उठा दिया। फिर कहा—''देखा, यह क्या है? यह मृत्युशैया पर पड़े-पड़े मेरी बुआ ने मुझे लिखवाया था। मालूम देता है, यह तुम्हारा ही लिखा हुआ है!''

तंगम् ने देखा। एक जोर का चक्कर आया। सिर पकड़कर वह वहीं बैठ गई।

कमरे में नरसप्पा का वीभत्स अट्टहास दीवारों से टकराकर गूँजने लगा। तंगम् अब सचमुच ही नरसप्पा की दया की भिखारिणी थी। वह अट्टहास स्त्री के अधिकारों पर वज्राघात के कठोरवाद की भाँति तड़प-तड़प कर फैल रहा था। उस पैशाचिक विजय की कलुषित छाया में नरसप्पा ने देखा, तंगवल्ली मूर्छित पड़ी थी। एक बार उसने गर्व से उसकी ओर देखा और कागज मोड़कर जेब में रख लिया। एक विषाक्त मुस्कराहट उसके होंठों पर काँप उठी।

*('47 से पूर्व)*

# अधूरी मूरत

मैं जिस छोटी-सी दुकान में नौकर था वह शहर के उस हिस्से में बसी हुई थी जो बहुत ही पुराना था। बड़ी सड़कों की रौनक वहाँ घुस ही नहीं सकती थी; क्योंकि उनके लिए हाथ-पाँव फैलाने की कोई गुंजाइश ही नहीं थी। इसी से यह सोचना कोई कठिन काम नहीं है कि वहाँ कितने आराम-चैन से काम होता था।

मुहल्ला क्या था! एक जमाने में वहाँ के लोगों के सामने बड़े-बड़े मुसव्विर घुटने टेक देते थे। किताबों के ढेर में हिसाब लिखते-लिखते जब मैं सिर उठाकर बाहर देखता तो उस सामंतयुगीन नगर के पुरानेपन की वह स्नेहमयी सांत्वना मेरे हलचल से भरे हृदय में एक व्यक्तिगत संतोष बनकर उतर जाती। मुझे लगता यह उस जीवन का एक खंडहर है जिसके विषादों के ऊपर जिसकी ममता की एकांगिकता है, जिसके धुँधलके ऊपर किसी की प्रतीक्षा में जलते हुए दीपक का कोमल प्रकाश है, जिसकी दासता में भी सुहागिन का छोह-भरा प्यार है।

और फिर पत्थर की मूर्तियाँ बनानेवाले दस्तकारों का वह अथक परिश्रम? जैसे उस पृष्ठभूमि में एक बहुत ही करुण तन्मयता थी जिसकी विवशता हो जाने की इच्छामात्र का वरदान बनकर अपने आप ही पत्थर पर तेज आरी तनकर घिस-घिसकर काटा करती थी।

बूढ़ा हरचरन सामने ही बैठता। उसके दो जवान लड़के, एक दस-बारह बरस का नाती, बगल में कमरे के जंगले से बँधी गाय, जो कभी बैठकर जुगाली करती, या उठकर सानी में रह-रहकर मुँह चलाती। पत्थर, सफेद-मटमैले। हरचरन की सफेद दाढ़ी के बाल उसके वक्षस्थल को ढँक देते, सिर प्रायः गंजा हो चुका था और आँखों पर काले फ्रेम का चश्मा लगाकर वह चुपचाप पत्थरों की मूर्ति को आखिरी उस्तादी हाथ लगाता, लड़के मूर्तियाँ गढ़ते। नाती अभी केवल पत्थर ही काटता। उस घर में स्त्रियाँ भी हैं, छोटे-छोटे बच्चे भी हैं, जैसे गाय के साथ बछड़ा भी...और एक अनवरत धार-सा चलता यह जीवन, जैसे समय एक तेज आरी है जो जीवन के कठोर पत्थर को काट देती है और फिर मनुष्य प्रयत्न करके उन टुकड़ों को नवजीवन देने

का प्रयत्न करता है।

आज मुझे नौकरी करते अनेक दिन बीत गये हैं, मुझे अपने जीवन से उतना ही असंतोष है, जितना इस पथ को मोटरों का अभाव है। भेद है तो केवल इतना कि यह पथ जानते ही नहीं कि मोटर है क्या, और मैं दुर्भाग्य से कल्पना भी करने का आदी हो चुका हूँ।

वृद्ध हरचरन ने मुझे स्नेह से देखा था और कहा था—"जब मन करे तब चले आया करो बाबू।"

और मेरा दफ्तर, जिसे अपनी तपस्या का गर्व है कि वह भी संघर्ष के इस विराट चक्र से अपना दाँत गड़ाकर अपना अस्तित्व बता देना चाहता है... और हरचरन की वह दुकान जिस पर एक सुबह की किरन आती है, दिन-भर कमरे में रेंगती है और साँझ हुए भारी कोहरे में ऐसे छिप जाती है जैसे कपड़ों में कोई गोरा बदन लाज से लिपटकर मुँह छिपा लेता है।

बूढ़ा हरचरन पुकारकर कहता—"बाबू! क्या हो रहा है?"

"कुछ बना रहे हो?" मैंने उस दिन केवल बात बदलने के लिए पूछा।

"कुछ नहीं बाबू," वृद्ध ने उठकर आगे आते हुए कहा—"वह हैं न सक्सेना बाबू, अमरीकनों के दफ्तर में नौकरी कर ली है न? सो एक तस्वीर दे गये हैं कि ऐसी मूरत बना दो। किसी गोरे को देंगे। वह ही बना रहा था।"

उठकर मैंने देखा, तस्वीर अमरीका की प्रसिद्ध 'आजादी की मूर्ति' थी। हाथ में मशाल उठाये।

"बनाई कुछ?" मैंने पूछा।

"चेहरा तो बनाया है।"

देखा, वह मुख स्पष्ट ही भारतीय था। मैंने हँसकर कहा—"लेकिन चेहरा तो हिन्दुस्तानी है।"

वृद्ध अप्रतिभ होने लगा। मेरे मुख से निकला—"तो क्या हुआ? हिन्दुस्तानी आजादी की मूरत सही।"

वृद्ध ने सुना फिर धीरे से कहा—"लेकिन बाबू, यहाँ लेगा कौन?" शब्द मेरे कानों में वज्र की कड़क की भाति गूँज उठे। और एक कलाकार कह रहा था...!

दोपहर का वक्त था। जाड़े की धूप की वह नीरव तन्द्रा मध्यकालीन संस्कृति की मुझे बार-बार याद दिला देती थी। इसी समय मेरा ध्यान टूट गया। अजनबी के स्वर ने प्यासे दिल का तार छुआ। और गूँज झनझनाती हुई फैल गई। मैंने देखा, वृद्ध बैठा अपना सितार टुनटुना रहा था। दलित जाति के उस दरिद्र कलाकार को देखकर न जाने क्यों मेरा मन भीतर-ही-भीतर रो उठा। युगों की संस्कृति को किस राख ने ढँक दिया है आज जो उसके भीतर के शोले को बुझा देना चाहती है! किंतु

यह उस कंडे की आग है जो धूप में सूखकर कड़े हुए शरीर में तपिश बनकर समाई हुई है जो बुझेगी नहीं, नहीं बुझेगी, धुआँ देती रहेगी, सुलगती रहेगी।

सितार पर वह उँगलियाँ चल रही हैं। मुझे लग रहा है कि सामने रखा पत्थर का टुकड़ा अब शीघ्र गा उठेगा। और वृद्ध मग्न होकर गा रहा था—

*प्रभु मोरे अवगुन चित न धरो,*
*समदरसी है नाम तिहारो*
*चाहे तो पार करो...*

स्वर चढ़ता है, स्वर उतरता है। उस आरोहन-अवरोहन में न जाने मनुष्य की कौन-सी पीड़ा कसक-कसककर रो रही है कि मेरी इस नीरसता की आधुनिकता को आज भारत की युग-युग की संस्कृति आत्मा का रोदन बनकर बार-बार कँपा रहा है जैसे वृद्ध की उँगलियाँ उस तार को, और दोनों की वह अज्ञात पुकार शून्य के निर्मल प्रसार में धीरे-धीरे घुली जा रही है, मिली जा रही है।

मेरी आँखों के सामने उस शांति का भव्य चित्र खिंचता जा रहा है जिसमें अपनी सीमित तृष्णा ही सन्तोष बनकर दीपक के नीचे का अँधेरा बनकर सिमटकर रह गयी थी।

गीत रुक गया। वृद्ध ने मुस्कराकर कहा—"क्यों मियाँ करीम?"

एक मुसलमान हाथ में साइकिल लिये द्वार पर खड़ा था। हैंडिल पर दो थैले लटके थे।

आगन्तुक ने कहा—"वह तो खूब बिकी कल।"

"कौन सरस्वती?" वृद्ध ने सिर उठाकर पूछा।

"खूब बनाई है गुरु," करीम ने कहा—"कल तो आफताब साहब भी फड़क उठे देखकर। पहले कहा करते थे कोई मुसलमान मूरत लाओ क्या रोज-रोज हिन्दू मूरत ले आते हो। गुरु, मैं कहता था कि मुसलमानों के यहाँ रिवाज ही नहीं है। और फिर पत्थरों में क्या हिंदू, क्या मुसलमान..."

वृद्ध गर्व से मुस्कराया जैसे उसके हाथ में पत्थर भी किसी संस्कृति का द्योतक है। मैंने अनुभवमात्र किया। नहीं जानता वृद्ध क्या सोच रहा था। उसने धीरे से कहा—"करीम मियाँ! यह हवा बढ़ती जा रही है। हम तो ताजमहल भी बनाते हैं। सोचते ही नहीं कि यह किसी मुसलमान जगह की मूरत है।"

करीम ने कहा—"बकने दो गुरु! करीम को तो हिन्दू मूरत पैसा देती हैं।"

"और," वृद्ध ने हँसकर कहा—"न कहोगे हरचरन ताज पर पलता है?"

दोनों हँसे।

"तो," करीम ने सोचते हुए कहा—"तीन और देना वैसी।"

वृद्ध ने नाती की ओर देखा। नाती उठा। तीन सरस्वती की छोटी-छोटी मूर्तियाँ

निकाल लाया अलमारी से। करीम ने उन्हें सहेजकर थैले में रख लिया और कहा—"फिर मिलेंगे इन्शा अल्ला..."

वृद्ध ने सितार फिर उठा लिया और गा उठा—

'समदरसी है नाम तिहारो...' गीत अपने आप में पूर्ण है, क्योंकि मन की अतृप्ति उसका आधार है क्योंकि जो टीस है वही रागिणी है, जो गूँज है वही उसका प्रसार है...

एक नदी है, एक नाला है जिसमें मैला नीर भरा है, किन्तु जब दोनों मिल जाते हैं, तब उनका नाम सुरसरि धार पड़ जाता है...

और मेरे अतीत की वह आत्मविह्वलता आज विश्वास बनकर गरज उठना चाहती है क्योंकि वह मनुष्य की उस सतह की बात है जहाँ मनुष्य अपने संकोचों में पड़कर मनुष्य से मनुष्य की तो क्या, अपने सम्बन्धों में आये पत्थर तक से घृणा नहीं करता, क्योंकि दोनों के मनुष्यत्व को कायम रखनेवाली रोटी का सवाल है... भूख के सम्राट के अश्वमेध को रोकने का युद्ध है...

मैंने एक अँगड़ाई लेकर अपनी उदासी को दूर करने का प्रयत्न किया। वृद्ध उस समय गम्भीर होकर कुछ सोच रहा था। उसकी उस भव्य आकृति को देखकर मुझे कुछ क्षण के लिए मनुष्य की केवल एक झलक दिखाई दी, जिस सिर को काटकर थाल में रख दिया जाये तो पता भी न चले कि यह किसी प्राचीन ऋषि का है, या किसी प्रेम-विह्वल सूफी का, या मनुष्य की अपराजित चेतना के प्रतीक गुरुदेव का...

सामने वही अधूरी मूरत रखी है। वही भारतीय मुख है। धीरे-धीरे ऊपर उठा हाथ बनता जा रहा है। एक दिन इसमें मशाल बन जायेगी और फिर आजादी की यह मूरत...

किसी ने कहा—"बाबू!"

देखा, एक औरत है। लेकिन मन नहीं किया देखने को। उसकी जवानी उसकी बाढ़-सी वृद्धावस्था के हाथों में एक धरोहरमात्र है जैसे महाजन के पास किसान का वह खेत, जो हैं किसान के ही नाम लेकिन जिनकी फसल पर उसका अपना कोई अधिकार नहीं है।

वह पैसा माँग रही है, देख रही है, इधर-उधर किसी को न पाकर जैसे मेरी जवानी पर रहम खाकर मुस्करा रही है, फिर माँग रही है, किन्तु कोई उत्तर न पाकर चली जा रही है, वैसी ही जैसे कि यहाँ कहीं से इस तरह, या किसी की ठोकर खाकर, गाली खाकर चलती चली आ रही है और आने-जाने की मेहनत पर आत्म-सम्मानहीनता का मुलम्मा चढ़ाने के कारण ही जिसके पेट के भीतर की साँपिन को रोटी नाम का वह जहर मिलता है जिसको चर के, निगल के वह फुंकारती है और इन्सानियत के घमण्ड करनेवालों की सभ्यता पर बार-बार फन मारती है, पटकती है।

चलते-चलते उसका हाथ उठ रहा है, वह उसकी ओर दिखा रही है जिसके लिए पूर्वजों ने लिखा था कि वह हर जगह है लेकिन वास्तव में जो कहीं नहीं है। उसका वक्षस्थल खुल गया है क्योंकि कपड़े उसके शरीर को जीवितावस्था में भी नहीं ढँक सकते जैसे कि मुर्दों को कफन...

और वह, मुझे लगा जैसे वह भी हाथ में मशाल उठाये एक अधूरी मूरत थी जिसको लेने को कोई तैयार न था क्योंकि इसके भी एक भारतीय चेहरा था...

मैंने देखा। वृद्ध ऐसा बैठा है जैसे वह किसी घोर चिन्ता में पड़ गया है। उसके सफेद बालों पर धूल का एक छोटा सांधे में से छनता गोला चमक रहा है। लड़कों के पाँव घुटनों तक पत्थर के बुरादे से सफेद हो चुके हैं, नाती का मुँह तक सफेद लग रहा है और सामने अधूरी मूरत रखकर कलाकार कुछ सोच रहा है, कुछ देख रहा है और न वह कुछ सोच ही पाता है, न देख ही; क्योंकि वह शायद भूल गया है कि उसे पत्थर काटना है, पिघलाना नहीं है, गलाना नहीं है...

साँझ हो गई थी। मैं बस्ती के पिछवाड़े के एक तालाब के पास की छतरी में बैठा था। देखा बूढ़ा, हरचरन साँझ की उठती धूलि में धीरे-धीरे पत्थर की उन दसियों बरस पुरानी सीढ़ियों पर टहल रहा था। उतरते अंधकार में पीछे बसे कुम्हारों के कच्चे मकानों के छप्परों में छन-छन करता सा धुआँ मिलकर सारे गगन को उदास-उदास-सा कर देता था। बगल में एक फूल-वाटिका है ऐसी जैसी राजपूत-मुगल मिश्रित चित्रकला का कोई नमूना हो, जिसके बीच बारहद्वारी, एक शिवालय, एक कुआँ और फिर उसमें कोई एकांत बस्ती तालाब का पानी गँदला है।

वही भिखारिन वहाँ चुल्लू से भर-भरकर पानी पी रही है। इस समय वह एक आवारे के साथ है जो उसे बच्चे के रूप में शायद भीख माँगने का एक नया बहाना रात उतरते ही सीढ़ियों पर ही दे जायेगा और भिखारिन समझेगी कि इक्के वाला सिर्फ दुअन्नी दे गया है, बाकी तो सब परमात्मा की देन है।

मैंने देखा, वृद्ध उन्मन-सा घूम रहा था। मैंने कहा—"क्यों गुरु, कैसी रही?"

वृद्ध ने मुझे चौंककर देखा। कहा—"बदल गया बाबू। जमाना उनके हाथ नहीं रहा जिन्होंने उसे पाल-पोसकर इतना बड़ा किया था।"

मैं नहीं समझा। वृद्ध छतरी पर आ बैठा। उस प्रशांत सन्ध्या की नीरवता में पक्षियों की लौटती गुंजार का कलरव, फिर अनन्त आकाश के प्रसार का वह दाहक सूनापन, और अंधकार के थपेड़ों में काँपता निस्वन प्रकाश—जिसके सामने वह भव्य वृद्ध, जिसकी उदासीनता युग की दुरूह उलझन के समान मुझे ही विह्वल कर उठी जैसे एक दिन नचिकेता यम के सामने उस जीवन और मृत्यु के प्रश्न करते समय अपने भावों से व्याकुल हो उठा होगा।

वृद्ध ने कहा—"एक दिन हम इसी ताल पर खेले हैं, यहीं जवानी में हमने

भंग घोटी है, देवी के पाठ किये हैं, नौटंकियाँ हुई हैं। जब यहाँ चाँदी की पाड़ें बाँधी थीं, रात-रात-भर भगत होती थीं...''

और एक दीर्घ निःश्वास।

''कहाँ गईं वे सब गुरु?'' मैंने पूछा।

''कहाँ गई?'' वृद्ध ने धीरता से कहा, ''वही तो तुम नहीं समझ सकते बेटा। वह तुम्हारे पैदा होने के पहले ही गोरा मालिक ले गया। तुम तो कीचड़ में पैदा हुए हो...''

मुझे लगा जैसे मैं उस गन्दे जल पर भनभनानेवाला केवल एक मच्छर हूँ और वृद्ध वह पुराना पेड़ है जो अपनी अनेक जटाओं को लटकाकर जल पर छा रहा है।

''वह दूर कैसी रोशनी है?'' वृद्ध ने पूछा।

''वहाँ आज कोई नेता जेल से छूटकर आये हैं। सेठ ने दावत दी है।'' मैंने कहा।

''मगर सेठ तो लड़ाई के एक ठेके से लाखों कमा गया। अच्छा ही है। बड़े नेता पैसेवालों को ढूँढ़ रहे हैं। जो पैसे देगा वही ताकत पायेगा।''

मैंने देखा, बूढ़ा एक बहुत बड़ा सत्य कह रहा था। लेकिन मन नहीं माना। नेता तो हमने बनाया है। सेठ तो कल सरकार के साथ था, मुँह से लड़ाई की निन्दा करता था छिपकर, रुपये कमा रहा था लड़ाई के बल पर, खुलकर हमीं तो कल भी नेता के लिए तड़प रहे थे। नेता हमारा है, आज तक हमसे लिया है। फिर ले ले। आज तक हमने अपना खून दिया है। आज हड्डियाँ देने को तैयार हैं। सेठ तो वह नफा देगा जो उसने मजदूरों का पेट काटकर बचाया है, चोरबाजारी करके निकाला है। हम पैसा देंगे, हमारी सरकार बनेगी।

वृद्ध ने फिर कहा—''बाबू! दिन बड़े खराब आ रहे हैं।''

मैंने कहा—''गुरु, बुरा न मानना। जब से होश सँभाला है तब से बुजुर्गों को यही कहते सुना है। न जाने अच्छे दिन कब आएँगे?''

वृद्ध ने अन्यमनस्क होकर कहा—''यही तो रोना है कि अब वे शायद कभी नहीं आएँगे।''

मैंने देखा, आकाश और पृथ्वी, पेड़, छतरी, ताल, मैं, वृद्ध सब अंधकार में डूब गए थे। सबको जैसे समदरसी ने एक कर दिया था। किन्तु कैसी साम्राज्यशाही-सी है यह समदरसिता जिसके लिए इतने अन्धकार की आवश्यकता है। क्यों हम अभी तक केवल एक मैला नीर-भरा नाला हैं...क्या हमारा नाम कभी भी सुरसरि नहीं पड़ेगा, क्या सदा ही जीवन ऐसे विभक्त होकर बहता रहेगा?

और फिर कुम्हारों की बस्ती से किसी औरत के रोने की आवाज। वह आवाज ऐसी चौंका गई जैसे एकदम अन्तराल में काँप कर दीपक फक करके बुझ जाये और

मनुष्य को लगे कि वह आकाश से पृथ्वी पर गिर गया है।

मैंने कहा—"गुरु, कौन रोती है?"

"वही होगी," वृद्ध ने विचलित स्वर से कहा—"मुलुआ की माँ! मुलुआ कटौती के खिलाफ मिल के हड़ताली मजदूरों में था न? आज पुलिस ने गोली चलाई। जख्मी हुआ था। मर गया होगा।"

जैसे यह मौत का वर्णन उस घोर विवशता का दूसरा रूप है जिसे क्लाइव और वारेन हेस्टिंग्ज की देशभक्ति कह-कहकर गोरे हर्ष से ताली पीटते हैं।

मैंने देखा। पूछा—"पुलिस को बुलाया, आपस में समझौता नहीं किया? इससे तो अपना नुकसान है न?"

"बीच में हिन्दू-मुसलमान का सवाल उठा दिया," वृद्ध ने रोककर कहा।

मैं काँप उठा। कहा—"लेकिन गुरु, यह तो फूट का रास्ता है। हम सब तबाह हो जायेंगे।"

वृद्ध ने कहा—"और मैंने कहा ही क्या है मेरे दुधमुँहे! तेरा वक्त था कि तेरी हथेलियाँ गुलाबी रहतीं और देखता हूँ आज हिन्दुस्तान की जवानी की हालत, तो मन करता है नाखूनों से सीना फाड़कर बाहर नाली में फेंक दूँ कि मैं यह सब नहीं देख सकता, नहीं देख सकता..."

सीढ़ियों पर शायद कुछ हलचल है। अँधेरा है, भिखारिन है, इक्केवाला है...

और रात है, वृद्ध का हृदय इसलिए रो रहा है, कि मैं जवान हूँ, जब मुझे किसी लड़की से प्रेम करना चाहिये, लेकिन मैं गुलाम हूँ और मेरा यह अधिकार भी छीन लिया गया है...

और अँधेरा छा रहा है। क्योंकि समझौता करने का मतलब किसी के सत्ता-स्वार्थ पर चोट है, और फिर हराम का बच्चा पैदा नहीं हो सकेगा, ऐश की भूख बाप न बनेगी औरत का माँ होना पाप होगा और वह बच्चा होगी गरीबी...उस पर इंसानियत की झेंप मिटाने का ढोंग—भीख, और अँधेरा गहरा होता जा रहा है।

दीपक का धुँधला प्रकाश कमरे की दीवारों पर काँप रहा था। दरवाजे जाड़े के मारे बन्द कर लिए थे!

मैं कुछ देर बैठा, फिर धीरे से मैंने पूछा—"तो गुरु, मूरत तो अभी अधूरी पड़ी है! आखिर पूरी होगी भी या यों ही पड़ी रहेगी?"

वृद्ध ने उदासीनता से कहा—"हो जाएगी।"

मैंने फिर कहा—"अपने आप हो जाएगी?"

वृद्ध चुप रहा। कमरे में सन्नाटा वैसे ही हिल उठा जैसे दीवारों पर छायाएँ हिल रही थीं। पत्थरों के कोने चमक रहे हैं, उनमें एक उज्ज्वलता जैसे मुस्करा रही है, वे कुछ कहना चाहते हैं, जैसे गुलामी भी, जो कुछ कराहना चाहती है आज खिले

होंठों से, क्योंकि हर एक आँसू वही तपिश है जिसे निकालकर इंसान ने आज एक-दूसरे पर जुल्म करने के लिए परमाणु बम बनाया है और वह उसे पिघलाकर फिर से आँसू नहीं बनाना चाहता क्योंकि उल्लुओं को जागीरें देने से कहीं कठिन है इंसान के लिए झोंपड़ी बना देना।

वृद्ध ने चौंककर कहा—"बाबू! मुझे नहीं मालूम मुझे क्या हो गया है, लेकिन पूरी करने को मन नहीं करता।"

"यह पत्थर सफेद होता तो कहीं ज्यादा अच्छा लगता। कुछ मटमैला है। सफेद क्यों नहीं लेते?"

वृद्ध ने मुझे घूर कर देखा। शब्द बहुत सध कर निकले—"सफेद पत्थर गोरा मालिक अपने काम में लाता है, तभी उसकी मूरत भी अच्छी होती है।" कहकर वृद्ध चुप हो गया।

भीतर कोई बच्चा रो रहा है। बाहर सन्नाटे की लाश पर कफन बनकर कोहरा अपनी सिमटनों को मिटाना जा रहा है क्योंकि लाश बढ़ती जा रही है, क्योंकि यह मुर्दापन भी किसी नये जीवन के लिए संघर्ष कर रहा है, जिसमें यह मजबूरियाँ किसी उगनेवाले सूरज का इन्तजार कर रही हैं...

मैंने कहा—"लेकिन मूरत अधूरी क्यों रहेगी?"

वृद्ध ने खाँस कर कहा—"अगर मूरत पूरी करने में रह जाऊँगा तो खाऊँगा क्या?"

बात मुझे कचोट उठी। मैंने कहा, "तो क्या गणेश-वणेश ही बनाते रहोगे? रटी-रटाई चीजें, सिर्फ इसलिए कि पैसा मिलता है?"

वृद्ध ने मुड़कर दूसरी ओर देखकर कहा, "बच्चे हो न, तभी ऐसी बातें करते हो? मैं मजदूर हूँ। जो पैसा देगा उसका काम करूँगा?"

"मैंने मना किया?" मैंने पूछा—"लेकिन जिसका दाम सेठ और महाजन देगा वह सेठ और महाजन की चीज होगी। वही जिसमें तुम सिर्फ रोटियों के गुलाम रहो, उसकी हिम्मत पर, और जिसके पैसे पर तुम होगे, वह तुम्हारी चीज होगी, जिसके पीछे तुम्हारी वह कुर्बानी होगी जो किसी अखबार में नहीं निकलेगी लेकिन तुम उस अधूरी चीज को पूरा कर सकोगे जिसको यदि नहीं करोगे तो बेकार है तुम्हारे हाथों की वह मेहनत जिसके पीछे तुम्हारे ईमान की कसम है।"

वृद्ध ने मेरी ओर तीव्र दृष्टि से देखा और कहा—"हिम्मत नहीं पड़ती।"

मैं हँस उठा। पूछा—"तो क्या इस मूरत की हिन्दुस्तान को कोई जरूरत नहीं! हिन्दू-मुसलमानों में से कोई भी नहीं खरीदेगा?"

वृद्ध चुप ही रहा। दीपक नहीं हिल रहा था; पर हिलती लौ की हिलती छाया के कारण, दीपक तो क्या, लगता है जैसे सारा कमरा थर्रा उठा है।

वृद्ध का बदन एक बार सिहर उठा जैसे वह कुछ भी नहीं सोच पा रहा था।

मैंने कहा, "तो क्या तुम्हारी कला तुम्हारे हुनर के मुँह से यही आवाज निकाल रही है?"

वृद्ध कुछ नहीं बोला। उसने अपनी दाढ़ी पर हाथ फेरा। आज शायद वह एक क्षण अपनी लम्बी यात्रा का एक अल्प त्वरित सिंहावलोकन कर रहा था—समय की वह धूप जिसमें इंसान का सारा कालापन आज दुःखों में पक-पककर सफेद हो चुका है, पवित्र...स्निग्ध...

मैंने उठते हुए कहा—"एक बार गोरा मालिक देखता कि जिसका हकदार वह अपने को समझता था आज हम उसी के घर में उसी को ललकार रहे हैं।"

"लेकिन घर तो हमारा लुट रहा है," कहते हुए वृद्ध ने काँपते हाथ से मेरा हाथ पकड़ लिया। देर तक मुझे देखा और वृद्ध के आकुल कंठ से निकला—"लेकिन मूरत अधूरी नहीं रहेगी..."

और भीतर बच्चा हँस रहा था।

*('47 से पूर्व)*

# घास-फूँस

जैसे ही घर आकर सुबोध ने साइकिल रखी, सरस्वती बच्चे को गोद में हिलाते सामने आकर खड़ी हो गयी। पहले जमाने में पति जब पर लौटकर आता था तब पत्नी घूँघट में छिपी रहती थी। बीच में जब अँग्रेजों का राज था तब पढ़े-लिखे हिन्दुस्तानियों ने देखा कि पत्नी पति को 'बाई बाई' कहकर दफ्तर विदा करती है और शाम को बाहर ही उसका इन्तजार करती है। अपने हिन्दुस्तानियों में बँगले अधिक के तो होते नहीं और गली में बड़े रहना स्त्रियों के लिए शोभा भी नहीं देता, इसलिये पौरी में स्वागत हो जाता है।

"गये थे डॉक्टर के यहाँ?"—सरस्वती ने अपनी बड़ी-बड़ी पर कुछ कम लम्बी आँखों से देखते हुए पूछा। सुबोध सरल प्रकृति का आदमी है, बल्कि कहा जा सकता है कि सीधा है और अपने को बुद्धिमान समझने वाले आदमियों में मानता है। वह अपने विश्वासों पर दृढ़ रहने को आदर्श मानता है, चरित्र की दृढ़ता कहता है।

उसने आराम से साइकिल रखी। भीतर के कमरे में घुसा। उसकी पत्नी अपने-आप ही उसके पीछे-पीछे भीतर चली गयी और तब चुपचाप पहले सुबोध ने टाई खोलकर खूँटी पर टाँग दी और फिर उसने कहा—"हकीम?"

हकीम शब्द में व्यंग्य था। सरस्वती की माता सदैव हकीम की तारीफ करती थी। सरस्वती इससे संकोच करती है। वह कुछ झिझकी। सुबोध को अच्छा लगा। वह हँस पड़ा, क्योंकि उसे एक भारी खतरा था। सरस्वती को दौरे आते हैं। वह दौरे बहुत भयानक हैं। जब कभी सरस्वती की सास आती है तब उसे सास पक्ष में पर्दा करना पड़ता है। उनके जाते ही पति पक्ष में अँगरेजियत लौट आती है, जिसे स्वामी दयानन्द के अनेकों उद्धरण देकर अब भारतीय मान लिया गया है क्योंकि अँगरेज और हिन्दुओं के पूर्वज एक ही समझे जाते हैं। इस पर्दा और पक्ष से भी अधिक बड़ी दुर्घटना है सरस्वती का दौरा। अभी-अभी हँस रही है, ठीक है और आप हँसते जा रहे हैं उधर जैसे चाँदानी पर ढक्कन लगा दिया गया है, भाप निकलना बन्द हो चुकी है, सरस्वती वैसी ही हो गयी है। उसका चेहरा लौकी की तरह लम्बा

हो गया है। अब सुबोध के सामने सरस्वती नहीं है, एक कछुआ है, जो अपने-आप में ही बन्द है। उसे हँसाना असम्भव है। अब तो वह दौरा अपना वक्त काटकर उतरेगा।

सौभाग्य से बदली नहीं घिरी। आसमान साफ ही रहा। सरस्वती ने बच्चे को बिस्तर पर लिटा दिया और वह हँसी। सुबोध ने दवा निकालकर मेज पर रख दी। घर का काम अब उसने ठीक कर दिया है। शायद इसी भावना पर सरस्वती हँस पड़ी। उसने आश्चर्य से देखा। सुबोध नहीं समझ सका। वह अब भी नहीं समझा। सुबोध सरस्वती से बहुत खुश रहता है। वह स्त्री अद्भुत है। अभी चूल्हे के पास बिना शिकायत के सात आदमियों का खाना बना रही है, अब सुबोध के कुछ मित्र सपत्नीक आ गये हैं। सुबोध आवाज देता है और एक मिनट में सरस्वती ऐसे आकर मित्रों की पत्नियों से मिलती है जैसे खाना बनाने को रसोइये लगे हैं, जैसे वह बैठी उपन्यास पढ़ रही थी।

काश इस वक्त कहीं दूर कोयल बोल उठी। लेकिन स्वर बड़े नीरस थे, जो जँगले की राह घुसे।

आवाजें आ रही थीं।

"तुम्हारा नल है?"

"नहीं तुम्हारा है। तुम यहाँ दिन-रात पानी भरोगे ही?"

"हाँ हमारा है।"–स्वर में स्पष्ट खीझ थी। जवाब नहीं बन पा रहा था।

"जानते हो तुम कौन हो? तुम शरणार्थी हो।"

फिर कुछ गाली-गलौज। फिर कुछ औरतों की काँय-काँय। कुछ भर्राये और लड़खड़ाती आवाजों में एक-दूसरे को कोसना...जिन्दगी...हाय...हाय...

कुछ सिन्धी शरणार्थी आये हुए थे। वे एक घर में ग्यारह-ग्यारह से अधिक लोग रहते थे। बेचारे मुसीबत के मारे। सुबोध के 'शरीफ' मित्र आते और खिड़की की ओट होकर उन सिन्धी औरतों को घूरा करते। फिर बड़ी विद्वता से उनके कपड़ों के भेदों का वर्णन करते हुए चुपचाप उनको देखते रहते। इसी में लम्बी बहस छिड़ जाती। रात को डेढ़ बजे उनके यहाँ जो बात होती है, सुबोध तो बकबक ही समझता है, उसकी नींद में खलल पहुँचती है।

सरस्वती अब तुरन्त भीतर चली गयी थी। परिचमी प्रेम सम्भाषण के बाद अब भारतीय पक्ष शुरू हुआ। पत्नी पालती भी है। वह उसके दाने-चारे का प्रबन्ध करने के सिलसिले से अन्दर कुछ खटर-पटर करने लगी।

सुबोध ने कपड़े बदले। एक बीड़ी सुलगायी और कुर्सी की ओर बढ़ा। कुर्सी की सब बेंत टूट गयी थी। बनाने वाला सात रुपये माँगता था। सो उसमें निवाड़ बुन दी गयी है। सुबोध कुर्सी पर बैठ गया। पुकारकर कहा–"आज टमाटर नहीं

लिए हैं?"

छोटे भाई की आवाज आयी—"डलियावाले के पास अच्छे न थे। महँगे भी थे।"

कैसा अधिक्षित लड़का है। जोर-जोर से की गयी बातें पड़ोस में भी सुनाई देती हैं। सुबोध चुप हो गया लेकिन तभी बिगड़ी हुई बात सँभल गयी। यकायक सरस्वती ने और जोर से कहा—"ठेलेवाले से ले लिए थे। सिर्फ चौदह आने सेर थे।"

"सिर्फ चौदह आने।" सुबोध मुस्कराया। पर लोगों ने सुन लिया होगा। गृहिणी तो वह जो अक्ल से काम ले।

चाय आ गयी। और साथ ही ट्रे में एक छोटा-सा पर्चा भी था। सुबोध ने उस कुर्सी पर टाँगें उठाकर पालथी लगा ली, बाकायदा 'ऐशट्रे' में बीड़ी बुझायी, जिसे पत्नी ने तुरन्त भीतर फेंक दिया और दो लोटे पानी डाल नाली में ऐसे बहा दिया, जैसे ब्राह्मण घरों में जब कोई छिपकर अंडा खाता है तब सब छिलके एक पुड़िया में बाँधकर फेंक देता है ताकि किसी को पता भी न चले।

सुबोध ने पर्चा देखा और उत्सुकता से उसे खोलकर पढ़ा। छोटे भाई ने अर्जी दी थी कि बार-बार कहकर हार चुका है। जैसे सामान की कमी के नाम पर मिल-मालिक मजदूरों को ठगता है, वैसे ही उसे भी टाला जा रहा है...सुबोध और सरस्वती हँसे। सुबोध ने देखा—उसकी अपनी माँग थी। महीने के प्रारम्भ में तनख्वाह मिलेगी लिहाजा पेन्सिल, निब, स्याही इत्यादि पौने दो रुपये का बजट था।

"इतना तो"—सुबोध ने कहा—"अपनी सरकार भी शिक्षा पर खर्च नहीं करती।" व्यंग्य से मुस्कराया। गृहिणी ने बात छेड़ी—"आज सुबह मूली कैसी बनी थी?"

"लो एक प्याला तुम भी पियो"—सुबोध ने अपनी पत्नी से मन-ही-मन चिढ़ते हुए कहा ताकि विषय बदल जाये। पत्नी समझ गयी। पति का सुख ही पत्नी का सुख है। काम वह सब कर देगी। पर समान अधिकार दो? अधिकार क्या है? अधिकार है कुछ रोमांटिक ढंग में बातचीत, कुछ साहित्य, साग-भाजी, रोटी-दाल, स्वतन्त्रता से घूमना, मामी के लड़के का मुंडन इत्यादि पहलू हैं जिनमें सुबोध को भी दिलचस्पी लेनी चाहिए। सुबोध दिलचस्पी लेता तो उसके ये किस्से कौन सुनता कि आज अफसर को उसने कैसा पलटकर डाँटा और चपरासी कैसी भीगी बिल्ली बना सामने खड़ा रहा।

पर आज सरस्वती के मुख पर रहस्यमयी भावुकता थी। आज जैसे इस जीवन में भी एक परिवर्तन आ गया हो। सुबोध नहीं समझा। इतना वह समझ गया था कि कोई खास बात है। पूर्णमासी को ही कुत्ता घूरे पर खड़ा होकर भूँकता है, वर्ना चुपचाप दिन में सोता है, रात को जागता है। उसने पूछा—"आज बात क्या है? हम भी तो सुनें?"

"वह है न? तुम तो जानते ही हो...जैसे तैयार बैठी थी सुनाने को, उसने कोई और नाम बताया। सुबोध उस नामधारी को वास्तव में नहीं जानता था। जिस घर में पुलिस के ईमानदार दीवान जी रहते हों, वहाँ भला चोर कैसे पल सकता है? उसने देखा था, बहुतों को देखा, पर नाम नहीं जानता था, जैसे नये मुहल्ले में बार-बार गुजरने पर सब मकानों में रंग और नक्शा तो याद रहता है, पर उसमें रहने वालों से कोई परिचय नहीं होता।

"आजकल उसका एक से–" पत्नी ने कहा–"प्रेम हो गया है...दिन-भर रोती है...समझाने पर भी नहीं मानती..."

सुबोध ने सरस्वती की ओर देखा। जैसे गोया वह अभी तक किस्से-कहानियों में विश्वास रखता है। वह इसी निश्चय पर पहुँचा कि स्त्रियाँ यदि मूर्ख न होतीं तो आज समाज में पितृसत्तात्मक व्यवस्था कभी नहीं होती–'प्रेम! वाह! खुदा की मार है'–सुबोध ने चिढ़कर पूछा–"धोबी आया था?"

"धोबी!" यह नहीं कि कोई ऐसा नाम पूछते जिसमें कुछ रोमान्स हो।

सरस्वती को निहायत नागवार गुजरा। उसने फिर कहा–"सुनो तो। तुमने तो बस सुना और तिनक पड़े। भई, किसी का प्रेम हो गया तो इसमें जलने को क्या बात है?"

बात तीखी थी। जीवन में एक बड़ी झेंप है कि बहुत से आदमियों को कोई भी स्त्री प्रेम ही नहीं करती। अपने बारे में ऐसा हुआ, क्योंकि स्त्रियाँ मूर्ख हैं। सुबोध सुनता रहा। पत्नी आवेश में किस्सा सुनाती रही। सुबोध को लग रहा था कि सरस्वती ने आज कोई कहानी पढ़ी है, जिसे वह दुहरा रही है। अच्छा होता किताब दे देती। वह खुद पढ़ लेता। वैसे, यह बुरे काम वे क्वाँरे लफंगे करते हैं, जो इस ऐंठ में मरे जाते हैं कि वे स्त्रियों को मुँह नहीं लगाते, पर असलियत यह है कि उनमें हर तरह से अजीज बनने पर भी कोई नहीं देखती। सरस्वती निहायत ऊबी-सी कह उठी–"तुम क्या जानो इन बातों को। तुम्हारे सारे दोस्त ऐसे हैं, जिन्होंने कभी न जिन्दगी को समझा है और न वे असलियत को आँख खोलकर देखना चाहते हैं। उनका जीवन के प्रति दृष्टिकोण काफी विकृत हो चुका है।"

सुबोध सब कुछ सह सकता है, लेकिन अपने बीच मित्रों का घसीटा जाना नहीं। और वह इसलिये कि उसके कई मित्रों का विवाह ही नहीं हुआ।

उसने चिढ़े हुए से स्वर में पूछा–"तुम जानती हो इन बातों को?"

इन बातों का मतलब है कि सरस्वती ने जरूर विवाह के पहले प्रेम किया है। जिसका वह किस्सा अपने पति को सुना रही है, उसे महानतम प्रदर्शित कर रही है। पर अपने ऊपर लागू करने का अर्थ तो दूसरा है। अर्थात वह निष्कलंक और पूर्ण पवित्र नहीं है। वैसे सुबोध और सरस्वती प्रेम की स्वतन्त्रता, विवाह, तलाक

सब पर नयी-से-नयी भावना रखते हैं। पर वह सब औरों के लिए है। सरस्वती यह कैसे सह सकती है कि वह पूर्णतया सुबोध में अनुरक्त नहीं है। इस 'पातिव्रत' का भूत आधुनिकता के छिछले पानी में उतर कर भीतर नहीं बैठा है। वह नारी का बल है जिस पर कविता लिखी जाती है...

सरस्वती फुत्कार कर उठी—"तुम तो उन आवारों में बैठकर जीवन के धर्म को बिल्कुल भूल गये हो। है उन पर कोई जिम्मेदारी? कमाया, खाया, यह भी कोई जिन्दगी है? कुत्ता भी तो अपना पेट पाल लेता है? उनमें हिम्मत नहीं है।"

सुबोध समझा—सच है। इस बकबक को सह लेना क्या कम हिम्मत की बात है? अब सुबोध झुका। अगर सरस्वती नाराज हो गयी तो शाम को घुइयाँ का साग और मूँग की दाल मिलेगी। क्या वक्त आ गया है। अब पुराने जमाने की तरह स्त्रियों में निःस्वार्थ सेवा भावना नहीं रही। गरीबों में स्त्री बिल्कुल दासी है। उच्च वर्ग में स्त्री खिलौना है जो मुफ्त चरती है। निम्न-मध्यवर्ग में, यानी उनकी, जो चार आने में धोबी के जरिये बाबू बनते हैं, हालत बड़ी अजीब है। पहले राजा नल खो गये थे, तब दमयन्ती वन-वन में बिलखती डोली थी। पर अब स्त्री एक काठी है, जो समाज रूपी कुम्हार, पुरुष-रूपी गधे पर कसता है कि यह अड़ियल गधा खूब बोझा ढो ले। गधा समझता है सारा बोझ काठी पर ही लदा है। आजकल तलाक बिल पास हो जाने पर भी स्त्रियाँ अपनी जिम्मेदारी नहीं समझ पायीं। वे अभी तक वहीं हैं। किन्तु यह तो हैं अखबार की बातें। फिर अब तो सम्पत्ति में भी स्त्री को आधा बँटवारा मिलेगा। और रात को खाना खराब होने का भी खतरा है। लिहाजा समझौता जरूरी हो गया है। उसने मुस्कराकर कहा—"तुम तो पहेलियाँ बुझाती हो। साफ-साफ कहती क्यों नहीं हो।"

स्वर बिल्कुल साफ था जैसे निमन्त्रण-पत्र, जिस पर सिद्धि और वरदायक गणेश का चित्र भी होता है। सरस्वती ने फिर कहना शुरू किया और अब वह ऐसे बोली जैसे भाषण दे रही थी।

इस वर्णन में प्रेम का उत्कर्ष था, आकर्षण, विरह, उच्च आदर्श सब था, सुबोध को लगा बस एक विषय छूट रहा है। और वह विषय है, 'मारण'। अगर यह भी हो जाये तो यहाँ इन प्रेमियों की समाधि बन सकती है। पर सुबोध अगर इस वक्त यह बात कह दे, तो सरस्वती को इसी वक्त दौरा आ जायेगा। लिहाजा यह दिखाने को कि सुबोध सरस्वती के सब कुछ में बहुत ज्यादा दिलचस्पी ले रहा है, बोला—'तुम उससे हमारी मुलाकात करा दो। ऐसे आध्यात्मिक प्रेम करने वाली लड़की से तो जरूर जान-पहचान होनी चाहिए।'

पर गलती हो गयी। पाँसा उलटा पड़ा।

"जी नहीं"—सरस्वती ने अपना दामन अलग करते हुए कहा—"यह उसका

दूसरा प्रेम है। मैं यह खतरा मोल लेने के लिए तैयार नहीं हूँ।''

खतरा! प्रेम! आध्यात्मिक चेतना! स्त्री की ईर्ष्या! पुरुष को अपनी सम्पत्ति समझना, उस पर विश्वास न करना, जैसे इन स्त्रियों के दिमाग एक से ही हैं जिनके काँटे सदैव खड़े ही रहते हैं।

''हरे राम''–सुबोध ने कहा–''फिर भी तुम उनके प्रेम को आध्यात्मिक कहती हो?''

सरस्वती ने इस बात को नहीं सुना। वह मुस्कराती रही। अब सुबोध जाने कि उसे और क्या पूछना चाहिए।

''अच्छा''–उसने पूछा–''उनकी घर में आमदरफ्त किस तरह हुई?''

सरस्वती ने कहा–''ऐसे ही। लड़के के बड़े भाई की कंट्रोल की दुकान है, सो उसने लड़की के घर-भर को धोती जोड़े पहना दिये।''

यह प्रेम तो घरवाले भी चाहते होंगे। उनका खयाल होगा कि लड़का बेवकूफ बन रहा है। सुबोध सरस्वती के दिमाग से घबराता है। बच्चों का दिमाग पूरा विकसित नहीं होता। उनकी हरकतों को पूर्वजन्म की याद बताया जाता है। सुबोध की राय में स्त्रियाँ भी कुछ बच्चों ही की तरह रहस्यमयी कहलाती हैं। उसने सोचकर पूछा–''उससे पहले प्रेम करने वाला लड़का क्या था?''

''वह?''–सरस्वती ने कहा–''मार्केटिंग इन्स्पेक्टर था।''

''हूँ''–सुबोध ने मुस्कराकर कहा–''मिट्टी का तेल तो थोड़ा-सा हम भी दिला सकते थे।'' उसकी आँखों में अजीब चमक खेल रही थी।

''आप अपने को खामखा क्यों इस तस्वीर में पेश कर रहे हैं?''

''ओह, हाँ, गलती हुई।''–सुबोध ने स्वीकार किया।

इसी समय गली में रेडियो की आवाज आने लगी। सुबोध के दिमाग में तस्वीरें बन और मिट रही हैं। जब वह दिल्ली में क्लर्क था शाम को दुधारे ब्लेड से दुहत्था मारकर दोहता 'शेव' यानी हजामत बनाकर सूट-बूट-टोप से लैस होकर घूमने निकलता था। तब नया-नया कालेज छोड़ा था; नये दिन थे। ये पंजाबी जो ऊपर रहते थे, उनको दो-तीन लड़कियाँ थीं। तब सुबोध का उनसे बहुत दिन तक इकतरफा प्रेम चलता रहा। लड़कियाँ कभी-कभी मजाकियाँ होती हैं। वह घूरता था, वे उस पर हँसती थीं, और जिन्दगी चल रही थी। फिर कुछ फौजी अफसरान उस घर में आने-जाने लगे...सुबोध देशभक्त और वे कालेज के दिन के देश के गर्म-गर्म भाषण, सब इस मजबूरी से मन में दुहराये गये। उसने निश्चय किया कि अब वह स्त्रियों से कोई वास्ता नहीं रखेगा। पर फिर ब्याह हुआ। सरस्वती उसके अपने वर्ग की स्त्री है। सुबोध देख रहा था। फिर भी उलझन चली थी। सुबोध ने झुककर उससे एकाएक कहा–''महीना भी रह गया है। राशनिंग खत्म होने वाला है। लोग कहते हैं 'सेल्स

टैक्स' लगने वाला है। सरकार हम लोगों को इस विभाग में ले लेगी...''

और उसने उत्तेजित स्वर में कहा—''पहले अँग्रेजी राज्य था तब ए.आर.पी. खत्म होने के पहले पूरी राशन की स्कीमें बन गयी थीं और लोगों को निहायत कायदे से एक नौकरी से दूसरी में लगा दिया गया था। अब कौन जानता है क्या होगा।''

''क्यों?''—सरस्वती ने इस वीभत्स विषय से घबराकर पूछा। उसे एक राजनीतिक कार्यकर्ता का वाक्य याद आया—'सोचिये, नौकरी के बिना आप दर-दर भटकेंगे, सरकार आपका कोई प्रबन्ध नहीं करना चाहती...' इत्यादि। बात विशेष नहीं थी। पर सरस्वती ने सोचा सुबोध भीख माँग रहा है, सरस्वती बच्चा लिए पीछे खड़ी है, और घर के अन्दर से आवाज आ रही है—'हाथ खाली नहीं है, आगे बढ़ो...भयानक! निर्दय! कठोर!'

सुबोध कहता गया—''कभी सरकार लोगों को चुनती है, कभी कहा जाता है इन्टरव्यू ही नहीं होगा, आपका रुपया वापस कर दिया जायेगा, कभी कहा जाता है, कुछ लोग नौकरी पर रखे जायेंगे, कभी सब निकाले जायेंगे। हमने यूनियन बनायी तो कहा गया कि राशनिंगवाले रिश्वत बहुत लेते हैं, और ये काँग्रेसवाले क्या नहीं करते।''

दोनों सरकारों की उस तुलना को सुनकर सरस्वती का कलेजा मुँह को आने लगा। उसे लगा उसके मुँह पर वीर भगतसिंह की-सी आभा थी। बच्चा रोने लगा। सरस्वती उठ गयी। बच्चे को गोद में उठा लिया।

सुबोध द्वार पर खड़ा होकर सोचने लगा।

सिन्धी लड़कियाँ बाहर नल पर पानी भर रही थीं। पत्नी दायीं तरफ ही खड़ी है। इस समय उसे उधर नहीं देखना चाहिए। नदी उधर कैसे बहे जिधर ऊँची चट्टान हो? इसलिये सोचकर निर्भय होकर देखा। इसमें कोई हर्ज नहीं।

रेडियो पर नेताओं के भाषणों के रेकार्ड सुनाये जा रहे हैं। इन बातों को कौन नहीं मानता। सब चाहते हैं। चलती को लोग गाड़ी कहते हैं तब तो कबीरदास रोये थे। स्कूलों के लड़के खेलकर आ रहे थे। कल यह लोग राष्ट्रीय स्वयं सेवक संघ की शाखा में जाते थे, अब गाँधी जी की मृत्यु के कारण इन्हें ऐसी घृणा हो गयी है कि जाना बन्द कर दिया है। उनके शोर से गली गूँज रही है।

तभी उसने देखा। एक व्यक्ति नंगे बदन, ऊँची धोती, मुख पर दयनीयता, आँखों में जीवन और संसार के प्रति अविश्वास, पलकों पर सारे संसार की भीषण चिन्ता का भार।

सुबोध ने सोचा। कोई देखे तो कहेगा—भारतवर्ष में कितनी गरीबी है। और उसके मुकाबले में सुबोध को अमीर कहेगा। जबकि उस आदमी की, एक धड़ल्ले से चोरबाजारी पर पलने वाली, बड़ी दुकान है—ब्याज पर रुपये देता है, बिना काम के कभी मुरव्वत दिखाना नहीं भूलता, पर पैसे के मामलों में उतना ही चौकन्ना रहता

है, जितना विधवा अपनी पवित्रता और अच्छे काम के मामलों में।

सामने यही 'प्रेमिका' खड़ी है गौरव से। वह प्रेमी भी कहीं चक्कर लगा रहा होगा। फिर मजे से दोनों का वक्त कट रहा है।

सुबोध चिक के पीछे चुपचाप खिसक आया। वर्ना वे दुकानदार देखते ही कहेंगे—'इन्स्पेक्टर साहब! अब क्या होने वाला है।'

गेहूँ, चीनी, मिट्टी का तेल, सोना, चाँदी, पापड़ सब ऐसे ही विषय सट्टा, टैक्स, मकान मालिक और किरायेदार का झगड़ा... अब पुरुषों में भी चलने लगे हैं। कच्चे माल पर पुरुष बहस करते हैं, पके माल पर औरतें, जैसे दाल, साग, भात, मसाला इत्यादि। तो सुबोध को यह बिल्कुल पसन्द नहीं था। जो है सो तो है ही। कहाँ तक की बहस ठीक है, क्या है। यह भी ठीक है कि क्या होना और करना चाहिए, पर यह क्या होगा, यह एक भयानक बला है। तभी सरस्वती ने पूछा—''गये नहीं आज घूमने?''

''जाता हूँ। तुम तो ऐसे तैयार हो जैसे शाम को तुम्हें मेरी गैरहाजिरी में कुछ खास काम रहता है। दोस्तों में मैं जाता हूँ, लुत्फ तुम्हें आता है।'' कहकर सुबोध कपड़े बदलने लगा। सरस्वती भीतर चली गयी।

सुबोध ने आवाज दी—''बटन टाँक दिये थे?''

''भूल गयी।'' तीखी आवाज आयी जिसमें कुछ बगावत का पुट था।

फिर सन्नाटा। झुँझलाहट हुई। सुबोध अपने-आप कभी प्रगतिवादी गीत गाते, कभी छायावादी, और कभी भक्त की तन्मयता में—प्रभु हौं सब पतितन को टीकौ. ..फिर धोती, कमीज पहनकर भीतर घुसा। वहाँ सुबोध चुपचाप बीड़ी पीने लगा। सरस्वती सचमुच घुइयाँ छील रही थी और आग पर दाल सीझ रही थी। भाप उड़ रही थी। ढकना काँप रहा था...उधर आध्यात्मिक सुख था, इधर शारीरिक दुःख का आरम्भ हो गया था। शायद दौरा आने वाला था और सरस्वती ने अनजाने ही कहा—''अब भी मूँग की दाल ऐसी है कि...''

'मूँग की दाल!'...सुबोध उठकर बाहर चला गया।

*('51 से पूर्व)*

•••